COLLECTION SÉRIE NOIRE
Créée par Marcel Duhamel

Parutions du mois

2581. CŒUR DE GLACE
(DOUG ALLYN)

2582. UN HIVER À MANNHEIM
(BERNHARD SCHLINK)

2583. ERRANCE
(LAWRENCE BLOCK)

2584. LE FAUCON VA MOURIR
(HARRY CREWS)

DOUG ALLYN

Cœur de glace

TRADUIT DE L'AMÉRICAIN
PAR FRÉDÉRIQUE HATIER

nrf

GALLIMARD

Titre original :
ICEWATER MANSIONS

CHAPITRE 1

UN JOUR D'HIVER AU PURGATOIRE — Dans un bar enfumé, au bord du lac, je broyais du noir en écoutant la plainte de Willie Nelson, *Blue Eyes Crying*, qui montait d'un juke-box qu'un quidam avait presque complètement déglingué à coups de pied. Les loubards, au comptoir, avaient l'air encore plus lugubre que la chanson de Willie, sinistres paumés affublés de vêtements minables qui marmonnaient à propos de la rencontre des Pistons-Bulls à la télé et lisaient leur avenir au fond d'un verre.

Dans un coin, deux jeunes mecs en blouson de cuir, du genre tête brûlée, jouaient au billard, balle n° 8, un dollar le point. Derrière eux, le cadre gelé de la fenêtre branlait à chaque rafale qui soufflait de Thunder Bay.

L'idée que je puisse faire partie du tableau m'était odieuse, mais c'était sûrement le cas. Une femme, seule, qui boit, pas maquillée, sans même une trace de rouge à lèvres, vêtue d'un jean usé et d'une vieille parka que j'avais enfilés pour le long voyage qui me ramenait ici et que je portais encore. Je ne m'étais pas coiffée de la journée et mon humeur s'accordait parfaitement à l'ambiance du bar. Hargneuse. Sinistre. Le moral à zéro.

D'après les critères du coin, le barman devait être un beau mec, il avait une longue queue de cheval noire attachée dans le dos, sa chemise blanche était ouverte sur sa poitrine où pendait une croix de Jérusalem en or, sa peau était lisse et cuivrée. Sans doute du sang ojibway, ou cree. Avec sa queue de cheval il ressemblait à un gangster tout droit sorti d'une reprise de *Miami Vice*, ce qui ne lui allait pas si mal puisqu'il empochait la moitié de l'argent qui passait sur le comptoir.

La seule autre femelle qui se trouvait là, c'était la serveuse. Je suis plutôt grande pour une femme, un mètre soixante-quinze, pieds nus je précise, mais elle était encore plus grande que moi, elle portait sous sa chevelure rousse un T-shirt noir des Pistons de Detroit, un pantalon en treillis et des bottes de combat. Une amazone. On aurait pu la prendre pour la sœur de Jack Palance, avec sa large bouche, ses bras musclés, ses grandes mains aux articulations rougeaudes. Alors qu'elle passait, un des joueurs de billard lui mit comme par hasard la main aux fesses. Elle se fendit d'un grand sourire et lui donna un gentil coup de coude dans les côtes, ce qui le fit se plier en deux. Un bon truc. Il n'osa plus la toucher.

« Vous avez à peine touché à votre bière, ma biche, dit le barman qui me tira en sursaut de mon blues. Y a quelque chose qui va pas ?

— Pour le moment, en effet. Ce n'est sûrement pas mon rouge à lèvres qui a laissé cette trace sur le verre. Est-ce que je pourrais en avoir un propre ? S'il vous plaît.

— Pas de problème, chérie. » Il souleva mon demi, planta ses yeux dans les miens, et lentement, du bout de sa langue, il lécha le verre jusqu'à ce que la trace ait disparu. « Et maintenant, c'est mieux ? » demanda-t-il en faisant glisser la chope dans ma direction ; une traînée de mousse se répandit sur le comptoir.

Pendant un moment je regardai la mousse, en rougissant, je sentais que la détresse de ces derniers jours couvait, était prête à déborder. « Vous savez, dis-je avec prudence, dans ma vie, j'en ai vu des bars de ringards, mais vous êtes le barman le plus nul que j'aie jamais rencontré. Vous ne savez même pas vous y prendre pour voler.

— Quoi ?

— Vous avez bien compris. Si vous avez l'intention de voler, mon vieux, ne le faites pas sous le nez des clients. Piquez dans la caisse après la fermeture, c'est plus sûr.

— Écoutez, mademoiselle, si la façon dont je tiens l'endroit vous déplaît, vous feriez mieux de vous tirer d'ici avant de vous prendre la porte au cul.

— Vous avez en partie raison, dis-je en me levant du tabouret. Je n'aime pas la façon dont vous tenez l'endroit. Mais si quelqu'un doit partir d'ici, c'est vous. Ceci dit, avant de partir, vous feriez mieux de vider vos poches sur le comptoir.

— Vous êtes complètement à côté de vos pompes, je viderai que dalle ! Et d'abord, qui êtes-vous, un flic, ou quelque chose dans le genre ?

— Pire, dis-je. Malheureusement pour nous deux, je suis la nouvelle propriétaire. Michelle Mitchell. Est-ce que ce nom vous dit quelque chose ?

— Et même si ça me disait quelque chose ? dit-il sans perdre un pouce de terrain. Je vous connais pas, vous croyez peut-être que vous pouvez entrer comme ça ici et...

— Laisse tomber, Carney, dit la serveuse. C'est elle. Un jour Shan m'a montré sa photo, et même s'il ne l'avait pas fait, elle lui ressemble assez pour être sa sœur.

— Sa fille, plus exactement, dis-je, l'enfant prodigue en quelque sorte.

— Même si vous étiez sa mère j'en aurais rien à battre, grogna le barman. J'ai pas l'intention de me laisser emmerder, ni par vous, ni par qui que ce soit d'autre. Hé ! les gars, y a une allumée dans le coin qui cherche à en découdre ! Quelqu'un a envie de rigoler ? »

Deux ou trois loubards, excités par l'éventualité d'une bagarre comme des requins qui flairent le sang, se levèrent. Un des joueurs de billard s'avança vers moi nonchalamment, le regard en biais, sa queue de billard à la main.

« Maintenant on se calme, dit la serveuse qui intercepta le joueur. Personne ne veut d'emmerdes.

— Et moi, encore moins », dis-je tandis que je m'éloignais à reculons du bar, me déplaçant avec prudence autour de la table de billard afin de la mettre entre moi et le môme qui tenait le bâton. « Je servais ici quand j'étais au lycée. Est-ce que quelqu'un se souvient de moi ? »

Pas de réponses. Rien que des regards vides, et la tête sournoise du barman. Si la galanterie existait encore dans ce foutu bar, elle devait être en grande difficulté ; comme moi.

« Je ne me suis jamais sentie bien ici », poursuivis-je. Le môme qui tenait le bâton se déplaça, bloquant le passage qui menait à la porte.

« Pourquoi ? dit le barman. C'est pas assez bien pour vous ?

— Non. J'ai toujours trouvé le boulot sympa, mais je déteste être enfermée, et ce bar est plus sombre qu'un trou à rats. Difficile d'imaginer que le lac et le port sont à moins de cinquante mètres. Il n'y a pas la moindre vue. »

Je pris un tabouret de bar, le soupesai avec soin pour

trouver son point d'équilibre. Le môme qui tenait la queue de billard s'immobilisa, il me regarda avec méfiance ; les autres aussi. « Pas la moindre vue, répétai-je. Et pas d'aération. » Je pris une grande respiration, puis me tournai et lançai le tabouret à toute volée dans la fenêtre de devant qui explosa sur le parking.

Le vent de février s'engouffra en hurlant comme un rottweiler enragé, il souleva les rideaux, bava de la neige comme autant de mouchetures d'écume.

« Messieurs, dis-je en prenant une queue de billard sur le présentoir, le Nid de Pie a officiellement une nouvelle direction. Nous sommes donc, à partir de maintenant, fermés pour rénovation. Conduisez avec prudence, okay ?

— Hé ! Minute ! » hurla le barman, furieux, mais la bourrasque de vent qui tourbillonnait et la température qui venait de chuter brutalement lui avaient coupé l'herbe sous les pieds. Quand le vent s'était engouffré, les clients avaient compris que la partie était perdue. Ils étaient déjà en train de finir leur verre, d'enfiler leur manteau et de se diriger vers la porte. Je pensais que le môme à la queue de billard allait faire des histoires, mais la serveuse lui dit quelque chose, il grimaça et jeta le bâton sur la table.

« Monsieur Carney, dis-je en tenant toujours la queue de billard, je veux, sur le comptoir, vos clefs et l'argent qui se trouve au fond de vos poches, et puis que vous partiez. Ça vous pose un problème ?

— Écoutez, je vois bien que ça a mal commencé entre nous.

— Rien n'a commencé du tout, dis-je. C'est terminé.

— Mais bon Dieu d'merde, je ne volais pas vraiment. Je pensais que, de toute façon, j'allais acheter l'endroit, alors...

— On verra ça, dis-je. Mais pas aujourd'hui. Alors donnez-moi vos clefs. Et le fric. S'il vous plaît.

— Et merde ! dit-il plein de fiel en jetant une liasse de billets froissés sur le comptoir. C'était déjà pas facile de travailler pour Shan. Lui aussi il était complètement cinglé, mais au moins il démolissait pas l'endroit ! Vos foutues clefs sont sur la table du bureau. Mais vous pouvez me croire, j'ai pas dit mon dernier mot. Tu viens, Red ?

— Je sais pas, dit la serveuse en me regardant franchement. Qu'est-ce qu'on fait, mademoiselle Mitchell ? Je suis virée aussi ?

— Ça dépend, dis-je. Pour le moment, une femme de ménage serait plus utile qu'une serveuse.

— Je sais tenir le manche d'un balai, dit Red, mais je ne sais pas faire les carreaux. En tout cas, pas comme vous les faites !

— D'ordinaire j'utilise Windex, comme tout le monde, dis-je en regardant les dégâts. Je, hum, je ne comprends pas très bien ce qui s'est passé. J'ai eu une semaine plutôt difficile.

— Je peux imaginer, dit Red en acquiesçant. Pourtant, vous vous en êtes plutôt bien tirée. Il me faut en général un sacré bout de temps pour arriver à faire place nette avant de fermer.

— En parlant de fermeture, on ferait mieux de se mettre au boulot, dis-je. Et si vous alliez chercher ce fameux balai dont vous parliez ? »

Les petites villes du nord du Michigan ont des avantages, même à la morte saison. J'ai appelé la quincaillerie Huron Harbor, et une sorte de petit gnome tout ratatiné qui portait un bleu de travail crasseux apparut en moins d'une heure : Leonard Misiak. Il se souvenait de moi et me présenta ses condoléances, pour la mort de mon père et pour mes carreaux cassés.

Il prit son temps pour mesurer le cadre de la fenêtre, tout en gloussant au-dessus du verre brisé. Franchement, je m'attendais à ce qu'il fasse des histoires, particulièrement après lui avoir dit que je voulais la nouvelle fenêtre trois fois plus grande que l'ancienne. Mais ses calculs terminés, il me dit que si j'acceptais une fenêtre de deux centimètres et demi plus petite que celle que je désirais, il pourrait se procurer et installer dès le lendemain une baie vitrée plus grande que la norme, et qu'avec un peu de chance l'assurance couvrirait presque tout. Essayez de trouver un service comme celui-ci à Dallas ou à Detroit !

La police locale fut un petit peu moins rapide. J'étais en train de scotcher un morceau de carton sur l'encadrement de la fenêtre quand la voiture noir et blanc des flics du département entra sur le parking. Deux officiers en sortirent. Je me rappelais vaguement du plus grand, Charlie Bauer, pour l'avoir déjà rencontré dans le passé. C'était surtout de sa carrure dont je me souvenais. Il devait atteindre les deux mètres, pesait probablement plus de cent trente-cinq kilos, un vrai colosse ambulant dans son gros uniforme marron. Il était un peu bouffi, avait pris de la bedaine, mais était toujours aussi impressionnant avec sa figure carrée, ses yeux gris et ses cheveux acier coupés en brosse.

Son partenaire, qui n'était que légèrement plus petit, un obsédé de la gonflette apparemment, avait de larges épaules, la taille étroite, et cachait ses yeux derrière des lunettes d'aviateur aux verres miroir. Ses cheveux bruns, sérieusement permanentés, étaient peignés avec art afin de camoufler une calvitie naissante. Charlie vint glaner près de la fenêtre, il regarda le tabouret et le verre brisé qui jonchait le sol, puis d'une main il s'empara du tabouret et le prit avec lui. Son partenaire se traînait derrière lui comme une ombre teigneuse.

« Qu'est-ce qui se passe ici ? dit Charlie en posant le tabouret à côté de la porte.

— Nettoyage de printemps, dis-je. Même si c'est un peu tôt.

— Ça en avait drôlement besoin, dit son compagnon qui jeta un coup d'œil circulaire, renfrogné derrière ses lunettes de soleil. Ce bar a toujours été une porcherie.

— Merci, dis-je. Est-ce que je peux vous offrir quelque chose, messieurs ? Avant que vous ne partiez ?

— Non merci, dit Charlie. Pas pendant le service. Vous êtes Michelle, n'est-ce pas ? La fille de Shannon Mitchell ?

— Je plaide coupable », dis-je tandis que j'offrais ma main. Il hésita mais l'accepta. De mauvaise grâce me sembla-t-il.

« Je ne vous ai pas vue à son enterrement, dit-il.

— Je travaillais dans le golfe du Texas. Sur les plates-formes le courrier a parfois du retard.

— Vous travaillez sur une plate-forme pétrolière ? dit son adjoint. Qu'est-ce que vous faites ? La cuisine ?

— Non, dans la construction navale plus exactement. Soudure en eau profonde, pose de tuyau, tout ce que vous voudrez.

— Ils embauchent des femmes pour ce genre de boulot ?

— Ils n'embauchent pas de femmes, ni d'hommes non plus d'ailleurs. Ils emploient tout simplement des gens qualifiés qui peuvent assurer le travail. Drôle d'endroit que le Texas. Ils ont même élu une femme gouverneur.

— Ça les regarde.

— Ferme-la, Jackowski, dit Charlie d'une voix égale, sans se retourner. Est-ce que quelqu'un vous a dit ce qui était arrivé à votre père, Miss Mitchell ?

— Pas vraiment. Son avocat, Mr Cohen, m'a dit qu'il était mort dans un accident de la route.

— Pas exactement dans un accident, dit Bauer. Il avait bu, sa camionnette est sortie de la route à quelques kilomètres de chez lui. Apparemment, il ne s'est pas repéré dans la nuit, au lieu de rejoindre la route il s'est éloigné dans les marais. Et, hum, une hypothermie l'a tué.

— Mort de froid, ajouta Jackowski.

— Je sais ce que c'est qu'une hypothermie, dis-je, la gorge nouée. Quel tact ! Vous auriez dû tous les deux être médecins, Charlie. Au chevet des malades, vous auriez été formidables. »

Bauer haussa les épaules. « Désolé, dit-il, je n'ai jamais été très bon pour... annoncer les mauvaises nouvelles. Si je me souviens bien, quand vous vous êtes quittés, vous et votre père, vous n'étiez pas vraiment amis.

— C'était il y a longtemps, dis-je.

— Vraiment ? Un des inconvénients, quand on vieillit, c'est que rien ne semble s'être passé il y a bien longtemps. N'importe, l'amour peut durer toute une vie. La rancune aussi.

— Si ça peut vous rassurer, il ne restait pas grand-chose entre mon père et moi, que ce soit l'amour, la haine, ou autre chose.

— Il y a le sang qui coule dans vos veines, dit Bauer. Il reste au moins ça. Il vous a laissé tout ce qu'il avait.

— Personne ne lui a rien demandé.

— La plupart des choses dont vous héritez viennent sans que vous les ayez demandées. Vous avez la même taille que Shan. Vous lui ressemblez aussi un peu, les mêmes yeux noirs, les mêmes cheveux noirs. Et si j'en juge par cette fenêtre cassée, il se pourrait aussi que vous ayez hérité de son caractère. Dommage. Il pouvait être mauvais, votre vieux. Moi qui espérais qu'il ait emporté son caractère de cochon avec lui. Vous allez rester longtemps ici ?

— Franchement, je n'en sais rien.

— Eh bien, si vous restez, j'espère ne pas avoir à revenir bientôt pour ramasser d'autres meubles sur votre parking. On se comprend, Miss Mitchell ?

— Parfaitement, dis-je.

— Bon. J'ai connu Shan pendant pas mal d'années. À vrai dire, j'ai toujours pensé qu'il n'irait pas jusqu'au bout de son ardoise, flingué par un mari jaloux ou une maîtresse, ou pour avoir plongé une fois de trop dans le lac Huron. Tout de même, la façon dont il est mort, ça me chagrine un peu. Il a été contusionné dans l'accident, mais c'était un dur d'une autre époque, votre père. Je l'ai vu se remettre en piste après avoir encaissé un coup de poing qui en aurait démoli plus d'un, puis continuer à corriger trois jeunes salauds sans transpirer d'un poil. Il avait bu cette nuit ; son taux d'alcool dans le sang était de 0,04. Mais la plupart des nuits il buvait, et jamais je ne l'ai vu ivre au point de ne pas pouvoir ramper hors d'un fossé.

— Qu'est-ce que vous êtes en train d'insinuer, shérif Bauer ? Il y aurait un doute sur le fait que ce soit un accident ?

— Non, m'dame, pas que je sache. Vous auriez une raison de le croire ?

— Non. Mais j'ai été absente longtemps.

— C'est vrai. Peut-être que ce qui me dérange là-dedans, c'est que ça manque de style. Shan n'était pas un saint, mais putain ! il avait de la classe. Il va sacrément me manquer. Pour sa sortie, il méritait mieux que ça.

— Ce n'est pas le cas de tout le monde ? lui demandai-je.

— Peut-être que vous avez raison. » Il acquiesça, puis jeta un dernier coup d'œil aux alentours. « Bon, je vous laisse à vos travaux, mesdames. La camionnette de votre père est à la fourrière du comté. Elle a quelques gnons, mais elle marche. Vous devez à la fourrière soixante dollars pour frais de remorquage et de gardiennage. À propos, je voulais vous dire, je suis désolé pour votre père, mademoiselle Mitchell.

— Ne vous en faites pas pour moi, dis-je platement. « Comme vous l'avez dit si justement, mon père et moi, nous ne nous sommes pas quittés tout à fait bons amis. »

CHAPITRE 2

« CHARLIE N'EST PAS UN MAUVAIS BOUGRE, dit Red quand Bauer fut parti. Il se montre parfois un peu brutal, ça fait partie de son boulot j'imagine, mais au fond, il a le cœur d'un ours en peluche.

— D'un ours en peluche ou d'un grizzli ?

— D'un nounours. » Elle sourit. « Son adjoint, Jackowski, est plus du genre carnassier. Un cinglé de la gonflette avec une cervelle de reptile. Faites gaffe à lui ; il croit que tous ces nerfs de bœuf soufflés aux hormones qu'il exhibe le rendent irrésistible auprès du beau sexe.

— Quand il s'agit de sexe, je ne joue jamais franc-jeu. J'ai appris à me débrouiller au milieu des brutes qui se trouvent sur les plates-formes. Dans le golfe, vous ne rencontrez pas beaucoup d'étudiants des Beaux-Arts. Vous vous appelez comment ?

— Marylou Klements, dit-elle en me tendant sa main. Mais tout le monde m'appelle Red. » Sa poignée de main était sèche et ferme. Elle dura peut-être un instant de trop, et nos yeux se rencontrèrent. « Vous êtes hétéro, non ? » dit-elle en relâchant ma main. J'acquiesçai.

« C'est ce que je pensais. Ne le prenez pas mal, mais vu la façon dont vous êtes habillée, je me demandais. »

Elle haussa les épaules. « Moi, je suis homo. Est-ce que ça vous dérange ?

— Non, sauf si ça vous empêche de passer le balai, dis-je. Je voulais vous dire, c'est vous que j'ai trouvée le plus sympa ici.

— Plutôt faiblard, le compliment, dit-elle sèchement, mais je l'accepte. Écoutez, si vous avez des choses à faire, des papiers à signer, autre chose, je peux me débrouiller toute seule.

— Non, merci. J'ai réglé la plupart des détails au téléphone ou par courrier, et le reste peut attendre. Ces deux derniers jours, j'ai passé mon temps enfermée dans des bureaux ou des avions. J'ai besoin de *faire* quelque chose. Et puis Jackowski a raison, ce bar est une porcherie.

— Votre père ne s'est jamais tellement inquiété de savoir si on balayait ou pas, et Carney a laissé l'endroit se dégrader après la mort de Shan. Il voulait vous le racheter à bas prix.

— Je vois. Bon, comme ils disent au Texas, si vous êtes obligé d'embrasser un crapaud, faut pas le regarder trop longtemps. Au boulot ! Attaquons la crasse. »

Pendant que je finissais de scotcher le carton sur la fenêtre béante, Red alla chercher les balais et les seaux, puis on prit d'assaut la couche de crasse, de graisse et de nicotine qui s'était accumulée au cours des années. On travailla comme de vraies femmes de ménage, frottant à la brosse les murs, le long bar dont le bois de chêne était entaillé, les lourdes tables et les fauteuils en chêne.

La plupart du temps on travailla en silence. Si Red avait des questions, elle les gardait pour elle, ce qui me convenait parfaitement. Je n'étais pas d'humeur à parler, ni même à réfléchir, et de nettoyer m'empêchait de faire l'un ou l'autre. En dépit de cette apparence de dureté que j'avais affichée devant Charlie Bauer, je n'étais pas insensible à la mort de mon père. Qui pourrait l'être ? Même s'il n'y avait plus désormais d'amour entre mon père et moi, ni même le moindre lien, il y avait... des affaires à régler. C'était toujours ça. On s'était séparés sans adieu, sans avoir eu la moindre chance de pouvoir se dire ce que l'on avait sur le cœur — quoi qu'on ait eu à se dire. Je balayai ces pensées.

« Ça fait longtemps que vous travaillez ici ? demandai-je à Red.

— Presque trois ans. Je peins. Et je fais de la voile. Je suis venue ici sur le sloop d'une amie. J'aime la lumière, j'aime les gens, j'ai décidé de rester un moment.

— Qu'est-ce que vous peignez ?

— Des bateaux, des arbres, des amoureux. Faut dire que dans mes tableaux une chatte ne retrouverait pas ses petits, alors je travaille comme serveuse. Ceci dit, j'aime bien ce job. On rencontre des gens intéressants, comme vous, par exemple. Au fait, je vous appelle comment ? Mademoiselle Mitchell ? Madame ? C'est peut-être un peu trop pompeux pour quelqu'un qui jette les chaises à travers les fenêtres d'un bar. Vous préférez Michelle ? Ou bien patronne ?

— Mitch, dis-je. Les gens m'appellent Mitch.

— C'est pas particulièrement féminin.

— Ça ira, si vous n'oubliez pas de prononcer le *ch*. Comment ça se passait avec mon père ?

— Assez bien pour que je sois vraiment désolée de ce qui est arrivé. Et je pense que vous l'êtes aussi. »

Je l'ai regardée. Ses yeux étaient bleu pâle, presque gris. Des yeux sincères. « Ouais, dis-je en aquiesçant. Je *suis* désolée. J'ai travaillé sans doute trop longtemps dans le golfe. On y apprend à garder ses distances avec les étrangers. Parfois même avec ses amis.

— Je connais ça, affirma-t-elle en faisant un petit signe de la tête. Je croyais être la seule. C'est la photo de votre fils dans le bureau de votre père, non ?

— Quelle photo ?

— La coupure de journal : un enfant de neuf ans sauve un camarade de la noyade ! C'est paru dans le journal local il y a quelques mois, et Shan l'a fait agrandir et encadrer. Il en était fier comme un coq. Un beau garçon. Vous l'avez amené avec vous ?

— Non, dis-je froidement, il est à l'école. Dans un pensionnat, en fait.

— Mmmm, dit Red en reconnaissant au ton de ma voix que le sujet était clos. De toute façon, c'était sûrement pas le meilleur moment pour qu'il rentre à la maison.

— Ce n'est pas sa maison, dis-je. Il n'a jamais vécu ici. Et je ne suis plus très sûre que ce soit encore la mienne. Vous avez oublié un coin du bar, là.

— Je le garde, pour le contraste, dit-elle gaiement. Comme un cliché, avant et après. Mince alors ! si j'avais su comme c'était chouette sous la crasse, je me serais démenée plus tôt. »

Elle avait raison. Le revêtement du sol était taché au-delà du récupérable, il aurait dû être changé depuis longtemps. Mais les murs en pin noueux, débarrassés de la saleté accumulée par les années, luisaient d'une patine dorée couleur de miel qu'il aurait été impossible de faire réaliser à aucun prix. Ça tombait bien. Je venais de toucher mes indemnités de licenciement d'Exxon, je n'étais donc pas à sec, mais j'étais loin d'être milliardaire comme Ivana Trump.

Sur les coups de vingt et une heures, il n'y avait plus de savon Spic and Span et moi je n'avais plus de carburant. Si vous mélangez le manque de sommeil et un dos éreinté vous obtiendrez un coktail qu'en général on appelle « le travail des femmes ». On se mit d'accord pour s'y remettre sérieusement le lendemain matin à dix heures. Je fermai la boutique, grimpai dans ma Ford Escort rouge, et rentrai...

Pas chez moi. Chez mon père. Dans sa maison qui n'a jamais été la mienne. Je n'ai pas connu ma mère ; elle est morte en me mettant au monde. J'ai été élevée à Detroit par ma grand-mère, une femme merveilleuse qui est entrée irrémédiablement dans les ténèbres de la maladie d'Alzheimer quand j'étais encore à l'école primaire. J'avais treize ans lorsque la maladie l'a emportée définitivement, et c'est à ce moment-là que je suis allée vivre avec mon père qui n'était pour moi qu'un étranger.

Je le connaissais, bien sûr. Tous les étés je le retrouvais, ce n'était pas exactement des vacances, il me faisait travailler pour lui. Il avait quelques petits bateaux à moteur qu'il louait pour la pêche ou la plongée sous-marine. Je m'occupais des équipements, vidais l'eau des bateaux, les tirais sur la plage, et souvent je passais des heures merveilleuses. L'été où je vins habiter avec lui, il m'enseigna la plongée sous-marine dans le lac Huron. C'était un professeur dur, impatient, implacable, exactement le genre d'instructeur dont j'avais besoin pour apprendre ce métier particulier. Il n'y a pas de marge d'erreur possible en eau profonde, pas de pitié, pas de pardon. La moindre erreur est fatale.

En dépit de tout, j'étais une élève pleine de bonne volonté, et bien vite je fus dans l'eau comme une loutre. À cette époque, s'il me l'avait demandé, j'aurais traversé le feu pour lui. Il m'a appris le métier que j'exerce depuis et m'a révélé tout un monde. Nous ne faisions pas que travailler. Nous avons eu aussi de bons moments cet été-là, l'un des meilleurs que j'aie jamais eu. Mais une année plus tard, il décida d'investir ses économies dans un bar donnant sur le lac, avec, attenant, un magasin d'articles de pêche et d'appâts. Il approvisionna le magasin en matériel de plongée et rebaptisa le bar et le magasin qui s'appelèrent désormais le Nid de Pie. Bientôt, il se mit à passer de plus en plus de temps au bar. Et c'est comme ça que tout a changé — en pire.

Le trajet jusqu'au cottage fut une horreur, dix-huit kilomètres sur une route secondaire en lacet et verglacée. Cela faisait des années que je n'avais pas conduit au milieu d'une telle neige, j'avais oublié à quel point une voiture sur le verglas est difficile à maîtriser. Le voyage en avion et cette longue journée m'avaient épuisée. Mais même à moitié endormie, je ralentis instinctivement alors que j'approchais du pont de Silver Creek.

Sur le côté droit de la route des congères peu profondes avaient été formées par plusieurs voitures qui avaient creusé des ornières. La neige était tombée depuis, mais pas assez pour effacer les traces. Je dirigeai la petite Escort vers l'étroit bas-côté et m'arrêtai. Soudainement, dans le faisceau éblouissant des phares, les congères piétinées et, plus loin, les marécages gelés apparurent, ils formaient des contrastes violents comme dans une étude à l'encre de Chine. La couche de glace qui avait été brisée à quelques mètres de la rive s'étendait au-delà, lisse comme une mer d'huile.

C'était là que ça s'était passé. Les traces étaient visibles, mais je crois que j'en aurais eu l'intuition de toute façon, que je l'aurais senti, comme un souffle de vent dans la nuit.

Il avait dû sortir de la route à une vingtaine de mètres du pont, était passé par-dessus la rive et avait atterri dans les marécages. Mais pas très loin. Et pas trop durement. La boue avait dû adoucir sa chute et, d'après le shérif Bauer, sa camionnette n'était pas trop endommagée. Pourquoi à cet endroit ? La route était relativement droite, il n'y avait pas de raison de faire une embardée. Et pourquoi n'avait-il pas tout simplement rampé vers la rive au lieu de s'enfoncer dans les marais aux trois quarts gelés ? Était-il ivre ? Ou étourdi par le choc ? Ou les deux ?

C'était une façon de mourir si insensée ! Mais mon père ne s'était jamais soucié de ce qui pouvait paraître normal aux yeux des gens. Il avait toujours vécu selon ses propres lois. Apparemment, il était mort de la même manière. D'une manière froide, et dure. En homme dur. Bauer avait raison, mon père n'était pas un saint, mais il méritait mieux que cela.

Je n'étais pas entrée dans une église depuis des années, mais je fis une petite prière, là, dans l'obscurité, sur le bord de la route — pour mon père, et pour mon fils et moi. Puis je repartis.

La maison avait l'air plus vieille et plus solitaire que dans mon souvenir, c'était un cottage pittoresque au bord de la plage, fait de pierres et de planches, construit dans les années 1880, quand les entrepreneurs en bois de charpente faisaient fortune. Le premier propriétaire avait dû chérir sa solitude. Il était construit à l'extrémité de Ponemah Point, une étroite péninsule située sur le rivage sud de Thunder Bay qui fait saillie comme un doigt dans l'immensité du lac Huron.

J'avais oublié à quel point le lieu était isolé, il était situé à une vingtaine de kilomètres de la ville et le plus proche voisin se trouvait à deux kilomètres, de l'autre côté de la Pointe. Le cottage semblait aveugle et abandonné, plus abandonné qu'une mouette en hiver. Je me garai dans le jardin, sortis mon sac de marin du coffre et fus poussée jusqu'à la véranda par le vent qui passait en gémissant entre les pins noirs qui entouraient le jardin comme des sentinelles. J'ouvris la porte et pénétrai à l'intérieur, tout était plongé dans l'obscurité, à peine mis-je un pied dans l'entrée que je butai sur une tronçonneuse, me blessant la jambe. Merde ! La maison était aussi froide que le baiser d'une sorcière, et pas plus amicale. Je tournai l'interrupteur. Rien. Pas de lumière. Dans cette partie reculée de la Pointe, il n'y avait jamais eu de lignes électriques, ni de téléphone, mais j'avais espéré que, au cours de ces dix années pendant lesquelles je n'étais pas venue, Shan aurait fait installer une ligne. Pas de chance ! Je priai le ciel qu'il y ait du fuel dans le générateur.

Je posai mon sac dans le salon, trouvai une allumette et ouvris le réchaud à gaz, je tournai le bouton au maximum et restai devant quelques instants, le temps de me dégeler. Je me sentis mieux. Au moins, je ne serais pas frigorifiée. Maintenant, c'était au tour de l'électricité...

Je remontai la fermeture Éclair de ma parka sous mon menton et sortis dehors en courant jusqu'à la remise qui abritait le générateur. Le réservoir était plein ; je tirai deux bons coups secs sur le cordon du starter, le générateur se mit en marche avec un ronronnement presque silencieux. Dehors, une rangée de lampadaires s'alluma, j'eus de la lumière pour retourner à la maison.

Dans le Frigidaire, le lait était congelé, mais en dehors de ça, l'endroit semblait habitable. Je réchauffai une boîte de ragoût de bœuf, préparai une tasse de café et fis le tour du propriétaire. Le cottage était aussi impeccable et spartiate qu'un foyer de jeunes filles chrétiennes : deux chambres, une cuisine, un salon et une salle de bains, des murs en pin noueux et verni, des parquets en bois, un canapé en chêne taillé à la main et garni de coussins en grosse toile marron, certainement aussi vieux que la maison. Le charme authentique de la campagne profonde. Les seuls éléments décoratifs consistaient en une demi-douzaine de trésors maritimes, il y avait là de magnifiques pièces et d'anciens objets trouvés et remontés des épaves qui gisent au fond du lac Huron. Les Grands Lacs regorgent d'épaves, plus de six mille depuis le *Griffin*, le tout premier bateau ayant navigué sur leurs eaux, jusqu'à l'*Edmund Fitzgerald*. Posséder des antiquités sous-marines pouvait désormais vous mener en prison mais mon père s'en moquait. Pour lui, ces objets appartenaient à ceux qui risquaient leur peau pour aller les chercher. J'aurais pu critiquer sa logique mais pas son goût. Il y avait une merveilleuse roue de gouvernail en noyer, posée au-dessus de la petite cheminée en brique, de splendides feux de position en cuivre terni, et, dans un des coins, un compas de marine en cuivre et en bois d'érable ouvragé sur lequel une carabine était appuyée.

Je reconnus le fusil ; c'était la vieille Winchester 30-30 de mon grand-père, datant de 1894, une carabine utilisée couramment pour la chasse au daim dans le nord du Michigan. Je la pris, la regardai, songeant à ces après-midi de fin d'automne pendant lesquels mon père m'entraînait au tir, avec cette carabine. Épauler, viser, tirer. Ne gaspille jamais un coup, traite chaque fusil comme s'il était chargé, et... Mais ce fusil n'*était*-il pas, précisément, chargé ?

J'ouvris la culasse et éjectai une balle réelle, puis six autres, ce qui me surprit considérablement. Les fusils sont aussi communs que les salières dans les maisons des régions du Nord, mais ils ne sont pas chargés. Jamais.

Intriguée, je remis soigneusement le fusil dans le râtelier, ramassai les balles et les replaçai dans la boîte de cartouches ouverte, posée au-dessus du compas.

À part la Winchester, le râtelier était vide. Il aurait dû y avoir deux autres armes. Je trouvai l'une d'elles, le 45 automatique de mon père datant de l'armée, pendue dans son étui derrière la porte d'entrée. Il était également chargé, le chargeur était plein et il y avait une balle dans la chambre. Son fusil de chasse manquait, si jamais il l'avait encore après toutes ces années. J'errai à sa recherche à travers la maison et je tombai sur quelque chose d'au moins aussi étonnant que des armes chargées.

Des chemises de nuit. Deux. Et une robe de femme en soie brodée dans la penderie de la salle de bains. Mon père aimait beaucoup les femmes, il les appréciait comme certains sont amateurs d'art, de musique ou de voitures de collection. Il y avait toujours eu des femmes autour de lui, de longues séries d'apparitions interchangeables, des rencontres qu'il faisait en général l'été parmi les plaisanciers qui venaient au Nid. De temps en temps, il en prenait une suffisamment au sérieux pour que je fasse l'effort de retenir son prénom, mais aucune d'entre elles ne durait bien longtemps. Et il ne les amenait presque jamais ici. Il disait qu'il aimait se réveiller chez lui... seul. *Seul*, c'était un mot qu'il soulignait un peu trop souvent à l'époque où je vivais avec lui.

Visiblement il s'était adouci. Bon, pourquoi pas ? Cela faisait dix ans que je ne l'avais pas vu. Et maintenant, je ne le verrais plus jamais. Je m'étais imaginé qu'en revenant ici après tout ce temps j'allais ressentir quelque chose, je ne sais pas, le sentiment d'un lien, un frisson de mort. Mais non. Dernier membre, vivant ou pas, de ma famille, j'avais vraiment peu de souvenirs de

Shannon Mitchell, et la plupart d'entre eux étaient mauvais. Depuis, beaucoup d'eau avait coulé sous les ponts.

Les chambres resteraient glacées jusqu'au matin, je déroulai donc mon sac de couchage sur le canapé près du petit chauffage. Mais je ne réussis pas à dormir. Trop d'images me hantaient : le bureau du notaire, les histoires au Nid de Pie, le shérif Bauer... et les armes chargées, ici au milieu de nulle part. Je ne sais pas si c'est le vent qui faisait grincer le cottage dans la nuit, ou la paranoïa qui est héréditaire, toujours est-il que je me levai pour aller prendre derrière la porte le 45 dans son étui et le plaçai sur le sol à côté du canapé, à portée de main. J'ai souvent un sommeil agité, j'étais sûre que j'allais bouger toute la nuit. Mais non, je sombrai rapidement dans le sommeil du juste, un sommeil profond et sans rêves.

Jusqu'à ce que quelqu'un allume la lumière, du moins ce fut ma première impression. Je clignai des yeux, hébétée, essayant de me concentrer, de me souvenir où j'étais, de comprendre ce qui se passait. L'horloge d'un bateau, sur la bibliothèque, indiquait un peu plus de deux heures. Pourtant la pièce baignait dans une lueur argentée, d'éclatants traits de lumière ruisselaient le long des rideaux. Quelqu'un, de la plage, éclairait la maison avec un projecteur. Tout à fait réveillée maintenant, je roulai hors du canapé, sortis le 45 de son étui, puis me plaquai contre le mur près de la fenêtre du salon et, prudemment, je soulevai un coin du rideau.

La glace ! Mon Dieu ! Thunder Bay était un champ de cristaux de glace miroitants qui s'étendait sans interruption jusqu'aux confins de l'horizon, probablement sur neuf cents kilomètres au nord, jusqu'au rivage canadien. Il n'y avait pas de projecteur dehors, mais la lune, au trois quarts pleine, qui rayonnait à travers les nuages de neige échevelés, et dont l'éclat, réfracté par un billion de prismes, faisait scintiller le manteau de diamants éclatés dont Lady Huron était revêtue.

J'ouvris les rideaux et contemplai l'étincelante nuit, abasourdie, complètement hypnotisée. Après dix années de plongée sous-marine passées dans les mers tropicales de la Floride, des Caraïbes et du golfe du Texas, j'avais oublié combien la main morte de l'hiver peut métamorphoser les Grands Lacs en un paysage de glaces inextricablement prises dans la banquise, s'étendant sur des milliers de kilomètres carrés, blanc comme l'ivoire, désertique et somptueux comme les vallées de la Lune.

Je restai ainsi plus d'une heure, debout, à regarder. Finalement la fatigue prit le pas et je me mis à vaciller. Malgré tout, je n'allai pas me recoucher. Je me pelotonnai dans un fauteuil confortable, en face de la baie prise dans les glaces, enveloppée dans mon sac de couchage, incapable de m'arracher à la beauté de cette nuit, même pour aller dormir. Je m'assoupissais, me réveillais, m'émerveillais, et de nouveau m'assoupissais. Et puis je vis quelque chose qui bougeait, quelque chose de long, de sombre, quelque chose qui serpentait à des kilomètres du rivage. Je devais être en train de rêver — rien ne pouvait vivre sur le lac gelé — et cependant je le voyais et pouvais même noter sa progression alors qu'il dépassait une colonne de glace tordue qui s'élançait vers le ciel comme des doigts croisés. Puis la lune finit par descendre, la Dame du Lac continuait cependant d'illuminer la nuit de ses phosphorescences spectrales, de ses lueurs vacillantes qui s'élèvent des chandeliers d'émeraude qui ornent les longs couloirs de ses manoirs d'eau glacée.

CHAPITRE 3

L'AUBE NE VINT JAMAIS. Je m'éveillai un peu après sept heures, le ciel était lourd, couvert, un orage venant du Canada passait au-dessus du lac avec, à sa tête, de jolis diablotins de neige qui dansaient et tourbillonnaient comme des ballerines en tutu.

Qu'il vienne. Le poêle était chaud, le cottage confortable, j'avais devant moi quelques heures de liberté. Je préparai un délicieux café, mis dans le grille-pain deux muffins anglais, les saupoudrai de cannelle, puis emportai tout dans le salon.

Je pris mon petit déjeuner, blottie dans le fauteuil en regardant la baie, tandis que le bruit de fond de la radio locale AM ronronnait des nouvelles de Port Huron, des comptes rendus de marchés agricoles, des annonces, des naissances, des réunions de la chambre de commerce, etc. Et pour la première fois depuis... très longtemps, je me sentis bien. Ce cottage avait beau être un peu trop solitaire et isolé, il me faisait toucher du doigt, comme jamais encore, ce que voulait dire le fait d'avoir une maison à soi. Un foyer. Une notion qui m'était étrangère depuis pas mal d'années.

J'étais encore en train d'essayer d'apprivoiser ce sentiment tout neuf quand j'entendis le gémissement léger d'une voiture qui approchait en zigzaguant le long de l'allée. J'allai regarder par la fenêtre gelée de la porte de la cuisine. Une Cadillac blanche s'était garée à côté de ma Ford Escort de location. Une petite femme blonde vêtue d'un élégant trench-coat blanc et de bottes fourrées en sortit et grimpa vivement l'escalier, une serviette à la main. J'ouvris la porte avant qu'elle n'ait frappé.

« Bonjour, dit-elle vivement. Je suis désolée de vous déranger si tôt, mademoiselle Mitchell. Votre avocat, Mr Cohen, m'a dit que vous séjourniez ici. Je suis Karen Stepaniak, de l'agence immobilière Century.

— De l'agence immobilière ? répétai-je, étonnée. Ah ! c'est vrai ! Mr Cohen m'a effectivement dit que le Nid avait été mis en vente. Qu'est-ce que je peux faire pour vous ?

— Je me demandais si vous pouviez me consacrer quelques minutes ? Je me rends bien compte que vous venez juste d'arriver et que j'ai choisi un mauvais moment, mais nous avons une offre d'achat et j'ai pensé que vous deviez le savoir.

— Bon, dis-je. Entrez. Je suis en train de boire un café. Vous en voulez un ?

— Non merci, je ne peux vraiment pas rester », dit-elle en jetant un rapide coup d'œil dans la maison. Elle devait avoir la quarantaine mais les portait très bien. Elle était jolie comme tout avec son visage ravissant, ses yeux noisette et sa taille fine. Elle semblait efficace et sûre d'elle. Juste un brin mal à l'aise.

« L'offre est plutôt directe : cent quarante mille dollars pour le cottage et le Nid de Pie. Trente mille au comptant et le reste à crédit.

— Je vois, dis-je. Est-ce que votre acheteur ne serait pas un type nommé Carney ?

— Oui, c'est lui. Vous avez déjà discuté de cela avec lui ?

— Pas exactement. Il a marmonné quelque chose à ce propos alors qu'il s'en allait. Écoutez, je ne voudrais pas vous mettre dans une situation délicate mais je ne connais pas grand-chose sur la réalité des valeurs immobilières dans la région. Est-ce que c'est une offre valable ?

— C'est... une offre légitime, dit-elle.

— Ce n'est pas la question, dis-je.

— Non, dit-elle en me regardant dans les yeux. Franchement, c'est une offre pourrie. Le Nid de Pie tout seul vaut plus que cela. Ceci dit, l'offre est sur la table et j'ai pensé que vous deviez le savoir.

— J'apprécie votre franchise, dis-je. Mais la vérité c'est que, même si je voulais vendre, je ne le pourrais pas actuellement. Les biens vont être immobilisés pour homologation pendant au moins soixante jours, si ce n'est plus. Apparemment, il manque certains papiers de mon père.

— Je vois, acquiesça-t-elle. Si jamais vous décidiez de vendre, je vous en prie, passez-moi un coup de fil. Merci de m'avoir reçue ; et excusez-moi encore de vous avoir dérangée si tôt. » Elle se retourna pour partir, un peu à regret, me sembla-t-il.

« Mademoiselle Stepaniak ? Pardonnez-moi si je suis en dehors du sujet, mais une femme a dû oublier quelques-uns de ses vêtements. Je me demandais si vous auriez la gentillesse de les prendre et de les donner à une œuvre de charité, ou à qui vous voulez.

— En fait, c'est madame Stepaniak, pas mademoiselle, dit-elle avec prudence. Je, hum, je crois que je peux. Uniquement pour vous faire plaisir, bien sûr ! » Elle soupira et fila directement dans la chambre. Sans avoir demandé où se trouvaient les vêtements.

J'allai flâner dans le salon, le rangeai un peu, fourrai le sac de couchage derrière un des coussins du canapé, puis ramenai la vaisselle à la cuisine. En passant, je jetai un coup d'œil dans la chambre. Karen Stepaniak était assise au bord du lit, les yeux fermés elle pressait sur sa bouche une des chemises sales de mon père, humant le passé. Dans le placard de la cuisine je fouillai parmi les bols chinois bon marché et finis par trouver une tasse et une soucoupe assorties Rookwood, que mon père avait de toute évidence remontées d'une épave. Je lui préparai une tasse de café.

Quand elle sortit de la chambre, elle avait l'air secouée, ses yeux étaient embués, ses lèvres serrées. « Je vous en prie, restez un moment, lui dis-je. Je crois que cela nous ferait du bien de parler un peu. »

Elle s'effondra sur la table de la cuisine, paraissant tout à coup dix ans de plus que lorsqu'elle était arrivée. Elle but son café à petites gorgées, avec reconnaissance ; visiblement, elle se requinquait. C'était une femme séduisante, elle avait des traits fins, une peau lisse, et ses cheveux blonds tirés étaient de cette blondeur qui ne vieillit jamais. « En ce qui concerne votre père et moi, dit-elle calmement, je pense que vous êtes au courant ?

— Madame Stepaniak...

— Appelez-moi Karen, c'est plus simple.

— D'accord, Karen. Mais je ne sais rien, rien de ce qui s'est passé entre vous et mon père, rien de ce qui lui est arrivé ces derniers temps. Shan et moi, on n'entretenait aucune relation en dehors des cartes de Noël et d'un coup de fil de temps en temps. Je lui envoyais les photos de classe de Corey et lui ai fait parvenir un article paru dans la presse de Houston quand Corey a sauvé un de ses camarades de la noyade à l'école, c'est tout. Je ne l'ai pas vu, ni lui ai parlé plus de quelques minutes en dix ans. »

Elle me regarda bizarrement, pendant un moment. « Les hommes, dit-elle à la fin.

— Qu'y a-t-il ?

— Rien. Simplement, j'avais l'impression que les choses allaient mieux entre Shan et vous. Il était très fier de vous, de Corey aussi. Particulièrement après avoir reçu cet article. Il l'a même fait publier dans le journal local. Il... se sentait vraiment très mal, à cause de cette histoire entre vous. Nous étions en train d'essayer d'arranger les choses.

— Nous ?

— Oui, nous. Votre père m'avait demandé de l'épouser.

— Sans blague ! Et vous l'avez pris au sérieux ? »

Elle sourit, ce qui me surprit. Elle avait un beau sourire. « Touchée ! C'est incroyable ce que vous lui ressemblez ! Oui, il le voulait vraiment. Oh ! je sais bien qu'il avait eu de nombreuses maîtresses tout au long de sa vie, mais on était bien assortis, votre père et moi. On voulait commencer quelque chose de nouveau, ensemble, et sa première priorité était de reconstruire les ponts que vous aviez tous les deux brûlés. À ce qu'il m'a dit, il s'est comporté d'une façon plutôt maladroite quand vous... avez quitté la maison.

— Ouais, bon, peut-être que moi non plus je ne m'y suis pas très bien prise. Qu'est-ce que vous savez à propos de tout ça ?

— L'essentiel. Que vous êtes... tombée enceinte, et qu'il a essayé de vous forcer à avorter. Et que c'est pour cela que vous vous êtes enfuie.

— Ça dit assez bien les choses. J'avais sacrément besoin de son aide à l'époque, mais j'ai appris à m'en passer — ce qui est certainement la meilleure chose qui pouvait m'arriver.

— Et Alec ? Il ne vous a pas aidée ? »

De surprise, j'écarquillai des yeux.

« Ça va. Shan m'a dit qu'Alec Deveraux était le père, mais je l'aurais su de toute façon en voyant la photo de votre fils. Il lui ressemble beaucoup.

— S'il lui ressemble, j'essaie de ne pas m'en apercevoir. Il n'a rien à voir avec tout ça. Pour nous, il n'a jamais existé.

— Il a bien fallu qu'il existe à un moment...

— Même pas alors, dis-je en l'interrompant. Il n'y avait pas entre nous de... relations. Nous n'étions pas amants. Je pensais que nous étions des amis, mais...

— Je ne comprends pas, dit-elle doucement. Que s'est-il passé ?

— Rien de bien compliqué, dis-je en soupirant. Mon, hum, mon petit ami venait de me larguer pour la sœur d'Alec. Alors j'ai essayé de rétablir l'équilibre, en flirtant avec Alec. Nous étions à une fête, on avait un peu trop bu, et... il a profité de la situation.

— C'est un viol ! dit-elle.

— C'est comme ça qu'on appelle ça maintenant. À l'époque on utilisait des mots beaucoup plus grossiers. Et seulement pour les filles.

— Est-ce que vous avez dit à Shan ce qui s'était passé ?

— Sûrement pas, non ! J'avais trop peur. Dieu seul sait ce qu'il aurait été capable de faire.

— Il aurait tué Alec, j'imagine, dit-elle en secouant sa tête. Ça n'aurait pas été une mauvaise idée, d'ailleurs. Au cas où ça vous intéresserait, Alec vit à New York, mais il continue de passer tous ses étés ici, avec sa femme et ses enfants.

— Ce n'est pas grave, dis-je en essayant de chasser l'amertume de ma voix. Quand l'été sera là, je serai partie depuis longtemps.

— Où ça ?

— Je... À vrai dire, je n'en sais rien. J'avais projeté de continuer à travailler dans le golfe. D'un autre côté, j'espérais qu'entre Papa et moi les choses finiraient par s'arranger. Je pensais qu'on avait tout le temps. Maintenant... Bon Dieu, je ne sais plus. J'ai l'impression que tout s'écroule autour de moi.

— Je croyais que vous vous étiez fiancée ?

— C'est du passé, dis-je simplement. J'avais une relation avec un type formidable, un prof de biologie marine que j'avais rencontré à la fac il y a quelques années. Nous avions même choisi une maison, dans le genre : « et ils vécurent heureux. »

— Mais ça n'a pas marché ? souffla-t-elle.

— Il s'attendait à ce que je quitte mon job, que je vienne à Dallas, et que je vive une... vie normale. Mais quand le moment est arrivé, je n'ai pas pu renoncer à l'eau profonde. Même pas pour offrir à Corey un vrai foyer. Alors je suis retournée plonger dans les eaux du golfe, mon fils est en pension, élevé par des étrangers. Et maintenant Shan... C'est vraiment trop ! Je ne sais même plus ce que je dois ressentir devant tout ça.

— Vous devez vous sentir un peu perdue, j'imagine. Comme moi. Mais s'il y a un fil d'argent qui traverse tout cela, c'est peut-être bien que nous avons hérité l'une de l'autre.

— Qu'est-ce que vous voulez dire ?

— C'est comme si toutes les deux on s'était fait renverser par le même autobus. C'est pourquoi, si vous avez besoin d'une amie, je me porte volontaire pour le job. Si je peux vous aider d'une façon ou d'une autre,

Mitch, je le ferai, de tout mon cœur, d'accord ? Pour Shan. Et pour moi.

— Merci, dis-je. C'est très gentil.

— Pas du tout. Rien que de vous parler j'ai l'impression que... Je ne sais pas. Que je ne l'ai peut-être pas complètement perdu. Aussi, poursuivit-elle en avalant le marc de son café, commençons par le commencement. Quelqu'un m'a dit que vous aviez entrepris de rafraîchir le Nid. En balançant une chaise par la fenêtre de devant ?

— Vu les circonstances, ça m'a paru nécessaire, dis-je. Et à vrai dire, j'ai trouvé ça génial ! J'espère que ça ne va pas devenir une habitude.

— C'est du Shan tout craché, et, de toute façon, le Nid avait besoin d'une bonne aération. Est-ce que vous avez l'intention de rester un moment ?

— Au moins le temps de mettre de l'ordre dans les papiers. Après, je ne sais pas. Tout ça m'a remuée plus que je ne m'y attendais. J'ai besoin de réfléchir. Si jamais je décidais de ne rien vendre et que votre commission saute, est-ce que vous resteriez quand même mon amie ?

— Si vous le voulez, dit-elle en souriant. Vous ressemblez vraiment beaucoup à Shan, vous savez, que ça vous plaise ou non. Mais en même temps vous êtes différente. Par exemple, dit-elle en montrant sa tasse et sa soucoupe, vous êtes déjà en train de civiliser cet endroit. Et vous dormez sans doute dans un lit.

— Pardon ?

— Non, je disais ça comme ça. Je... dormais ici de temps en temps, mais je me réveillais toujours seule. Normalement, je le trouvais endormi dans le fauteuil du salon. Il y avait passé toute la nuit, à regarder le lac, ou la glace. Et à rêver. Il me disait que parfois il pouvait l'entendre chanter.

— Entendre qui ?

— La Dame du Lac. Il a dû vous en parler.

— Oui, dis-je lentement, je crois. Il y a longtemps.

— On ne peut pas dire, pour vous emmener en bateau, il était vraiment doué ! dit-elle alors que ses yeux se voilaient. Je sens qu'il va me manquer plus que je ne l'aurais cru. Merci pour le café, et l'amitié, mais je dois aller travailler. » Elle se leva vivement et plia ses chemises de nuit qu'elle mit dans sa serviette. « Si vous avez l'intention de vous occuper du Nid, laissez-moi vous donner un conseil d'amie. Débrouillez-vous pour que la balance de vos comptes penche du côté des bénéfices. Avec Shan, elle était toujours dans le rouge, pour éviter de payer les taxes, mais ça le rendait difficile à vendre. Si vous pouvez montrer rien qu'un petit bénéfice pendant quelques mois, je pourrai certainement vous obtenir la moitié en plus de ce qu'il demandait.

— Attendez ! Vous voulez dire que Shan essayait de vendre le Nid de Pie ? Et le cottage ?

— Bien sûr. Je pensais que vous l'aviez compris.

— Non. Je croyais que Mr Cohen avait mis le Nid en vente pour régler les droits de succession.

— Shan a mis en vente les deux propriétés il y a quelques mois. On avait prévu de partir pour Baja avant le printemps. Il disait qu'il en avait assez de la neige, qu'il devenait trop vieux pour l'eau froide... » Elle retint ses larmes et regarda au loin.

« Je ne suis pas sûre d'avoir bien compris. Est-ce que Carney tentait d'acheter le Nid avant l'accident ?

— Il avait fait une offre, mais Shan l'avait repoussée.

— Donc, il avait l'intention de partir, que le Nid soit vendu ou non ? Avec quoi ?

— Je suis désolée, mais c'est moi qui ne vous suis plus.

— Avec quoi pensait-il vivre alors ? Selon Mr Cohen, il avait seulement quelques milliers de dollars en banque.

— À vrai dire, je n'en sais rien. Nous n'avons jamais vraiment parlé d'argent. Mais je ne vois pas pourquoi il y aurait eu de problème, d'autant qu'il aurait pu obtenir considérablement plus d'argent pour le Nid s'il avait attendu la saison touristique pour le vendre.

— Je vois. Pardonnez-moi si je suis brutale, mais vous n'aviez pas l'intention de l'entretenir là-bas, j'imagine ?

— Moi ? Entretenir Shan ? dit-elle en se dressant de toute la hauteur de son mètre soixante. Si nous devons être des amies, il vaut mieux que nous soyons claires au moins sur un point. Je ne suis pas une de ces pétasses que votre père ramassait au Nid. Mon mariage battait de l'aile quand j'ai rencontré votre père. Je ne sais pas si c'est la crise des quarante ans ou tout simplement de la chimie, mais Shan et moi, on s'est plu au premier coup d'œil. On était bon l'un pour l'autre. Il m'a demandé d'aller au Mexique avec lui, et j'ai accepté. Je ne suis pas une croqueuse de diamants, je ne vis pas non plus de mes rentes. Je suis simplement une femme qui travaille. La voiture que je conduis appartient à l'agence, pour eux je suis plus un coursier qu'un agent immobilier. Et comme je suis en ce moment au milieu d'une procédure de divorce, j'espère que je peux compter sur votre discrétion.

— Bien sûr, dis-je, et je m'excuse pour... eh bien, pour tout. Une chose encore. Est-ce que mon père semblait inquiet, ces derniers temps ?

— Inquiet ? Qu'est-ce que vous voulez dire ?

— Quand je suis arrivée, la nuit dernière, j'ai trouvé

deux de ses armes posées à des endroits stratégiques, son pistolet derrière la porte, et sa carabine dans le salon. Les deux étaient chargées.

— Je ne me souviens pas les avoir vues, dit-elle, pourtant j'étais là très souvent. Inquiet ? Vous ne le connaissiez pas vraiment bien, n'est-ce pas ?

— Non, dis-je, peut-être pas.

— Vous ne savez pas ce que vous avez perdu. C'était un homme complexe, pas facile à comprendre, mais... toujours intéressant. Je crois que j'ai une sorte de faiblesse pour les hommes dangereux. Un peu comme vous, vous avez l'air d'aimer un job dangereux. En tout cas, votre père était certainement l'homme le moins peureux que j'aie jamais rencontré. Il n'avait peur de rien.

— Vu comment les choses ont tourné, dis-je, il aurait dû l'être un peu plus. »

CHAPITRE 4

PREMIÈRE LEÇON pour une femme d'affaires : si vous êtes en retard, tout le monde sera à l'heure. Et payé à l'heure, sauf vous. Red, Mr Misiak et son assistant, un jeune adolescent au visage inexpressif, m'attendaient avec impatience sur le parking quand je m'y garai à dix heures et demie. Misiak et compagnie accrochèrent sur le mur un morceau de grosse toile grise afin de protéger le bar du froid, puis ils disparurent rapidement derrière, et commencèrent à s'attaquer à l'ouverture de la nouvelle fenêtre.

Red avait mis une tenue plus adaptée au travail qui l'attendait aujourd'hui, un blue-jean et un T-shirt *U of M* sans manches qui moulait son gracieux torse de toréador. Elle alla frotter les murs que nous avions laissés en plan la veille. Je décidai d'aller fouiller dans le magasin de plongée à la recherche des papiers de mon père qui manquaient à l'avocat.

Le magasin est contigu au Nid mais il a sa propre entrée, une porte ancienne en chêne, avec un hublot en cuivre et une vieille serrure massive, rien qu'une imitation bien sûr, mais parfaitement réalisée. On pourrait croire que la porte avec son hublot et sa serrure ont dormi un siècle au fond du lac. Le butin provenant d'une épave ? Foutre non ! se serait écrié mon père, tel un innocent outragé. Le pillage n'est pas seulement un crime contre l'histoire ; il peut vous coûter deux ans de prison par pièce volée et la confiscation de votre bateau. Pour qui me prenez-vous ? Pour un de ces satanés pilleurs de tombes ?

Et bien sûr c'est ce que tout le monde pensait. Et c'est ce qu'il voulait. Il pouvait mentir avec une sincérité totale ou rendre l'absolue vérité complètement fallacieuse. Un talent utile, dont je n'avais pas hérité. Dommage. Il avait l'habitude de dire que les pieux mensonges sont les fils qui empêchent le tissu social de se déchirer. Évidemment, je ne savais pas s'il le pensait vraiment.

Le magasin de plongée n'avait pas trop changé, les casiers d'articles de pêche étaient toujours le long du mur de droite, avec ses leurres chatoyants Blue Fox et Rapala, ses moulinets Shakespeare, ses fils de Nylon transparent et ses hameçons d'une douzaine de tailles différentes. Tout le reste du magasin était consacré à la plongée sous-marine : dans l'arrière-fond, il y avait un compresseur à air pour remplir les bouteilles, des masques et des tubas de couleur translucide, des palmes et des ceintures de plongée. Du matériel bon marché, et uniquement de fabrication américaine. Je préfère m'équiper en matériel high-tech importé d'Europe, le seul qui soit vraiment utile et résistant pour des plongeurs qui prennent ce sport au sérieux, et il n'y a pas d'autre façon de le prendre.

Les poutres en bois brut du plafond étaient ornées de tout un attirail ancien de plongée, des rouleaux de corde goudronnée, un magnifique casque de plongée en cuivre vert-de-gris avec ses tuyaux à air recouverts de toile, un harpon en fonte pour la pêche à l'esturgeon dont la lame barbelée était tellement usée qu'elle n'était pas plus grosse qu'une aiguille à tricoter. La pièce la plus impressionnante était une quille en bois de chêne d'un seul tenant qu'un siècle de courants et de sable avait sculptée, elle avait la forme épurée d'un arc primitif. Shan avait risqué sa vie pour remonter cette pièce du bourbier qui gît au fond du lac Érié, il avait travaillé des jours entiers au milieu d'une vase épaisse et noire, allant à chaque plongée jusqu'au bout de sa marge de sécurité. Un vrai truc de cinglé. Mais je le comprenais, comme le comprenait chaque plongeur qui pénétrait dans le magasin. Ce n'était rien qu'un morceau de bois mais les plongeurs le regardaient comme si c'était un morceau de la Croix elle-même. Un don de la Dame du Lac.

Le magasin était glacé, poussiéreux et désert, fermé pour l'hiver. Je m'attendais à ce qu'il y ait peu de stock en cette saison, et c'était le cas. Il me faudrait le réapprovisionner pour l'été, en imaginant que je sois encore là. Et que j'aie de l'argent. Au moins l'endroit semblait à peu près rangé. Mon père le maintenait toujours...

Mais non. Comme je jetais un coup d'œil dans la pièce, je me rendis compte que rien n'était finalement vraiment à sa place. Le matériel de plongée avait été déposé dans les mauvais casiers ; les portes coulissantes au-dessous des comptoirs étaient ouvertes ; on avait farfouillé dans les boîtes. Le magasin avait été fouillé, et pas vraiment avec soin. Je fis sauter le fermoir du hublot situé dans le mur entre le magasin et le Nid.

« Red ?

— Ouais ? » Elle était sur une échelle en train de nettoyer les poutres au-dessus du bar.

« Le magasin est en pagaille. Est-ce que quelqu'un y est entré ?

— Je ne crois pas. Shan l'a fermé après Noël. » Elle

descendit de l'échelle et arriva tout de suite. Je me poussai pour qu'elle puisse regarder à travers le hublot. « Merde alors ! » Elle siffla. « Ce n'était pas dans cet état quand il l'a fermé, ni même il y a deux ou trois semaines. Je suis allée chercher des hameçons pour un pêcheur sur glace, tout était bien rangé alors.

— Est-ce que l'avocat de Papa est venu faire l'inventaire ?

— Non, personne ne l'a fait, je crois bien. Il manque quelque chose ?

— Ça serait plutôt à vous de me le dire. En tout cas, si quelqu'un est entré par effraction, ce n'est pas pour tout ce matériel de valeur qu'il a laissé éparpillé sur le sol. Est-ce que mon père cachait de l'argent, ou autre chose dans le magasin ?

— Non, tout est dans le bureau. Qu'est-ce que vous en pensez, on appelle le shérif Bauer ?

— Pas tout de suite. Il vaut mieux que je fasse un rapide inventaire pour voir d'abord si quelque chose manque. »

Je fermai le hublot pour conserver la chaleur, et me dirigeai vers le bureau. Mais je m'arrêtai en chemin.

Car on frappa à la porte du magasin. J'ouvris, c'était un loup, un vrai. Il était assis sur le seuil, me reluquant comme un morceau de choix potentiel. Ce n'était ni un Malamute, ni un Alsacien, mais un de ces bons vieux loups gris du Canada. Il devait peser pas loin des soixante-dix kilos, sa fourrure grossière était gris anthracite et ses yeux ambre luisaient d'intelligence.

« Hé, Mitch, comment ça va-t-y ? Tu t'souviens de moi ? »

Je réussis à détacher mon regard fixé sur le loup juste le temps de jeter un rapide coup d'œil à son propriétaire : un grand type dans un manteau de chasseur en tissu écossais rouge et crasseux, avec une casquette en velours côtelé dont une des oreillettes déchirée laissait voir une tache de naissance lie-de-vin qui dégoulinait du bord de sa casquette jusqu'à sa joue. Son visage avait une forme de lune, ou plutôt celle d'un pain rond au sésame, avec de drôles de trucs bizarres plantés ici et là.

Face de Rat !

Un peu plus, et je l'avais dit ! C'était le seul nom qui m'était revenu à l'esprit, c'est comme ça que les mômes l'appelaient à l'école, et ils s'étaient moqués de lui jusqu'à l'adolescence, quand tout à coup il était devenu grand et fort, jusqu'à avoir presque la taille d'un ours polaire... et son caractère. Radowicz. C'était lui. Judgement Christ Radowicz.

« Jud, dis-je prudemment. Comment vas-tu ?

— Ben, ça va bien. J'ai entendu que t'étais revenue. J'me suis arrêté chez ton père c'matin, mais t'étais d'jà partie.

— Tu vis toujours sur la Pointe ?

— Ouais. Dans la vieille bicoque de Mam'. Mais j'suis seul, maint'nant. Maman est morte, tu sais.

— Non, je ne savais pas. Je suis désolée.

— Ouais, la merde, ça arrive. » Il haussa les épaules et regarda au loin. « Écoute, je m'demandais si tu pourrais pas m'donner du boulot. Ma camionnette est en rade et j'ai besoin de liquide. N'importe quoi comme travail manuel, tu sais.

— Je, hum... Tu vois, hum... peut-être que je peux. Est-ce que tu t'y connais en matériel de plongée sousmarine, Jud ?

— C'est sûr ! J'ai aidé plein d'fois ton père. Mais je peux pas descendre à plus de neuf mètres. J'ai d'mauvaises oreilles.

— Je ne veux pas que tu plonges. J'ai besoin de quelqu'un pour mettre de l'ordre dans le magasin, ranger le matériel et faire le compte approximatif du stock. C'est un travail de taureau. Six dollars l'heure, ça te paraît bien ?

— Putain d'merde ! » Il acquiesça vigoureusement. « Super ! Tu veux que j'commence direct ?

— Quand tu veux, mais, à mon avis, il faut que tu t'occupes d'abord du loup.

— Tu veux dire Chien ?

— C'est un chien ?

— Nan ! Chien, c'est son nom ! C'est un croisement de loup et de chien. Mais si tu cries *Loup* quand tu t'balades, les gens pensent que t'es fou. Elle posera pas d'problème. Elle embête personne tant qu'on reste tranquille.

— J'en suis sûre, Jud, mais nous avons une licence de restauration. Nous n'avons pas le droit d'avoir des animaux ici.

— Ah ouais, je vois c'que tu veux dire ! » Il fronça des sourcils. « Ben j'crois que j'vais la ramener à la maison. Ça va me prendre que'ques heures.

— Pourquoi ça te... Tu veux dire que tu es venu à pied jusqu'ici ? Depuis la Pointe ?

— Ben oui, dit-il, embarrassé. J'te l'ai dit, ma camionnette est en rade.

— Ça fait une sacrée traite ! C'est bon, tu sais quoi, tu peux garder Chien avec toi dans le magasin aujourd'hui. Mais demain tu la laisses chez toi, d'accord ?

— Comme tu veux, Mitch », dit-il, et il serra fort ma main dans son poing crasseux. « Tu l'regretteras pas. » Les yeux de la louve n'avaient pas quitté mon ventre. Elle ne proposa pas de me serrer la main. Moi non plus.

CHAPITRE 5

JE TENAIS L'ÉCHELLE pendant que Red nettoyait la grande roue du gouvernail qui servait de lustre au-dessus de la table de billard, quand la toile de bâche que les vitriers avaient posée devant la fenêtre se souleva comme une vague, ouvrant le passage à un de ces sacrés bons vieux fantômes, bien foutu et tout en muscles dans son caban bleu marine et son jean, avec ses cheveux noirs ébouriffés et ses yeux de pirate. Il me dévisagea un bon moment, puis hocha lentement la tête. « Je suis déjà sorti par la fenêtre d'un bar, dit-il en jetant un coup d'œil à la ronde, mais jamais j'aurais imaginé qu'un jour c'est par là que je rentrerais. C'est un peu moins douloureux. Comment vas-tu, Mitch ?

— Terry Fortier ! » dis-je, sans pouvoir m'empêcher de me fendre d'un grand sourire. Je sentis mon moral remonter d'un coup. « Je pensais que tu étais mort, ou en prison !

— Pas encore, mais la journée n'est pas finie ! Ça m'a fait de la peine quand j'ai appris pour ton père. Bien sûr, je ne pensais pas qu'il ferait de vieux os mais... Ça me fait quand même de la peine.

— Merci. À moi aussi.

— Bon, avant que tu te répandes en larmes pour me

montrer à quel point tu es contente de me voir, vaut mieux que je te prévienne. Je suis censé te flanquer une de ces roustes, à te faire voir les trente-six chandelles, voire même te casser un bras !

— Pourquoi ? Simplement parce que je ne t'ai pas écrit ?

— Nan ! Parce que Joe Carney, ton ex-barman, m'a filé cinquante dollars pour que je te malmène un peu.

— Seulement cinquante ? Je suis vexée. Tu crois que tu vas y arriver ?

— Ça me paraissait de l'argent facile, mais maintenant j'en suis moins sûr. Tu me parais bien costaud, mademoiselle. Et puis tu n'as jamais joué franc-jeu.

— J'ai toujours entendu Shan dire que ceux qui se battaient loyalement manquaient d'imagination.

— Alors là, tu me cloues le bec. D'un autre côté, je crois que ce serait un peu con-con de tabasser une demoiselle qui vient d'hériter d'un bar. Tu sais quoi ? Tu me paies un verre, et on est quittes.

— Tu te le paies, mon vieux ! C'est bien toi qui viens d'empocher cinquante dollars, non ?

— Dure, Mitch, tu es vraiment très dure ! Mais au moins, tu n'as jamais été le genre de petite amie qui coûtait cher. D'accord. Je le paie, tu le verses. Si on allait dans le bureau ? Il y a un peu trop de bruit ici.

— Parle-moi de Carney.

— Le con ! Il va devoir embaucher une petite armée pour nous ratatiner tous les deux ! dit-il en me suivant dans le bureau. Ça lui apprendra à regarder d'un peu plus près ceux qu'il emploie. À propos d'emploi, ce n'est pas Face de Rat que j'ai vu en train de bosser dans le magasin de plongée ?

— Les gens l'appellent encore comme ça ?

— Pas moi. » Terry sourit. « Enfin, pas devant lui.

Baggers Gant a blagué au sujet de sa tache, ce pâté de boue, l'été dernier, Face de Rat l'a éreinté et l'a jeté à moitié mort dans le port. En ce qui me concerne, c'est Mr Radowicz, Monsieur, ceci dit, je n'aimerais pas qu'il travaille pour moi. Il a toujours eu deux cases en moins, Mitch, mais depuis que sa mère est morte, il est devenu carrément bon à enfermer. Il vit dans cette vieille bicoque qui se trouve un peu plus loin, derrière la maison de ton père, avec ce foutu loup.

— Chien, rectifiai-je en lui versant une bonne rasade de Courvoisier dans un verre à cognac. Elle s'appelle Chien. » Je me débouchai une bouteille de Perrier.

« Si ce truc est un chien, Cujo est un hamster alors ! Tu ne bois pas ?

— C'est un peu trop tôt pour moi.

— Pour moi aussi, affirma-t-il. Mais je vais faire une exception, pour trinquer à ta santé. Tu tiens à employer Rat, ça te regarde, mais garde-le à l'œil, okay ? Je t'assure qu'il est encore plus dingue qu'avant. Jud a un seul talent, c'est de foutre les gens mal à l'aise.

— Il m'a dit qu'il avait travaillé pour mon père.

— Ouais, il bricolait sur son bateau et faisait le boulot emmerdant dans le cottage. Shan savait le contrôler. Il plaisantait avec lui quand il le voyait déprimé, ou lui donnait une petite claque sur la tête quand il le sentait hostile. Ne le prends pas mal, Mitch, mais tu n'es pas ton père.

— Non, je ne le suis pas, dis-je en levant mon verre, mais je pense que je peux quand même me débrouiller avec Jud. Aux jours heureux !

— Et aux nuits plus heureuses encore », dit Terry. Il siffla la moitié de son verre, découvrant ses dents blanches et régulières alors qu'il avalait la liqueur. Nom de Dieu ! avec son style débraillé, il était encore plus séduisant que dans mon souvenir. Ralph Lauren propage ce look de surfeur des mers négligé à cinq cents dollars la fringue. Terry le possédait de naissance. Son visage était un peu plus marqué, il avait des pattes-d'oie au coin des yeux, sans doute à force de les plisser dans le vent, et une cicatrice apparemment récente au-dessus de sa lèvre. Il n'y a pas de justice. Certains vieillissent, Terry, lui, s'était patiné avec le temps, comme le chêne ou le cuivre. Les années n'avaient fait que le rendre plus intéressant. Pour moi, en tout cas.

« C'est ton fils, non ? dit-il doucement en prenant sur le bureau la photo encadrée de Corey. Il te ressemble. Il ressemble encore plus à son père. Il a les yeux des Deveraux, exactement les mêmes. Est-ce que, hum, est-ce qu'Alec et toi avez gardé de bonnes relations ?

— Aucune. On ne s'est plus dit un mot depuis longtemps.

— Vraiment ? Il paie une pension pour l'enfant, tout de même ?

— Non. Je ne lui ai jamais demandé.

— Tu ne lui as jamais... Mais putain ! Mitch, tu sais bien qu'il est plein aux as !

— Ce n'est pas le problème. Je n'ai jamais voulu d'Alec, ni dans ma vie, ni dans celle de Corey, ni de son argent, ni de rien de rien. Corey et moi, on s'arrange très bien comme ça. Oh ! et puis changeons de sujet !

— Comme tu veux, dit Terry. Parlons du bateau de Shan, alors.

— Pourquoi ?

— Il me l'a vendu il y a quelques semaines. Tu n'as pas trouvé l'acte de vente dans les papiers de succession, ou ailleurs ?

— Non. Pour le moment, on n'a pas retrouvé tous les

papiers ; il manque le titre de propriété de la maison, et quelques petites choses encore.

— Bon, si tu veux le voir, j'ai une copie de l'acte de vente. Mais tu ne vas pas être contente. C'est un Bayliner de huit mètres, vieux de quatre ans. Je l'ai acheté mille dollars.

— Mille dollars ? » répétai-je en buvant mon Perrier à petites gorgées. Je m'efforçai de déchiffrer le visage de Terry. C'était un beau visage, presque aussi beau que celui d'une star de cinéma. Je le connaissais depuis que j'avais treize ans. C'était mon meilleur ami, et mon amoureux quand nous étions au lycée. Il y a bien longtemps. Trop longtemps sans doute.

« Et si tu me disais de quoi il s'agit ? lui dis-je.

— À propos de quoi ?

— Des histoires auxquelles était mêlé mon père, par exemple.

— Je ne vois pas de quoi tu parles.

— Allez, Terry ! Il se passait quelque chose. Shan était en train de se débarrasser de sa maison et de ses affaires. Il t'a pratiquement donné son bateau. J'ai l'impression qu'il était prêt à quitter la ville à toute vitesse ? Pourquoi ? De qui avait-il peur ?

— Shan ? Peur ? Tu rigoles ! La plupart des gens qui ont un peu de jugeote se méfiaient de lui comme de la peste. Il avait un caractère infernal, ton vieux ! Pourtant, ces derniers temps, il s'était adouci. Sans doute à cause de sa dernière petite amie. Il a toujours été malin avec les femmes, comme un renard dans un poulailler. Mais cette femme-là, elle est particulière. J'ai entendu dire qu'il voulait l'épouser.

— Karen Stepaniak ?

— Là, là ! Que nous avons de grandes oreilles !

— Elle est passée ce matin à la maison pour affaires.

— Eh bien, j'espère que tu l'as complètement réglée, l'affaire. La dame a un mari qui est plus mauvais que tous les fils de pute réunis du New Jersey. « La Scie à métaux », c'est comme ça qu'on l'appelle. Il y a quelques mois, lui et ton père ont eu des embrouilles.

— Qu'est-ce que tu veux dire par embrouilles ?

— Le truc normal. La Scie est venu au Nid faire une scène ; il injuriait ton vieux, lui disait qu'il allait en faire du steak haché parce qu'il lui prenait Karen. Il le poursuivait partout dans le bar. Shan s'est emparé du 45 qu'il gardait près de la caisse, l'a enfoncé sous le menton de La Scie, puis il a enclenché le chien en lui disant que s'il faisait un pas de plus, il faudrait une truelle pour racler sa cervelle collée au plafond. Je voyais les yeux de Shan, Mitch, je te le jure, il l'aurait fait. C'est aussi ce qu'a dû penser La Scie. Il s'est reculé, mais pas de beaucoup. Et il a dit à ton vieux qu'il lui briserait le dos s'il s'approchait encore de Karen.

— Et maintenant il est mort, dis-je.

— Oui, mais on ne lui a pas brisé le dos. » Terry haussa les épaules. « D'après ce que j'ai compris, il est sorti de la route, s'est perdu dans la nuit glacée, et... il est mort.

— Le 45 était pendu derrière la porte du cottage, dis-je, et la Winchester de mon grand-père était dans le salon. Les deux étaient chargées.

— C'est donc qu'il prenait La Scie au sérieux. Et il avait sacrément raison !

— Peut-être. Mais à mon avis il y avait autre chose qu'un mari jaloux. Les maris jaloux, il connaissait, mais jamais il n'a filé au Mexique pour en éviter un. Et il ne t'aurait pas non plus vendu son bateau pour des clopinettes. Pourquoi tu ne me parles pas du reste ?

— Quel reste ?

— L'argent, Terry. Tout ça est arrivé à cause de l'argent. Je peux comprendre qu'il ait envisagé de vendre à bas prix le Nid et la maison s'il était pressé de partir. Mais pas son bateau. Il pouvait le vendre le double de ce que tu lui as payé, n'importe quel jour de la semaine. Il se passait quelque chose, non ? Mais quoi ?

— J'ai entendu dire que tu t'étais mariée, dit-il.

— J'en étais pas loin, dis-je. Ça ne s'est pas fait.

— Ça ne m'étonne pas. Si tu étais un peu plus cool, peut-être que le type aurait pu s'accrocher.

— Figure-toi que c'est moi qui suis partie. Parle-moi du bateau. »

Terry regarda au loin en mordant sa lèvre inférieure : une expression qui réveilla de vieux souvenirs. « J'ai donné un nom à Shan, dit-il.

— Quel genre de nom ?

— Le nom d'un acheteur spécialisé dans la marchandise provenant des épaves. Il y a dans le coin un important marché de contrebande autour des épaves qui gisent au fond du lac. Les peines encourues sont assez lourdes, mais parfois tu peux te faire tellement de fric qu'il faudrait être taré pour passer à côté.

— Et tu es dans le business ?

— Disons que je connais des personnes qui y sont.

— Et mon père, il en faisait partie ?

— Pas exactement. Oh, je ne suis pas en train de te dire qu'il n'aurait pas acheté une lampe en cuivre ou la roue d'un gouvernail à un plongeur ayant besoin d'argent, mais habituellement il gardait la marchandise pour sa propre collection ou en faisait don ici, au musée de l'Institut Deveraux. Il n'a jamais fait le commerce d'antiquités maritimes, autant que je sache.

— Jusqu'au mois dernier.

— Possible. Je n'ai fait que lui donner un nom.

— Ce qui signifie qu'il devait avoir quelque chose à vendre.

— Sincèrement, j'en sais rien. Dans les histoires de ce genre, je ne pose pas de questions, et à Shan moins qu'à un autre. Je sais de quoi il était capable.

— Moi aussi, dis-je. C'est quoi, le nom de ton marchand ?

— Pourquoi tu veux le connaître ?

— Écoute, si Shan était prêt à s'en aller, il avait besoin de liquide. Peut-être que ce monsieur me doit quelque chose. De l'argent, ou beaucoup plus.

— Quoi ! tu penses que l'acheteur a roulé ton père ? Voire pire ?

— C'est ton pote. À toi de me dire.

— Tout est possible », dit-il en baissant lentement la tête. Puis il alla de mon bureau à la petite fenêtre qui donne sur le port. « Ce marchand est sans aucun doute un dur, un vrai. Il a ouvert un magasin d'antiquités et quelques monts-de-piété à Saginaw. On pense qu'il est dans le milieu. Ceci dit, je ne crois pas qu'il ait fait affaire avec ton père. Il m'a appelé la semaine dernière pour me demander si Shan s'était entendu avec quelqu'un d'autre. Il ne savait pas qu'il était mort.

— Et tu as pris ce qu'il t'a raconté pour argent comptant ?

— Je n'avais pas de raison de douter de lui, dit Terry d'une voix calme en se retournant pour me regarder. J'en ai toujours pas. Ce type a toujours été réglo avec moi.

— Ça ne suffit pas. Plus maintenant en tout cas. Je veux le rencontrer. Tu peux arranger ça ?

— Je peux toujours essayer, mais je ne crois pas que ça servira à grand-chose. Ça m'étonnerait qu'il accepte de te parler. Il est plutôt parano quand il s'agit des gens avec qui il traite.

— Ou il accepte de causer avec moi, ou nous allons tous causer avec le shérif Bauer. Tu as le choix ».

Terry me regarda un bon moment, puis il haussa les épaules. « Où est le bon vieux temps ? dit-il. C'est bon. Je vais passer quelques coups de fil, voir ce que je peux faire. Bien sûr, j'imagine que tu te rends compte que si quelque chose de grave est arrivé à ton père dans cette histoire, l'acheteur sera plus nerveux qu'un pitbull sous amphé. Je n'aimerais pas finir comme ton vieux.

— Donne-moi son nom, alors. Je me débrouillerai.

— Non. J'ai mis Shan en relation avec ce type. Si les choses ont mal tourné, je suis en partie responsable. Je m'en occupe. Sauf si tu penses que d'une facon ou d'une autre je *suis* impliqué !

— Mais non, bien sûr que non ! Ça va te prendre combien de temps ?

— Je sais pas. Un jour ou deux.

— Prends-en trois, dis-je. Et sois prudent, okay ?

— Tu sais, dit-il, pendant une minute, j'ai été vraiment content de te voir. J'avais oublié à quel point tu pouvais être casse-couilles !

— Je sais. Toi aussi, tu m'as manqué. »

Ce n'est que tard dans l'après-midi que Mr Misiak et son aide finirent d'installer la nouvelle baie vitrée. Et il se passa une drôle de chose. Quand il ôta la toile de bâche, et que tout à coup une vue rockwellienne du port enseveli sous la neige apparut, ce fut comme si une nouvelle porte venait de s'ouvrir dans ma vie. Pour la première fois, je pus me projeter dans un avenir qui excluait ce travail sans fin sur les plates-formes de forage au Texas, en Alaska, et Dieu sait où encore ! Un avenir où il me serait possible d'élever Corey dans quelque chose qui ressemble à une vraie maison. Finis pour lui les pensionnats et la vie au milieu d'étrangers. Et pour moi, je l'aurais avec moi, je ne demandais rien d'autre. Je pouvais m'en sortir ici ; j'en étais presque certaine. Je connaissais le boulot. Merde ! c'est là que j'avais grandi ! Peut-être, seulement peut-être...

« Vous êtes horriblement silencieuse, dit Red. Qu'est-ce qui ne va pas ? Ne me dites pas que vous la voulez un centimètre plus à gauche ?

— Non, elle est très bien là où elle est, dis-je. En fait, je l'aime tellement que j'en veux une autre. Peut-être un peu plus petite. Dans mon bureau.

— Je crois pas que j'en ai une de cette taille en stock. dit Misiak, l'air soucieux. Il va me falloir quelques jours pour la recevoir.

— Rien ne presse, dis-je. Je suis là pour le moment. »

CHAPITRE 6

TERRY FIT BIEN MIEUX que ce qu'il avait dit. Le lendemain, à trois heures de l'après-midi, il garait sa jeep Cherokee noire sur le parking du Nid et débarquait dans le café en blouson de cuir crade et l'air teigneux.

« J'ai parlé à notre ami, dit-il brusquement. Il n'a pas sauté au plafond, mais si tu veux lui parler, on a une occase. Maintenant. Chez lui, ce soir.

— Où, chez lui ?

— Dans le centre-ville de Saginaw. Qui est à deux heures de route au sud d'ici, au cas où tu l'aurais oublié. Il propose de nous attendre dans sa boutique quelques minutes après la fermeture. Si on y est pas, le rendez-vous est annulé.

— Pourquoi si vite ?

— Le type est complètement parano. Ce qu'il a trafiqué avec Shan était sûrement loin d'être légal, alors maintenant que Shan est mort, Johnno a peur qu'on mijote quelque chose pour le faire coffrer. Comme ça, on n'a pas le temps de se retourner. Sur la tête de ma mère, Mitch, ce mec est un pourri, je te le jure ; ça peut être dangereux. Est-ce que tu es sûre que tu veux y aller ?

— Plutôt deux fois qu'une », dis-je en empoignant ma

veste. Je lançai mes clefs à Red. « Red, vous fermez la boutique, d'accord ? J'ai un rendez-vous important.

— Minute, dit Terry. Est-ce que le 45 de Shan est toujours derrière le bar ?

— Non. Il est à la maison. On peut s'arrêter.

— Nan ! pas moyen, dit-il en regardant sa montre. On a tout juste le temps d'y arriver, et encore ! Faut tenter le coup.

— Est-ce que tu penses réellement qu'on a besoin d'une arme ?

— Figure-toi que si je pouvais prendre un tank plutôt que ma jeep pour y aller, je me sentirais bien mieux. On y va.

— Hé ! Attendez ! cria Jud par le hublot du magasin de plongée. Vous pouvez m'lâcher à la Pointe, mec ? Ça m'éviterait de marcher. »

Terry le regarda un instant, puis sourit lentement. « Mr Radowicz, Monsieur, dit-il. Je pense que je peux faire mieux que ça. Est-ce que ça te dirait de faire une balade avec nous vers le sud ? »

C'est drôle. Pendant toutes ces années, je me suis sans cesse demandé, allongée sur ma couchette, ce que Terry était devenu, songeant à lui bien plus que les quelques heures de loisirs que j'avais. Avait-il épousé Andréa, la fille pour laquelle il m'avait larguée ?

Apparemment non. Il ne portait pas d'alliance et ne m'avait pas parlé d'elle — ce qui laissait en suspens une question vertigineuse. Avions-nous, il y a dix ans, laissé filer la chance de vivre le Grand Amour ? Ou bien étais-je en train de regarder, dans le rétroviseur, la vie en rose des amours adolescentes ?

Nous roulions maintenant dans le crépuscule, l'occasion idéale pour renouer le fil et poser les questions entêtantes. Mais les circonstances ne s'y prêtaient pas. Terry était nerveux comme une panthère, totalement absorbé par la conduite de sa jeep qu'il faufilait dans le flux de la circulation, on était en pleine heure de pointe sur la US 23, la route à deux voies qui ondoie en suivant la côte orientale du lac Huron.

Et puis nous n'étions pas seuls. Trop grand pour tenir assis sous le *hard-top* de la jeep, Jud Radowicz était accroupi sur le siège arrière, le menton sur les genoux, en boule comme Quasimodo. Sa présence se répandait dans la voiture sous forme d'effluves sauvages de bois brûlé et de terre mouillée. Ce n'était pas désagréable. Une odeur primitive. Comme quand on frotte sa tête dans le pelage d'un chien ; ou dans celui d'un loup, j'imagine. Il ne devait pas être très à l'aise, mais ne se plaignait pas. Il se contentait de regarder par la fenêtre la nuit qui tombait ; en massant distraitement la barbe de trois jours qui poussait sur ses joues, il observait le paysage avec attention, les sourcils froncés, comme s'il le voyait pour la première fois. Ce qui était peut-être bien le cas.

Je jetais discrètement, de temps en temps, un regard sur Terry, et je fus en mesure de répondre au moins à une de mes questions. Il n'était pas seulement, comme dans mon souvenir, un merveilleux garçon de rêve. Oh ! la nostalgie sans doute embellit la réalité. Mais il y avait bien plus que cela en lui. Je me rappelais assez précisément à quoi il ressemblait quand nous étions au lycée. Il était vraiment beau alors, mais ce n'était qu'un jeune garçon. Et maintenant ? Mes sentiments à son égard étaient un peu plus complexes qu'au bon vieux temps. Je le trouvais toujours incroyablement attirant. Un peu plus brutal que dans mon souvenir, mais une dizaine d'années s'étaient écoulées, et la vie n'est pas douce dans le coin. Moi aussi, il m'en reste des cicatrices.

« Bon », dit tranquillement Terry en quittant l'Interstate-75 pour prendre la sortie 675 en direction de Saginaw. « Voilà comment les choses vont se passer. Le type qu'on va voir s'appelle Johnno Habash. Il est syrien, ou peut-être libanais. Il possède un magasin appelé Antiquités Incroyables, un immeuble de trois étages plus rempli d'objets précieux que l'*Andrea Doria*. Il possède aussi quatre monts-de-piété dans le quartier nord. Personne ne l'a jamais roulé : voilà tout ce qu'il y a à savoir sur lui. Je veux que les choses soient claires sur deux points. Un, je ne suis pas du genre peureux, mais Johnno me rend nerveux. Deux, rien ne l'oblige à nous rencontrer, Mitch. C'est une faveur qu'il me fait. Alors sois polie. Jud, tu te contentes d'être charmant comme d'habitude. Garde tes yeux ouverts, mais dis que dalle, okay ? »

Jud acquiesça, indifférent. C'est du moins l'impression qu'il donnait. À quoi pouvait-il bien penser ? Comment sa tête fonctionnait-elle ? Derrière le masque de sa tache de naissance, son expression était aussi indéchiffrable que celle de Chien.

Je me souvenais de Saginaw comme d'une ville prise de vertige au bord d'un abîme de quartiers délabrés, son centre-ville luttait courageusement contre l'avancée rampante du cancer commercial qui avait dévoré le cœur de Flint et des quartiers entiers de Detroit.

L'extrême nord de la ville semblait avoir déjà perdu la bataille, avec ses voitures déglinguées qui pourrissaient dans des terrains vagues, ses maisons abandonnées et ses magasins vides aux vitrines béantes. Mais le centre-ville se cramponnait encore, solidement ancré grâce au grand magasin de luxe Jacobsen et au Théâtre-Temple

Art Déco qui avait été restauré, grâce aussi à un certain nombre de petits commerces allant du surplus militaire de Wade à la Banque nationale du Michigan, toujours installés dans les rues du centre. Le bâtiment des Antiquités Incroyables, situé à l'est du centre-ville, était une forteresse en béton de trois étages peinte avec un luxe criard, qui occupait presque tout un pâté de maisons. Derrière ses vitrines protégées par des grilles de fer, on apercevait tout un fatras de meubles anciens, un râtelier de fusils à pierre, des Starck Victrolas debout, des sabres de la Guerre civile et de l'argenterie de l'époque victorienne.

« Le spectacle va commencer », dit Terry, et la jeep tourna doucement devant le magasin jusqu'à la porte de service. « Jud, ils vont peut-être nous fouiller, au cas où on aurait des armes, des appareils d'enregistrement ou je ne sais quoi. Fais ce qu'ils te demandent. Ne t'énerve pas, okay ? Si tu as un couteau, laisse-le ici. Et souviens-toi, sois cool, d'accord ?

— Ils vont pas nous mettre à poil pour nous fouiller comme en tôle ? demanda Jud, inquiet.

— Bordel ! j'espère que non, soupira Terry. D'un autre côté, s'ils décidaient de mettre à poil Mitch pour la fouiller, ne discute pas. Ça rendrait presque la balade agréable. »

Comme on descendait de la jeep, la porte coulissante s'ouvrit électroniquement. Un homme, une véritable montagne d'os et de chair, se tenait sur le seuil, c'était un Black, vêtu d'un costume noir, d'une chemise blanche, d'une calotte rouge et d'un nœud papillon marron. L'homme berçait avec désinvolture un fusil de chasse Remington automatique dans le creux de son bras.

« Hé, Terry ! dit-il doucement en souriant. Comment que tu vas ?

— J'ai été mieux, Mr Bass , dit Terry. Comme je l'ai dit au téléphone, on a eu un mort dans la famille. Désolé de débarquer comme ça, presque à l'improviste. Voici la jeune femme dont j'ai parlé à Johnno, Mlle Mitchell, et mon ami, Mr Radowicz. »

Bass me regarda à peine mais examina Jud avec attention.

« Le garçon a pas l'air d'être venu souvent en ville. Je me trompe, blanc-bec ?

— J'ai encore jamais été là, dit Jud en regardant tranquillement autour de lui. C'est beau. Vous vendez rien que des vieux trucs ici ?

— Exact, dit Bass sèchement. Des vieux trucs. Bon, et pour la balade, m'sieurs dames, Mr Habash dit qu'vous avez cinq minutes pour parler. Vous racontez que'que chose que Johnno veut pas entendre, la rencontre est terminée. Pour les flingues, je vais pas vous tripoter, par respect pour le deuil de la dame, mais j'suis pas le seul à faire marcher la boutique, ce soir. Vous comprenez c'que je dis ? Terry, si jamais y a une merde, c'est toi qui paieras l'addition, pigé ?

— Absolument, Mr Bass. Johnno est dans son bureau ?

— Comme Mahomet sur sa montagne. Tu connais l'chemin. Allez-y. J'vais juste traîner un peu derrière. Toi, le garçon d'ferme, fais gaffe où tu poses tes godasses. On aimerait pas qu'tu casses un de nos... vieux trucs !

— Et tu en as vu que la moitié, dit Terry gaiement. Par ici, la compagnie ! » Jud et moi, nous le suivîmes. Le magasin Antiquités Incroyables était un énorme entrepôt ouvert sous un toit de poutrelles métalliques clairement visibles trois étages au-dessous. Sur les murs et les allées il y avait des quantités d'étagères en métal, bourrées à craquer d'un incroyable étalage d'antiquités, allant des services Wedgwood en porcelaine de Chine jusqu'aux scies passe-partout. Au centre du magasin régnait une tour de bureaux de deux étages et demi autour de laquelle serpentait un escalier en fer forgé. Terry se mit à en grimper les marches sans un mot et je le suivis. Arrivée au second palier, je me retournai pour regarder Jud. Il se déplaçait très lentement, restant près du mur, tenant la rampe pour plus de sûreté. Il semblait mal à l'aise, ce qui me rendit, moi aussi, mal à l'aise. Peut-être qu'il avait le vertige ? J'espérais que non. On était déjà au-dessus des barres lumineuses du deuxième étage et le sol était bien bas.

Le sommet de la tour était une élégante terrasse à ciel ouvert, entourée sur ses quatre côtés par une balustrade en chêne, offrant une vue panoramique spectaculaire sur les allées d'antiquités deux étages au-dessous. Il n'y avait pas d'autres meubles qu'un exquis bureau en bois d'acajou sculpté et un ordinateur IBM 386 placé sur le côté. Il n'y avait pas de chaises, même pas un tabouret. Et je compris immédiatement la nécessité du géant au fusil de chasse : Johnno Habash était une sorte de nain bouffi dont la silhouette ressemblait à un tas de graisse. Avec son costume noir qui avait dû coûter une petite fortune, il faisait penser à un crapaud affublé d'un smoking. Même son visage, qui était charnu, de la pâleur maladive d'un ventre de grenouille, avec sa moue irascible, ses yeux marron et globuleux, avait quelque chose de batracien.

Il nous regardait avec un dégoût mal dissimulé, comme de la marchandise abîmée qu'il n'avait aucun intérêt à acheter.

« Johnno, tu as l'air en forme, dit Terry. J'apprécie que tu aies accepté de nous voir si rapidement.

— Je ne vois pas grand-chose pour l'instant, dit Johnno, et ça risque de ne pas durer longtemps. Le temps c'est de l'argent, Terry. De quoi s'agit-il ?

— Mr Habash, dis-je, j'ai cru comprendre que mon père vous avait contacté pour une sorte de transaction commerciale. Je serais très contente si vous pouviez me donner quelques détails. »

Habash regarda au travers de moi comme si j'étais invisible. « Qu'est-ce que c'est que cette connerie, Terry ? Tu m'as dit que la salope avait quelque chose pour moi !

— Doucement, Johnno, » dit Terry avec un sourire éclatant, et des images surgies du passé me firent comprendre que c'était signe de danger. « Elle a travaillé au Texas, n'a pas parlé à son père depuis un bon bout de temps. Peut-être que quelque chose de bien peut sortir de tout ça. Parfois il faut donner quelque chose pour continuer à vivre.

— J'ai que dalle à donner ! dit Habash brutalement. Vous êtes sur mon territoire, c'est moi qui dicte les règles du jeu. Première règle, je ne parle pas business avec des gens que je ne connais pas.

— Tu me connais, dit Terry d'une voix neutre.

— Peut-être, mais je ne connais pas cette poule, ni ton pote Davy Crockett, et si ça se trouve, je ne te connais pas aussi bien que je le croyais, Terry. Je pensais que tu étais plus intelligent. Écoute, ce type, Mitchell, il est mort. C'est malheureux. J'ai été désolé de l'apprendre, mais c'est pas ça qui va m'empêcher d'aller chier ! Tous les jours il y a des gens qui meurent dans cette ville. Parfois même des péquenots dans la cambrousse. Tu me fais perdre mon temps, Terry. Je crois que je ferais mieux de demander à Bass de te traîner par la peau de ton cul bordé de nouilles jusqu'en bas et de te foutre dehors.

— C'est une mauvaise idée, dit Terry calmement. Personne n'a jamais fait de fric de cette façon. Et puis, Bass est un chic type. Ce serait pas facile de le remplacer. Allez, Johnno, on sait que Shan Mitchell trafiquait quelque chose avec toi. Dépanne la jeune dame. Peut-être qu'on finira tous par y gagner quelque chose. »

Habash fit un pont avec le bout de ses doigts et me regarda au travers de ses ongles manucurés. « On vit une époque merdique ! finit par dire Habash. Les gens se battent pour des restes. Les flics et les impôts se cassent le cul pour essayer de coincer d'honnêtes citoyens comme moi. Alors, écoutez ce que je vais faire. Comme il existe aujourd'hui des petites machines d'enregistrement qui peuvent se loger dans votre foutu nombril, je ne dirai pas un mot. Mais j'écouterai. Ça, c'est "Oui", dit-il en levant sa main droite, et ça "Non", dit-il en levant la gauche. Vous avez deux minutes. Parlez !

— Est-ce que mon père vous a contacté ? » demandai-je. Habash tranquillement ouvrit sa main droite : Oui.

« Pour faire affaire avec vous ? » À nouveau Oui.

« Quel genre d'affaire ? Qu'est-ce qui était en jeu ? »

Le visage de Habash n'exprima rien, ses mains non plus.

« Jusqu'où était-il impliqué, Johnno ? ajouta Terry. Il s'agissait de combien ? Vingt mille dollars ? Cinquante mille ?»

Toujours pas de réponse.

« Plus ?

— Vraiment tu n'es au courant de rien ? Merde alors ! dit Habash qui fronça les sourcils et secoua la tête lentement. C'est dommage. Je pensais qu'on aurait pu faire des affaires. Oublie ça. L'entretien est terminé. Prends tes copains et décampez, Terry. Je ne veux plus jamais revoir ton putain de cul, à ce sujet ou pour n'importe quoi d'autre. Je ne fais pas d'affaires avec des amateurs. Jamais.

— La visite est terminée, m'sieurs dames, dit Bass en s'écartant de la rampe. La porte est deux étages en d'ssous. Pouvez prendre les escaliers, ou essayer d'voler. Comme vous voulez.

— Vous commettez une erreur », commença Terry, mais Bass leva son fusil de deux centimètres. Terry soupira, prit mon bras fermement et se dirigea vers les escaliers.

Mais Jud ne nous suivit pas. « Minute ! C'est pas juste, dit-il lentement. On a fait une longue route pour vous voir, m'sieur. Vous pensez qu'vous êtes un gros légume juste parc'que vous avez c'foutu magasin. Mitch aussi en a un, d'magasin. Et elle vend du matériel neuf, pas d'la vieille camelote comme vous !

— Hé, grande gueule, dit Bass en poussant Jud sur le côté avec la gueule du fusil, peut-être que t'as pas bien vu l'tableau ?

— Vous me touchez encore avec c'machin, et je vous l'fais bouffer », aboya Jud qui repoussa d'une claque le canon du fusil, si rapidement que j'eus à peine le temps de le voir bouger. Bass pivota et fouetta l'air avec la crosse du fusil avant d'en frapper sauvagement la joue de Jud.

« Merde ! dit Terry. Ça sent mauvais. On fout le camp, Mitch ! Vite, à la porte ! »

Jud vacilla mais se remit du coup. Un moment, le temps s'arrêta, Bass le regarda avec incrédulité. Puis il essaya à nouveau de pointer la gueule du fusil sur lui, trop tard. Jud lui avait arraché le fusil des mains et il le fit tournoyer comme une hélice en le jetant par-dessus la rampe.

Bass le frappa, trois solides coups dans le ventre. Jud bougea à peine.

« Fils de pute ! » rugit Jud ; ses yeux étincelaient, le sang ruisselait sur sa joue. Bass essaya de lui donner un coup de genou, mais Jud l'évita et martela la tempe de Bass de son poing crasseux, le poussant violemment dans le coin. Terry saisit mon poignet, me tirant d'un coup sec loin de la rampe alors que le fusil frappait le sol deux étages au-dessous et partait, faisant un trou dentelé dans le plafond.

Johnno cherchait frénétiquement une arme dans son bureau quand Jud s'amena et traîna le petit homme hors de son fauteuil comme un sac de patates.

« Maintenant vous allez lui causer, espèce de p'tit maquereau, grogna-t-il au visage de Habash, ou j'vais jeter ton cul pourri à travers ta foutue vitrine !

— Pose-le, péquenot », dit Bass calmement alors qu'il s'emparait d'un horrible petit automatique sous son manteau. « Immédiatement ! »

Terry s'interposa entre eux, les mains en l'air, paumes ouvertes. « Allez, Bass, refroidis un peu. Si tu tires sur Rat avec cette pétoire, ça va juste le chatouiller un peu et il fera rebondir Johnno jusqu'à mi-chemin de Motown.

— Ta gueule, Terry, ton cul c'est de la viande morte ! » Habash délirait. « Je vais te... » Sa déclamation s'étrangla dans un couinement quand Jud le hissa au-dessus de la rampe, le suspendant dans le vide, d'une seule main. « Bordeeel ! Attends !

— Mr Habash, dis-je en essayant d'être calme, je pense que vous devriez nous dire quel genre de marché vous faisiez avec mon père.

— Merde, c'était rien ! Je lui ai acheté un peu de marchandise !

— Quel genre de marchandise ? demanda Terry. Des trésors maritimes ?

— Non, une cargaison ! De la porcelaine de Chine. Il avait deux caisses de soucoupes. Du premier choix. Rookwood 91. Qui ne laisse pas de trace. Sans valeur historique. Un chargement sans problème.

— Il y en avait pour combien ? demanda Terry.

— Putain ! je ne sais pas. Il n'était pas sûr non plus, il disait qu'il n'avait pas tout. Qu'il y en avait pour vingt mille dollars, un peu plus peut-être.

— Vingt mille ? répéta Terry.

— C'est ce qu'il m'a dit, Terry, je te le jure ! Il m'a vendu la camelote ; je lui ai payé cash sept cent cinquante billets. Il m'a dit qu'il m'en fournirait encore, mais je ne l'ai plus jamais revu.

— Et vous ne vous êtes pas demandé pourquoi ? dis-je. Si ça se trouve, vous lui avez peut-être rendu visite pour savoir ?

— Pour une minable porcelaine de Chine qu'il n'avait peut-être pas ? Lâchez-moi la grappe, mademoiselle ! bredouilla Habash. Tous les jours on me propose des marchés ! Il n'y avait là rien de particulier. Je m'étais dit que s'il avait encore de la marchandise, il me l'apporterait ! Sinon, qu'est-ce que ça pouvait me foutre ! Maintenant, pour l'amour de Dieu, dites à votre putain de gorille de me laisser tranquille !

— Pas de problème, dis-je. Mais d'abord vous feriez mieux de demander à Mr Bass qu'il me prête son arme. Comme ça, on se sentira tous mieux. Puis on descendra tous ensemble jusqu'à la porte d'entrée. Est-ce que tu peux le porter jusque-là, Jud ?

— Oui, j'peux l'envoyer balader jusque-là, grogna Jud.

— Johnno ? demanda Bass avec inquiétude. Qu'est-ce que...

— Donne-lui cette foutue pétoire, trou du cul ! Avant que ce cinglé d'enculé me balance ! Bordel, donne-lui ! »

Bass hésita un moment, me regarda attentivement, comme s'il fixait mon visage dans sa mémoire. Puis il me donna son arme.

« Merci », dis-je, et je tirai un coup dans la pièce pour lui montrer que je savais m'en servir. « Après vous, Mr Bass. »

CHAPITRE 7

« GÉNIAL ! SOUPIRA TERRY. Ça fait trois putains de jours que tu es de retour dans le coin et tu m'as déjà fait perdre le meilleur contact que j'aie jamais eu ! » La jeep roulait vers le nord sur l'I-75, la circulation était fluide et il neigeait un peu.

« Contact, mon œil ! C'est un receleur, Terry, dis-je. Je me demande bien quel genre de business il peut te proposer ? »

Terry s'emporta. « Tout ce qu'il trouve. Oh ! ça va bien pour toi ! tu as fait ton trou dans le golfe, tu touches un chèque de salaire bien gras d'Exxon à la fin de chaque mois, tu plonges en eau chaude, secondée par une équipe d'une dizaine de mecs ! Il y en a d'autres qui doivent se bagarrer.

— Ça va ! Ne me parle pas de bagarres ! Je n'ai pas arrêté de me bagarrer !

— Hé ! Terry, grommela Jud depuis le siège arrière. T'as pas un chiffon que j'peux balancer ? Je saigne sur le tissu d'tes sièges. »

Je pivotai sur mon siège. La crosse du fusil avait ouvert une entaille sur la joue de Jud, une sale plaie violette dont le sang dégoulinait sur sa tache de vin. Je trouvai dans la poche de mon manteau un Kleenex et lui passai. « Tourne ta tête. Laisse-moi...

— Nan ! » dit-il en arrachant le Kleenex de ma main et il se détourna. « Je vais le faire. C'est presque rien. » De sa langue il humecta le mouchoir et le pressa fermement sur sa blessure. Ça diminua l'écoulement du sang mais ne réussit pas à l'arrêter complètement.

« Je pense qu'on ferait mieux de voir à quoi ça ressemble, dis-je. Tu as peut-être besoin de points de suture.

— Non, dit Jud d'un air mauvais. J'suis okay. J'ai pris des coups pires que ça. Fous-moi la paix !

— Terry ?

— Tu l'as entendu, Mitch. Il dit qu'il est okay, dit Terry. Sa joue a sûrement fait plus de dégâts au fusil que le fusil lui en a fait.

— Charmants, tes amis, dis-je.

— Ce ne sont pas mes amis... Bon, peut-être que Bass l'était. Mais plus maintenant. J'aurai du bol si Johnno ne me fait pas tabasser pour de bon. Putain ! Face de Rat, t'avais besoin de...

— M'appelle pas comme ça, dit froidement Jud. J'te l'dirai pas une autre fois.

— Oui, Monsieur, Mr Radowicz, dit Terry. Excuse-moi, c'est sorti tout seul. Mais sois gentil. L'été prochain, quand tu iras te balader au port à la recherche d'un boulot, viens me voir en dernier, d'accord ? Mieux encore, ne viens pas du tout.

— Est-ce que je bosse toujours pour toi, Mitch ? demanda Jud. Ou toi aussi t'es furax contre moi ?

— Non, je ne suis pas fâchée. Je suis reconnaissante. Habash ne nous aurait rien dit si... tu n'avais pas fait ce que tu as fait.

— J'ai perdu l'contrôle, c'est ça qui s'est passé, dit Jud, sinistre. Ça m'arrive d'temps en temps. Mam' me disait souvent : "Si t'es gentil avec les gens, i' seront gentils avec toi." D'la merde, ouais ! Les gens sont pas gentils. Ils m'aiment pas, et j'ai pas besoin d'eux. Et maint'nant qu'Mam' est partie, j'ai plus besoin d'faire semblant.

— Tu fais preuve d'un optimisme formidable, Mr Radowicz, dit Terry. Tu vas aller loin, comme ça. Et le plus tôt sera le mieux.

— Fous-lui la paix ! dis-je sèchement.

— Oui, m'dame, répondit froidement Terry. Pourquoi les gens se foutraient-ils pas la paix, tout simplement ? »

On fit le reste de la route jusqu'à Huron Harbor en silence. Presque deux heures sans se dire un mot.

« Est-ce que tu veux que je te laisse chez ton père ou au Nid ? demanda Terry comme nous approchions de l'embranchement de Ponemah Point.

— Au Nid. Ma voiture est toujours là-bas.

— Tu me laisses quand on dépasse la Pointe, dit Jud.

— Si tu veux, je peux te ramener chez toi, lui proposai-je.

— Nan, j'préfère marcher. J'ai mal au crâne. Le froid me f'ra du bien. Et puis, Chien connaît pas la voiture. D'puis qu'la nuit est tombée, elle doit être sur la route en train de m'attendre. Laisse-moi là, Terry. »

Terry arrêta la jeep sur le bas-côté. Jud sortit et, sans un coup d'œil en arrière, il s'avança d'un pas lourd dans la nuit. Si Chien était en train de rôder dans les parages, je ne la voyais pas.

« Je t'ai avertie au sujet de Rat, dit Terry qui poussa la jeep à fond pour rejoindre la grand-route. Cette nuit il était de ton côté mais je l'ai déjà vu sortir de ses gonds sans la moindre raison. Arrête les frais avec lui, Mitch. La prochaine fois, c'est peut-être toi qu'il balancera pardessus le balcon.

— C'est vrai que par rapport à la réalité, il peut lui

arriver de déraper sérieusement, dis-je. Encore que, ce soir, il nous a donné un sacré coup de main, non ?

— Un sacré coup de main ! C'est comme ça que tu vois les choses ? Vu de ma place, j'ai plutôt l'impression qu'on a foutu en l'air une partie de mon boulot et qu'on m'a mis sur le dos un plein chargement d'emmerdes, pour rien !

— Qu'est-ce que tu veux dire ?

— Si j'ai bien compris, tu penses que ton père était impliqué dans quelque chose de sérieux et qu'il a été tué, c'est ça ? Que quelqu'un a organisé son accident ?

— Je ne sais pas, dis-je avec prudence. Peut-être.

— D'accord, pour le plaisir de la discussion, disons que tu aies raison. Dieu sait que Shan attirait les ennuis comme un ours à miel attire les abeilles. Bon Dieu ! je pourrais te citer sur-le-champ la liste d'une douzaine de personnes qui se seraient fait un malin plaisir de lui faire la peau, mais le nom de Johnno serait à la fin, pas au début de la liste.

— Pourquoi ?

— Parce que si c'est un pauvre type de première classe, c'est aussi un homme d'affaires et que, d'après lui, la seule affaire qu'il traitait avec Shan tournait autour de quelques milliers de dollars pour de la porcelaine de Chine.

— C'est ce qu'il a dit.

— Admettons. » Terry acquiesça. « Mais comme il était suspendu dans le vide trois étages au-dessus du sol, je pense qu'il y a toutes les chances pour qu'il nous ait dit la vérité. Est-ce que tu as la moindre raison de penser qu'il ne la disait pas ?

— Non, dis-je. En fait, je pense qu'il la disait.

— Tu sais quelque chose à propos de cette porcelaine dont il nous a parlé ?

— Je dois avoir une tasse. C'est du Rookwood, j'en suis certaine, mais il n'y en a qu'une.

— Il n'y en a peut-être pas plus. De toute façon, si Habash nous a dit la vérité au sujet de la porcelaine, ça clôt le sujet.

— Pourquoi ?

— Enfin, tu as bien vu le magasin de Habash ! Il n'irait pas s'échauffer pour une affaire de vingt mille dollars. Il parie certainement plus sur les Pistons de Detroit !

— Suppose qu'il y en ait beaucoup plus. Il a dit que Shan ne savait pas combien il y en avait.

— Même dans ce cas, il aurait attendu de l'avoir, à moins que...

— Quoi ?

— À moins que Shan ait essayé de le baiser d'une façon ou d'une autre, dit Terry, soucieux. Johnno a la réputation d'un homme qu'on ne roule pas. Ça peut changer sérieusement le tableau. Je ne peux pas l'imaginer en train de courir après Shan pour une part de gâteau de vingt mille dollars. Mais pour se venger ? Peut-être.

— Tu le fais remonter plus haut sur ta liste ?

— Non, je ne crois pas. D'abord, j'ai jamais entendu dire que Shan ait baisé qui que ce soit. Ensuite, il est mort dans les marécages, à quelques kilomètres de chez lui. Est-ce que tu penses que Habash, ou Bass, ou une demi-douzaine de types de ce genre, pourraient venir à bout de ton père sur son propre terrain ?

— Non, avouai-je, sûrement pas.

— Je te garantis que ce n'est pas possible. Se colleter avec ton vieux, c'était comme entrer en collision avec un train. Et je sais ce que je dis !

— Comment ça ? Tu as eu des ennuis avec mon père ? Quand ?

— Il y a longtemps. Ça n'a plus d'importance maintenant, dit-il alors que la jeep entrait sur le parking du Nid de Pie. J'étais un gamin. Et j'ai perdu.

— Je vois. Tu ne veux pas me raconter ?

— Un jour, peut-être. Pas ce soir. Écoute, pendant quelques semaines, ou un peu plus, je ne serai pas là, je pars. Baggers nous a trouvé du boulot dans les échafaudages à South Bend, et après ce qui s'est passé avec Johnno, il vaut mieux que je me tire. Je t'ai fait une faveur cette nuit, Mitch. Maintenant, c'est à ton tour. Débarrasse-toi de Rat. S'il te plaît. Il est encore plus fou que son loup. D'accord ?

— Je vais y penser, dis-je en sortant de la jeep. Merci pour tout, Terry. Je suis désolée que les choses aient mal tourné pour toi.

— Je m'en remettrai. Ou peut-être pas, ça dépend du temps pendant lequel Habash va me garder dans sa ligne de mire. Est-ce que tu seras encore là quand je reviendrai ?

— Je n'en sais rien, dis-je sincèrement. Peut-être.

— Eh bien, si tu t'en vas, laisse-moi ta nouvelle adresse. Je, hum, je veux plus perdre ta trace.

— Non ? Pourquoi ?

— Si seulement je le savais. » Il soupira. « Je dois être maso. Tu es une femme dangereuse, Mitch, une vraie calamité, je te le jure, bien plus que Shan ne l'a jamais été. Fais attention à toi, t'entends ? Promets-le-moi.

— Je ferai attention, je te le promets. » Nos yeux se sont croisés et ne se sont pas quittés pendant un bon moment, et puis il a secoué la tête, a pris sa jeep et est parti sans un regard en arrière. Terry Fortier. Le dernier des romantiques !

Mais il avait raison sur un point : mon père avait été un homme dangereux à fréquenter. Et d'une certaine manière, il l'était encore.

CHAPITRE 8

LE COTTAGE ME SEMBLA DIFFÉRENT quand j'y arrivai cette nuit. J'y avais toujours pensé comme à un endroit isolé et solitaire. Mais après la journée que je venais de passer, il me parut simplement... retiré. Intime.

Je me fis une tasse de café et regardai, par la fenêtre qui donnait sur la plage, les reflets que la lune faisait sur la glace et le rivage, c'était magnifique, puis j'abandonnai la vue pour aller chercher quelque chose à me mettre sous la dent, quand je m'arrêtai. Avec le sentiment désagréable que quelque chose clochait. N'était pas à sa place.

Je retournai à la fenêtre et examinai le jardin, la plage et, derrière, le lac gelé. Non, ce n'était pas sur l'étendue glacée qui, aussi loin que le regard pouvait porter, était vide et nue. Quelque chose dans le jardin ? Il me fallut un moment pour comprendre. Le hangar à bateaux sur la plage ! C'était là, il y avait quelque chose qui n'aurait pas dû y être. Dans la lumière blafarde des lampadaires, je vis sur la porte du hangar un cadenas, un gros cadenas. Mais si mon père avait vendu son bateau à Terry, pourquoi aurait-il pris la peine de mettre un gros cadenas sur la porte d'un hangar vide, surtout dans ce coin ?

À moins que, dans le hangar, autre chose ne soit entreposé.

J'enfilai une paire de lourdes bottes fourrées, saisis ma parka et une lampe torche, et courus en traversant le jardin. Le hangar à bateaux était une annexe de la taille d'un garage, en bois, construit sur un chenal étroit et artificiel qui menait comme une allée gelée dans Thunder Bay. C'était évident que le cadenas qui verrouillait la porte latérale était flambant neuf, un cadenas à combinaison Master, massif et quasiment indestructible. Le seul moyen de pénétrer à l'intérieur aurait été de faire sauter le loquet hors du chambranle avec un pied-de-biche. Malheureusement, mon père rangeait ses outils dans le hangar à bateaux. Pat ? pas question.

J'allai prendre le cric dans le coffre de ma voiture de location et, pendant les vingt minutes qu'il me fallut pour soulever ce foutu loquet, je grognai et jurai tout en m'esquintant les articulations des mains. Pour rien. Quand la porte s'ouvrit enfin et que je pus braquer ma lampe torche dans l'obscurité, je vis immédiatement que le hangar était vide. Pas de bateau, pas de butin, rien que la glace grise du chenal gelé en guise de plancher et l'établi encombré de mon père sur le mur du fond.

Quelque chose se faufilait en travers de mes jambes. Une araignée ? Je baissai la lampe électrique sur mes pieds et restai clouée sur place. Le fil transparent d'une ligne de pêche était tendu en travers du cadre de la porte ouverte, frôlant mes tibias, presque invisible dans l'obscurité : le fil de détente d'un piège. Je le pris dans le faisceau de ma lampe et le suivis le long du mur, puis à travers la pièce jusqu'à l'établi de mon père. Jusqu'au fusil de mon père, maintenu dans l'étau sur l'établi, le canon pointé en direction de la porte. Droit sur mes rotules. Bordel de merde !

Je fus sur-le-champ trempée d'une sueur froide, gelée comme si je venais de recevoir une douche glacée. Je sentais la tension du fil raidi contre ma jambe. Combien de jeu restait-il ? Je n'en savais rien. Maintenant le faisceau de la lampe sur la ligne, je glissai ma main gauche sur la jambe de mon pantalon pour éviter que le fil de détente ne revienne brutalement à sa place quand je ferais un pas en arrière. Je pris une légère, une très faible inspiration, puis très lentement je commençai à déplacer mes pieds vers l'arrière, millimètre par millimètre, jusqu'à ce que mes jambes soient dégagées de la ligne. Puis je retirai doucement mon doigt jusqu'à ce que le fil reprenne sa position première en travers de la porte ouverte.

Je fis un pas hors de la ligne de tir, me plaquai contre le mur, et ce foutu fusil partit, projetant une décharge de chevrotine à travers la porte, devant moi.

Quel salaud ! Le coup avait cassé net le fil ; je me précipitai dans le hangar vide, desserrai l'étau, dégageai le fusil d'un coup sec et l'écrasai contre l'établi, fracassant la crosse. Putain, il aurait pu me tuer ! Quel genre de fou furieux était-il donc pour installer un piège dans un hangar vide ? Il...

Il ne l'était pas. Comme les battements de mon cœur affolé se calmaient petit à petit, cette conviction se fit jour en moi. Il avait un tempérament de meurtrier, mon père, un tempérament dont j'avais hérité. Mais il n'était pas fou, du moins pas totalement. Il n'aurait pas installé un piège mortel pour protéger un endroit vide. Que pouvait-il donc bien y avoir ici qui vaille qu'on tue quelqu'un ?

Je jetai sur l'établi le fusil brisé et parcourus la pièce de ma lampe torche. La porte d'accès des bateaux était fermée de l'intérieur, donc ce qui était caché devait s'y trouver encore. Mais il n'y avait rien ! Une pièce vide, rien sur les murs, rien que des outils bizarres sur l'établi, et pour plancher une plaque de glace...

La glace. Elle n'était pas lisse. Des sillons y étaient gravés, des traces qui provenaient d'une bande de roulement et de skis métalliques. On avait amené ici, par la porte du chenal, une moto-neige. Et quelque chose de lourd apparemment avait été déchargé sur la glace, quelque chose de suffisamment lourd pour laisser dans la glace des rainures profondes formant un carré de deux mètres.

Je regardai le carré avec attention. Il était trop grand, impossible de porter sur une moto-neige quelque chose ayant la taille et le poids nécessaires à laisser une telle empreinte dans la glace. Je m'agenouillai et passai les doigts dans les rainures. Elles étaient dentelées et d'une profondeur inégale. Elles n'avaient pas été imprimées dans la glace par un objet qui aurait été posé dessus. Les rainures avaient été taillées dans la glace et je ne connaissais qu'un seul moyen de faire des entailles d'une telle épaisseur.

Je revins en courant à la maison et trouvai la tronçonneuse sur laquelle j'avais buté la première nuit dans l'entrée : une Stilh de deux chevaux avec une lame de quarante centimètres. Elle avait sacrément servi. La chaîne dentelée était usée, bien trop émoussée pour couper du bois, mais assez aiguisée encore pour découper de la glace.

De retour dans le hangar je dus tirer quatre ou cinq fois sur le câble du starter pour parvenir à mettre en marche cette scie dont je ne savais pas bien me servir, mais à la fin elle démarra, crachotant comme une mitraillette. Je fis tourner le moteur un moment, pour qu'elle chauffe, puis j'abaissai la lame jusqu'à la glace. Elle la mordit violemment en projetant dans la pièce des fragments et des éclats de glace, elle hurlait à l'intérieur du hangar métallique comme une sirène lors d'un raid aérien.

J'aurais dû mettre des lunettes de protection, des protège-oreilles, et des gants plus épais, mais je m'en foutais. J'étais trop près du but et trop éreintée.

La lame pénétra la glace jusqu'à l'eau située au-dessous et je sciai le carré en suivant la ligne des côtés jusqu'à ce que la dalle, entièrement découpée, bascule sous mon poids. Je fermai la scie, la posai sur l'établi, et tout à coup, dans le silence, ma tête se mit à résonner comme une sirène de pompiers.

Je mis un pied sur un des côtés de la dalle. Il s'enfonça dans l'eau en soulevant le côté opposé. Lorsque celui-ci fut suffisamment hors de l'eau, je me contentai de pousser la dalle sur le bord de la glace comme une porte coulissante.

Le mouvement de la dalle avait agité l'eau, je dus attendre un peu afin d'y voir plus clair. Mais elles étaient bien là : les caisses en bois, il y en avait six, plus ou moins tachées de vase, avec des brins de laine de bois détrempés qui passaient au travers des lattes de bois. Je m'agenouillai au bord du trou pour essayer de lire les caractères délavés imprimés sur les caisses. Sans y réussir. Ils étaient trop effacés. Je remarquai que le couvercle de la caisse du haut avait été ouvert, aussi j'enlevai ma parka, remontai mes manches et plongeai ma main dans l'eau troublée, sentant le froid glacial de l'eau emprisonner mon bras comme les mâchoires d'un piège à ours. Je fouillai dans la caisse le plus délicatement que je pus, m'attendant à trouver du métal ou un autre fil tendu. Si mon père avait piégé le hangar, peut-être avait-il... Mes doigts frôlèrent quelque chose de doux et d'arrondi. Je refermai ma main dessus et prudemment le remontai.

Une tasse. Une simple tasse en porcelaine de Chine. D'un modèle familier : Rookwood. La même que celle que j'avais trouvée dans la maison. Je la rangeai avec précaution, séchai mon bras comme je pus et enfilai ma veste. Six caisses d'ancienne porcelaine de Chine à l'état neuf. De quand pouvait bien dater cette porcelaine ? Habash avait parlé de 1891 et elle paraissait en effet suffisamment ancienne pour remonter à la fin du siècle dernier, peut-être même avant, vu le style des caisses d'emballage. Je ne suis pas experte en porcelaine de Chine mais je m'y connais assez en sauvetage de cargaisons pour savoir que chaque caisse devait valoir dans les deux mille dollars, peut-être plus. Ceci dit, ça ne faisait pas le compte.

La somme que Johnno avait mentionnée était de vingt mille dollars environ. Même à deux mille cinq cents dollars l'une, ces six caisses ne les valaient pas. Ça n'aurait pas suffi à compenser le manque à gagner que mon père était prêt à accepter en vendant rapidement le Nid de Pie. D'un autre côté, il avait stocké la marchandise sous l'eau pour empêcher la laine de bois de geler et la porcelaine d'éclater, mais s'il n'y avait eu que ces six caisses-là il ne se serait pas compliqué la vie à les entreposer ici. Il les aurait gardées dans le cottage.

C'était donc qu'il devait y avoir d'autres caisses. Peut-être toute une cargaison de bateau. Et je crois bien que je savais où elles se trouvaient. Du moins, où se trouvait l'endroit où elles avaient été cachées.

Même s'il y avait eu un téléphone, je ne crois pas que j'aurais appelé le shérif Bauer, mais puisqu'il n'y en avait pas, la question ne se posait pas. Je retournai à la maison et repérai la colonne en forme de doigts croisés au pied de laquelle j'avais vu quelque chose bouger, la première nuit. Elle s'élevait dans la baie, à trois kilomètres environ, une excursion plutôt sérieuse sur le lac gelé. Mais pas impossible, particulièrement depuis que j'étais à peu près certaine de dénicher là-bas la trace de quelque chose. Je mis un chargeur plein dans la crosse du 45 automatique de mon père, le glissai dans la poche de ma parka et quittai les lieux, en laissant les lumières du jardin allumées afin qu'elles me servent de point de repère.

CHAPITRE 9

SUIVRE LES ENCOCHES et les entailles que les chaînes crantées de la moto-neige avaient creusées sur le chenal fut assez facile, mais une fois arrivée au bord du lac, ce n'était pas simple d'avancer avec le vent et les flocons de neige qui tourbillonnaient, et plus difficile encore de reconnaître l'étroite piste que formaient les délicates empreintes.

Heureusement, la visibilité était bonne. Dans le ciel indigo, bien au-dessus de la baie, de gros nuages moutonneux passaient, dérivant comme la banquise. La lune, en partie masquée, était pourtant lumineuse comme un phare. Elle était presque pleine, et, sur l'étendue glacée du lac qui lui servait de miroir géant, chaque chose qu'elle éclairait prenait le relief miroitant du cristal.

La masse de glace qui s'étirait devant et autour de moi ressemblait à un paysage lunaire fait de dalles enchevêtrées, de cratères dentelés, et de quelques flaques de verre noir, frottées et polies par le vent, étincelantes comme de l'ébène. Du rivage, la glace semblait blanche, mais ici, sur la couche elle-même, c'était tacheté comme la peau d'une vieille femme, avec des taches beiges, couleur du sable que le vent avait soufflé depuis la plage, des mouchetures de suie grisâtre, et des ombres noires comme de l'encre qui jaillissaient comme des doigts de chaque arête, de chaque tourelle.

Je m'éloignai avec prudence du rivage, suivant pas à pas les traces laissées par la moto-neige. Seuls le murmure du vent et le craquement que faisaient mes pas sur la glace rompaient le silence. Et bien sûr, il y avait la voix nocturne de la Dame du Lac.

Sous son suaire d'albâtre je la sentais bouger dans ses rêves. Ses marées suivent la lune, elles charrient les eaux de mille rivières en direction de l'est, jusqu'au Saint-Laurent et la mer. La cohorte des blocs de glace lui répond comme un amant, ils se déplacent tendrement avec des gémissements et des murmures. Et puis, de temps à autre, un craquement perçant vous rappelle immédiatement la noire profondeur des eaux prisonnières. Et des esprits qui y sommeillent. On ne peut pas grandir dans ces régions du Nord sans connaître quelqu'un qui est mort dans les glaces. Alors qu'il pêchait ou se déplaçait en moto-neige. Ou tout simplement, alors qu'il marchait.

La solidité de la couche de glace est une illusion. Elle est criblée de trous, de poches d'air cachées par une croûte de neige, de brèches camouflées par une mince peau de glace aux jointures de la plaque. Je le savais, bien sûr, mais je savais également qu'aussi longtemps que je suivrais les traces de la moto-neige je serais en sécurité. Une petite machine d'environ sept cents kilos, qui tire une cargaison pesant probablement une tonne, ou plus. Là où la moto-neige s'était frayé un chemin, je pouvais passer.

Le seul défaut de cette réconfortante théorie, c'était qu'il m'arrivait de perdre la trace de la piste là où la neige s'était amoncelée, ou quand la plaque de glace s'était déplacée, effaçant les empreintes. Quand cela arrivait, je devais ralentir mon allure et choisir soigneusement l'endroit où je posais mes pieds. Heureusement, à chaque fois, je réussissais à retrouver la piste, simplement en prenant le chemin direct le plus plat. Normalement une moto-neige peut galoper comme un pur-sang dans un tel paysage de glace brisée, mais celle que je suivais avait besoin d'une route unie pour éviter de renverser sa fragile cargaison.

J'étais presque à un kilomètre et demi du rivage quand la lune se dégagea entièrement, ramenant la vie par la danse fantomatique des ombres que faisaient les nuages sur l'étendue glacée. La poignante beauté de cette nuit si pure était ensorcelante, ce n'était pas la première fois que la Dame qui vivait au fond du lac m'attirait dans ses charmes. Elle m'appelait avec cette voix presque oubliée de la mère que je n'avais jamais connue. Descends, descends... Quitte ton monde. Viens dormir avec moi. Rejoins-moi...

Et j'avais tant envie de le faire.

Je trouvai la colonne aux doigts croisés trois kilomètres plus loin, mais la piste se poursuivait au-delà, vers le nord. Jusqu'où, c'était difficile à dire. Et ça m'était égal, j'étais tellement hypnotisée par les sortilèges de cette nuit de pur argent que j'aurais pu suivre la piste pendant des centaines et des centaines de kilomètres encore. Jusqu'au Canada, jusqu'à l'infini. Je poursuivis donc mon avancée pénible, poussée par le vent nocturne, bercée par le crissement de la neige sous mes bottes et le bruissement de la couche de glace, comme si des voix chuchotaient dans la pièce d'à côté.

Et puis je m'arrêtai, tellement soudainement que je me surpris moi-même. Il y avait devant moi dans la glace une marque à peine visible : un carré grossier. Il aurait pu être naturel, mais d'une certaine façon je sus qu'il ne l'était pas. Les empreintes de la moto-neige tournaient brusquement sur la droite et s'arrêtaient à quelques pas de là.

Je m'avançai prudemment jusqu'au bord du carré et posai un pied au-delà de la ligne. Et trouai la croûte si facilement que j'en tombai presque dedans. C'était bien l'endroit.

J'allumai ma lampe torche et la baladai tout autour, sans rien chercher de particulier, plus pour être vue que pour voir. Je trouvai quelques marques sur la glace, des taches de boue et des flaques gelées là où les caisses à claire-voie avaient été posées. Je m'agenouillai à côté d'elles, cherchant des traces de pas, mais la surface était trop dure... Et, petit à petit, je sentis comme un contact psychique, la sensation inquiétante qu'on m'observait. Je savais bien que ce n'était pas possible. L'étendue de glace était baignée par le clair de lune. Je pouvais réellement voir à des kilomètres à la ronde, et il n'y avait rien d'autre à voir que de la glace, et de la neige, et des ombres...

Et cependant j'avais cette sensation, aussi aiguë et froide que si on avait planté un pic à glace entre mes omoplates.

Je promenai à nouveau le faisceau de ma torche autour de moi, décrivant des cercles de plus en plus larges. Et tout à coup, je captai deux reflets, deux yeux me regardaient fixement à une cinquantaine de mètres du carré, au ras de la couche de glace. Une forme se dressa dans la neige et commença à se rapprocher lentement, la tête basse, en tournant autour de moi. Et je sentis jaillir des profondeurs de mon être un frisson d'épouvante plus ancien que la vie, plus vieux que les mots.

Une ombre grise se déplaçait comme un nuage de fumée dans le silence ouaté de la neige. Un loup. Non, pas un loup.

Chien.

CHAPITRE 10

LE CHIEN-LOUP SE RAPPROCHAIT de moi dans un silence absolu, pas un grognement, pas même le bruissement de ses coussinets glissant sur la glace. Par moments, elle semblait disparaître, elle se fondait si parfaitement dans les ombres de ce paysage lunaire que, jusqu'à ce qu'elle bouge à nouveau, je n'arrivais plus à identifier sa silhouette. Et à chaque fois elle était plus près de moi. Beaucoup plus près.

Je fermai mon poing sur la crosse du 45 dans la poche de ma parka, mais cela ne me rassura pas beaucoup. Sous le clair de lune, je n'avais aucune chance de l'atteindre avant qu'elle ne soit assez proche pour m'attaquer, et cela risquait d'être trop tard.

J'entendis comme un faible gémissement derrière moi et je hasardai un rapide coup d'œil vers le rivage, lâchant un instant Chien des yeux. Une autre forme se déplaçait là-bas, elle s'approchait de nous, mais pas en silence. Une moto-neige, basse et noire, sans lumière, qui tirait un traîneau derrière elle, fonçait en slalomant entre les blocs de glace brisée comme un skieur en compétition. Chien l'entendit aussi et freina son avance, elle se tapit dans l'ombre d'un monticule de neige, menace informe, invisible à l'exception de l'éclat métallique de ses yeux.

La moto-neige gémit en s'arrêtant à quelques mètres de là. Judgement Christ Radowicz s'extirpa de la bécane, le vent battait son manteau en loques, il ressemblait à un gros épouvantail. Et je fus presque soulagée que ce soit Jud. Je m'étais en partie attendue à ce que ce soit Terry. Il détacha un outil du traîneau, une hache à double tranchant. Il ne me menaçait pas. Il la tenait, simplement. « Ferme ta lampe, dit-il. Quelqu'un pourrait la voir.

— C'est peut-être déjà fait, dis-je.

— Nan, du rivage ça s'voit pas que ça brille. Je l'aurais pas vue si j'étais pas en train de regarder. J'allais te parler de ça, dit-il en me montrant d'un geste le morceau de glace derrière moi. J'pensais que j'pouvais attendre un peu, voir à quoi que tu ressembles, ça a plus d'importance maintenant. Comment que tu l'as trouvé ? Shan a laissé un mot, ou que'que chose ?

— Non. Je t'ai aperçu ici la nuit de mon arrivée. À ce moment-là, je me suis demandé ce que c'était.

— J'viens ici toutes les nuits pour casser la glace, dit-il en soupesant la hache. Sinon ça pourrait geler ; il faudrait que j'me serve encore de la scie. Ça fait trop d'bruit. Tu sais ce qu'il y a en d'ssous ?

— Une épave, dis-je. Avec une cargaison de porcelaine de Chine.

— Reste pas grand-chose, dit-il en acquiesçant. Les superstructures sont toutes arrachées. La seule chose qui reste, c'est la quille. Shan a essayé d'savoir quel bateau c'était, il a cherché dans les bouquins qu'il avait. C'est peut-être le *Victorine* de Chicago, 1891, mais il en reste pas assez pour être sûr. Je l'ai trouvé en pêchant, cet automne. La lumière du soleil donnait juste bien, et j'ai vu sa forme au fond de l'eau. Y a seize mètres de fond, c'est trop profond pour moi, j'ai de mauvaises oreilles. Mais Shan avait pas de problème, et toi non plus, t'en as pas. On peut d'venir associés.

— Tu crois ? Les choses n'ont pas très bien tourné pour ton dernier associé, Jud.

— Non, dit-il en secouant lentement sa tête massive, c'est vrai. Mais ça a rien à voir avec moi.

— Vraiment ? Il vaudrait peut-être mieux que nous discutions de tout cela. Qu'est-ce qui est arrivé à mon père, Jud ?

— Tout allait bien. Shan disait qu'il avait un gars pour la camelote. Jusqu'à aujourd'hui j'savais pas qui c'était. On pensait qu'on pouvait faire trois, peut-être quatre trajets les nuits sans lune, et planquer les caisses dans le hangar à bateaux. Il disait qu'il y avait au moins vingt boîtes au fond.

— J'en ai trouvé seulement six dans le hangar, dis-je.

— On a pu faire que quelques trajets par nuit. Le traîneau pouvait porter deux caisses, pas plus, et il fallait les débarquer vite avant que ça gèle et que la porcelaine pète. La première nuit on a récupéré que trois caisses, celles que Shan a vendues à ce petit maquereau de Saginaw.

— La seconde nuit, pendant qu'on transportait le troisième chargement, y a des lumières qui se sont allumées le long du rivage, tu sais, les gens qui s'lèvent, qui s'préparent pour aller au boulot ! On pouvait pas risquer de s'faire repérer, alors Shan a pensé qu'il valait mieux qu'on laisse tomber, et qu'on retente le coup la nuit suivante. Seulement, y a pas eu de nuit suivante.

— Pourquoi ?

— Je... Je m'suis tiré pendant quelques jours. Ça a duré plus longtemps que j'croyais. Ils l'ont tué pendant qu'j'étais pas là.

— Qui l'a tué ?

— J'sais pas, dit-il, soucieux, en regardant au loin. C'était un vrai bordel quand j'suis rev'nu. Y avait des flics partout, ils avaient brouillé les traces, mais il en restait assez pour que j'voie que Shan avait pris cette putain de route trop vite. Il aurait pas dû. Il le savait bien, qu'cette route était dangereuse ! On dirait qu'il fuyait devant que'que chose. Ou qu'il fonçait vers que'que chose. Mais j'crois pas qu'c'était un accident. Merde ! il avait pris cette route un paquet d'putain de fois, sans jamais s'planter, des fois ivre, des fois pas ivre. Et puis, même s'il est sorti de la route, pourquoi il est pas revenu vers la rive, c'était facile au lieu de...

— Au lieu de quoi ?

— Au lieu d's'éloigner dans les marécages pour mourir dans la nuit, comme il a fait. Comme s'il avait peur, peur de que'que chose, à en crever. Sur la tête de ma mère, j'te l'jure, ce vieux, il avait peur de rien !

— Il avait peut-être peur de toi ?

— De moi ? Nan, Shan avait pas d'raison d'avoir peur de moi. Il pouvait me botter le cul n'importe quand. Il s'est pas gêné du reste.

— Ha ! Bon ? Et qu'est-ce que ça t'a fait ?

— Quoi ? D'recevoir des baffes ? Ça veut rien dire, Mitch. Les deux fois, j'les ai méritées. Et puis c'est pas comme si c'était la première fois que j'en prenais. T'es comme moi, les coups de pied au cul, ça t'connaît ! Remarque, j'donne plus de coups que j'en reçois, mais même si on gagne, on prend quand même des coups. J'ai l'habitude. J'en ai pris toute ma vie. » Il avait la gorge serrée, il regarda au loin. Son visage était dans l'ombre. Difficile de savoir ce qu'il avait dans la tête.

« Pourquoi est-ce que tu n'es pas venu prendre la marchandise dans le hangar ? demandai-je en risquant un rapide coup d'œil vers Chien.

— J'aurais pu, facilement. Shan m'avait donné la combinaison du cadenas, il m'avait prévenu à propos du piège. J'ai laissé tout comme c'était, en attendant que t'arrives. Pourtant, y en a qui ont essayé.

— Qui ?

— J'sais pas. Peut-être ceux qui l'ont eu. Ils sont venus renifler autour de la maison, deux fois, mais j'ai lâché Chien sur eux, tiré deux ou trois coups de feu dans la nuit, et j'les ai fait fuir. J'ai pas bien vu leur voiture, et ils sont jamais revenus.

— Mais si Shan et toi étiez associés, pourquoi ne t'a-t-il pas parlé de Habash, Jud ? Il ne te faisait pas confiance ?

— C'était pas utile. J'avais confiance en lui, moi. De toute façon, j'sais bien au fond d'moi que Shan, il faisait confiance à personne. C'est comme ça qu'il était.

— Mais moi, je peux te faire confiance, n'est-ce pas ?

— Bien sûr qu'tu peux. Écoute, je t'ai attendue, pas vrai ? J'veux dire que, si j'avais voulu, j'aurais pu m'débrouiller avec quelqu'un d'autre.

— Peut-être. Ou peut-être que tu ne connais personne à qui faire confiance. Ou peut-être que, plus vraisemblablement encore, tu n'as pas pu trouver quelqu'un qui te fasse confiance.

— J'aurais pu demander à Terry. Il aurait accepté, et tu le sais. Mais j'ai pas voulu. Je t'ai attendue, Mitch. Tu m'as toujours bien traité, tu m'as jamais appelé par mon surnom, pourtant t'avais plus d'raisons d'le faire que n'importe qui d'autre. Écoute, dit-il en s'approchant brusquement, quand on sera revenus sur le rivage, on pourra mieux s'expliquer, mais pour l'moment, faut casser à nouveau la glace du trou et s'tirer d'ici avant que quelqu'un nous aperçoive.

— N’approche pas plus, dis-je en sortant mon 45 de la poche de ma parka.

— Bordel ! Mitch, fais pas le con ! dit-il en s’arrêtant. On peut pas rester là.

— On y va, dis-je, mais d’abord jette cette hache.

— Je t’ai jamais fait de mal, Mitch. Tu l’sais.

— Tout ce que je sais, c’est que mon père est mort et que tu es impliqué dans cette histoire. Il se peut que ça se soit passé comme tu me l’as dit. Mais il se peut aussi que Chien et toi vous l’ayez empêché de sortir de l’eau assez longtemps pour qu’il perde connaissance. Puis le froid l’a achevé gentiment et tu as laissé croire à l’accident.

— T’es complètement dingue ! Pourquoi j’aurais fait ça ?

— Peut-être parce que tu savais qu’il avait l’intention de s’en aller avec son amie et que tu t’es dit qu’il allait te rouler.

— Il aurait pas fait ça ! Merde ! il m’avait déjà donné la moitié d’l’argent qu’il avait reçu de Habash. J’ai presque tout claqué, mais il m’en reste encore.

— C’est une raison de plus pour que je me méfie de toi, Jud. Peut-être que tu es devenu plus gourmand et que tu as décidé de tout prendre. Trouver des mobiles, c’est le travail de Charlie Bauer, pas le mien. En tout cas, il y a une chose dont je suis sûre. J’ai la chance de pouvoir refaire ma vie ici, et je n’ai pas l’intention de commencer en pillant une épave, avec toi ou avec qui que ce soit d’autre.

— Non, dit-il, c’est pas juste. J’ai jamais rien eu. C’est la seule chance que j’aie jamais eue. Shan m’avait promis que j’allais rien perdre dans cette affaire avant qu’il s’en aille. Tu peux pas tout envoyer balader comme ça. T’as pas le droit ! »

Il s'avançait vers moi en traînant le pied, comme un homme de Neandertal dépenaillé, avec sa hache dans la main.

« Recule-toi, Jud ! dis-je en levant le 45. Je ne veux tirer sur personne, mais s'il le faut, je suis prête à le faire.

— Écoute, laisse-moi au moins casser le trou, et on pourra... »

Du coin de l'œil je surpris un mouvement vif comme l'éclair : Chien rampait rapidement vers nous, ventre à terre, les crocs menaçants, avec un grognement hargneux et rauque qui semblait émaner de la glace elle-même. « Appelle-la, Jud ! » Elle se dressa brusquement, et je tirai un coup d'avertissement dans sa direction, on aurait dit une allumette qu'on venait de griller dans la nuit.

« *Noon* ! Fais pas ça ! » hurla Jud qui se jeta sur moi. Il me heurta de sa poitrine puissante, je le frappai à la tempe avec le canon du revolver, mais la violence du choc nous projeta en arrière sur la couche de glace. On tomba ensemble brutalement, en se martelant de coups l'un l'autre, puis la couche de glace se brisa et nous plongeâmes dans l'eau noire et glacée.

CHAPITRE 11

LE CHOC FUT INCROYABLE, le froid si féroce que j'en pleurai presque. Le poids de Jud m'entraînait de plus en plus profondément dans la noirceur glacée de l'eau. Je me dégageai, oubliant ce foutu revolver, oubliant tout sauf de retrouver le chemin de ce fatras gris de glace qui était au-dessus de moi ; à bout de souffle je la brisai, puis reculai parce que Chien, au bord du trou, se précipita sur moi : elle entrechoquait ses crocs à quelques centimètres de mon visage.

Jud se débattait dans l'eau à quelques dizaines de centimètres derrière moi, cherchant aveuglément à atteindre la surface, hébété, désespéré ; le sang dégoulinait de la balafre de sa tempe sur la tache de sa joue. J'essayais d'avancer à tâtons sur le rebord mais les morceaux de glace se cassaient dans mes mains, ils raidissaient mes bras comme des attelles de fer. Chien était folle furieuse, elle chargeait frénétiquement d'avant en arrière, grognait, gémissait. Puis tout à coup elle se jeta dans l'eau, elle heurta mon épaule violemment et me projeta de côté alors qu'elle essayait de rejoindre Jud. C'était horrible ! Elle ne pouvait pas nager au milieu de la glace et on fut tous les trois entraînés, barattés dans ce chaudron d'eau glacée comme des damnés en enfer.

Je m'écartai d'eux, me bagarrant avec les morceaux de glace pour atteindre le côté le plus éloigné du trou. Je réussis à trouver une prise sur la plaque de glace, puis lentement je me hissai hors de l'eau, avec angoisse, millimètre par millimètre ; mes ongles se cassaient ; mes mains glissaient, trop engourdies pour s'agripper. Petit à petit mes épaules reposèrent sur la glace et d'un coup de ciseaux je fis rouler mes jambes hors de l'eau.

Pendant un moment je restai allongée, à peine consciente. Puis je m'obligeai à me mettre sur les mains et les genoux, me soulevant comme un animal épuisé, la tête tombante, tandis que l'eau dégoulinait de mes cheveux et de mes habits.

Un hurlement venu de derrière me sortit de ma torpeur. Chien était à demi hors de l'eau, elle faisait des efforts désespérés pour s'agripper au bord ; Jud, lui, s'accrochait à son pelage, mais ni l'un ni l'autre ne réussirent à se maintenir plus longtemps et ils glissèrent à nouveau dans l'eau noire. Jud lâcha sa prise de fourrure et coula, et Chien cessa d'essayer de se sauver pour tenter de nager jusqu'à lui. Alors quelque chose craqua en moi.

Un *non* atavique jaillit en rugissant de mon subconscient. Secoue-toi ! Bouge ! Bouge ! Tu ne peux pas les laisser mourir comme ça ! Tu ne peux pas !

Je rampai sur mes mains et mes genoux, autour du bord du trou, jusqu'à eux. Je cherchai Jud à tâtons dans l'eau, puis je réussis à entortiller mon poing dans ses cheveux, et je tirai ses épaules hors de l'eau. Je n'avais pas assez de force pour le sortir entièrement de là, mais il se libéra de la glace en se tortillant faiblement et se retrouva sur la couche de glace, où il s'écroula à côté de moi en gémissant comme un enfant : le sang coulait goutte à goutte le long de sa joue, il tachait de poupre la neige.

Chien se débattait pour nous rejoindrc, mais elle n'arrivait pas à avancer entre les morceaux de glace, et elle n'avait presque plus de force. Elle s'enfonça dans l'eau, puis réussit à refaire surface, mais je savais qu'elle ne pourrait pas y arriver une seconde fois. Saloperie !

Je pris une grande respiration, puis avec précaution je m'approchai d'elle, étendant le bras maladroitement pour la prendre par la peau du cou, mais au moment où j'allais la toucher, elle se tourna et happa mon bras avec ses crocs, déchirant la manche de mon manteau, et mon bras qui aussitôt brûla de douleur.

Je hurlai et essayai de me libérer, et je sauvai ainsi sa misérable vie en la faisant monter sur la glace. De ma main gauche je martelai sa gueule de coups, frappai durement ses yeux, elle lâcha prise, recula, tout en grognant et en s'aplatissant pour bondir à nouveau.

Mais elle ne bondit pas. Sans bouger d'un pouce elle me fixait, ses yeux étincelaient de fureur ; si j'avais eu ce satané revolver je l'aurais abattue sur-le-champ. Jud, de son côté, essaya de se relever, mais ses jambes se dérobèrent et il tomba, plus mort que vif. Comme je l'étais aussi. Le vent qui s'était levé et gémissait dans la nuit nous recouvrait de gel, il nous endormait en nous glaçant jusqu'aux os. Il fallait quitter cet endroit, trouver un abri et de la chaleur, ou mourir.

Je m'obstinais à persuader Jud d'aller jusqu'au traîneau. Il devait ramper tout seul car, à chaque fois que je faisais un geste pour l'aider, Chien s'avançait vers moi, menaçante, je savais qu'elle m'aurait mise en pièces si je l'avais touché. À la fin, il réussit à se hisser tout seul sur le traîneau où il s'effondra, à moitié inconscient. La moto-neige démarra au premier contact. Putain, heureusement ! car j'étais à bout de forces et ma volonté de m'en sortir semblait s'être tirée avec elles. J'allumai les lumières et démarrai en trombe. Jud était toujours inconscient sur le traîneau et Chien courait à ses côtés.

Suivre les empreintes laissées par la moto-neige quand j'étais à pied et que je pouvais m'arrêter et regarder les traces n'avait pas été une partie de plaisir, mais les repérer dans le faisceau du phare me semblait presque impossible. Et pourtant, il fallait bien que je reste sur la piste. En sortir dans la nuit noire aurait signifié notre arrêt de mort. Si la glace se brisait sous nous, ou si on tombait en panne, on ne pourrait plus jamais atteindre le rivage. Nous étions trop loin pour marcher, et il faisait bien trop froid.

Chien s'en sortait mieux. Au moins elle bougeait. Le vent nocturne hurlait depuis la lune, il balayait la glace de part en part, gelait mes vêtements, engourdissait mon visage, mes sens, il transformait en glaçons mes mains accrochées aux poignées. La neige commença à chatoyer et à danser...

Et apparemment je dus m'évanouir.

Quelque part sur le chemin du retour, j'ai dû perdre complètement conscience. Je ne me souviens pas que je me suis écrasée avec la moto-neige près du rivage, ni que j'ai rampé jusqu'à la voiture, ni que j'ai conduit jusqu'à ce que je rentre dans un panneau de signalisation sur la US 23. C'est ce qu'on m'a dit. Mais sincèrement, je ne m'en souviens pas. Je ne me suis réveillée que le lendemain, quelque quatorze heures plus tard, il était plus de midi.

Et c'est alors seulement que quelqu'un est parti à la recherche de Jud.

CHAPITRE 12

« RIEN, dit Charlie Bauer. On a trouvé la moto-neige bousillée à une dizaine de mètres sur le lac gelé. Je me demande comment vous avez fait pour vous en sortir. Il n'y avait aucun signe de sa présence près de la moto. Il est sans doute... tombé avant. Avec le vent qu'il faisait, ses empreintes ont pu être effacées en quelques minutes. On est allé vérifier à sa cabane et chez vous. Il n'y était pas et il ne semble pas qu'il y soit passé non plus. Rien n'a été dérangé. Dans l'après-midi j'ai envoyé un hélicoptère. La visibilité sur le lac était bonne. Les garde-côtes n'ont rien vu en dehors de la glace.

— Vous pensez qu'il est mort, c'est ça ? » demandai-je. Nous étions dans la salle d'attente de l'hôpital Saint-Joseph de Huron. Le soleil pâle de l'hiver était en train de se coucher doucement. C'était l'heure du crépuscule.

« Je ne sais pas, dit Charlie. Mais il y a pas mal de trous d'eau dans la couche de glace. S'il a trébuché dans l'un d'eux... D'un autre côté il a grandi sur la Pointe. Il y a passé toute sa vie. Il peut avoir trouvé un abri quelque part. Après tout, il est fort comme un bœuf.

— Ou un loup, dis-je.

— Écoutez, j'espère que vous n'allez pas mal le prendre, Mitch, mais vous êtes vraiment sûre qu'il était là ?

Vous étiez plutôt dans un sale état quand on vous a ramenée ici.

— Évidemment qu'il était là ! Il est monté sur la moto-neige ! Mais à part cela, je ne me souviens plus très bien de ce qui s'est passé. Il, hum, il m'a dit qu'on avait tué mon père.

— Qui l'a tué ?

— Il ne savait pas. Ce qu'il a raconté n'est pas très clair. Il a dit que Shan avait sûrement eu peur de quelqu'un. Mais qu'en même temps il n'avait jamais eu peur de personne.

— Vous avez raison, dit Charlie. Ce n'est pas très clair. À votre avis, qu'est-ce que ça veut dire ?

— Pas grand-chose. Par contre je pense que Rat est impliqué dans sa mort, d'une façon ou d'une autre. Ils étaient en train de piller une épave ensemble. Ils se sont peut-être disputés à propos de l'argent, je ne sais pas. Peut-être que Face de Rat l'a forcé à sortir de la route, ou quelque chose comme ça. Qu'est-ce que vous en pensez, c'est possible ?

— Non, il n'y a aucune chance.

— Pourquoi ? Vous paraissez bien sûr de vous...

— Je ne suis peut-être qu'un shérif de patelin, Mitch, mais je connais mon boulot. Je n'ai pas aimé la façon dont votre père est mort. Ça ne m'a pas semblé normal, et ça ne me le semble toujours pas. Mais par quelque bout que je prenne toutes les preuves que j'ai rassemblées, je ne peux pas en conclure à l'acte criminel. D'abord, il n'y avait pas le moindre signe de collision sur la camionnette de votre père, et pas d'autres empreintes que les siennes sur les lieux. Il s'est simplement... éloigné de son véhicule accidenté. Dans la nuit glacée.

— Est-ce qu'il aurait pu être pourchassé ? Par le loup de Jud ?

— Je ne vois pas comment. Même un loup laisse des traces, et si c'était le cas, il aurait pu rester dans sa camionnette en attendant de l'aide.

— Mais si Jud était...

— Radowicz n'était pas là, Mitch. Il ne pouvait pas y être. Son alibi est en béton, absolument inattaquable. La nuit où Shan a été tué, il était en prison, à Oscada. La nuit précédente il était complètement ivre, il s'est bagarré dans un bar avec deux bûcherons, qu'il a d'ailleurs salement arrangés. La police l'a coffré quatre jours pour ivresse et tapage nocturne, puis il a été relâché parce que les bûcherons n'ont pas voulu porter plainte.

— Je comprends, dis-je lentement.

— Non, dit-il, pas tout à fait, je crois. En fait j'ai un problème, Mitch. Et à vrai dire, je ne sais pas par quel bout le prendre.

— Quel genre de problème ?

— Un des plus embêtants, une question d'éthique. J'ai passé toute ma vie dans le Nord, je suis dans le département depuis que j'ai quitté l'armée. Je connais bien les gens d'ici, un peu trop parfois. Je me souviens quand tu es venue vivre avec ton père, tu étais au lycée alors. J'ai pensé que tu étais le plus ravissant des petits garçons manqués que j'avais jamais vu. Je le pense encore.

— C'est... gentil, de me tutoyer, dis-je d'une voix neutre. Mais ce n'est pas de cela dont tu veux me parler, non ?

— Non, dit-il en se détournant de la fenêtre pour me regarder. Je fais peut-être une erreur en te parlant de tout ça. Mais ça a l'air d'être le moment, et puis il vaut mieux que tu l'apprennes de moi.

— Que j'apprenne quoi ?

— Écoute, ce n'est pas facile à dire, mais puisque on

y est, eh bien, allons-y ! Une de mes attributions en tant que shérif, c'est de m'occuper du bureau des affaires de justice, tu sais, le recouvrement des pensions alimentaires, par exemple. Ton père nous envoyait un chèque chaque mois. Il n'était jamais en retard.

— De quoi parles-tu ? Il ne m'a jamais donné un centime.

— Ce n'était pas pour toi, interrompit Charlie. Mais pour Stella Radowicz, la mère de Jud. Il a payé une pension pour Jud jusqu'à ce qu'il ait dix-huit ans.

— Qu'est-ce que tu dis ? » ai-je demandé. Mais ce n'était qu'un réflexe. Quelque part, tout au fond de moi, je sus immédiatement que c'était vrai.

« Je suis désolé, dit-il. Je sais que tu traverses en ce moment une période difficile, mais j'ai pensé que tu devais le savoir. Tu m'as déjà dit que je manquais de tact. Tu as raison.

— Ouais, sûrement, dis-je. Encore que je, hum... Merci de me l'avoir dit. C'était la seule chose à faire. Seulement maintenant je ne sais... tout simplement pas quoi faire de tout ça !

— Je comprends. Je suis désolé, Mitch, vraiment navré de ce qui arrive. On va continuer à chercher, tu sais.

— Je sais.

— Bon, je crois qu'il vaut mieux que j'y aille. Tu es au courant que la DNR va saisir la cargaison, hein ? Légalement, c'est la propriété de l'État.

— Tant mieux. Je ne veux rien avoir affaire avec tout ça.

— Okay, je vais leur dire, dit-il en se préparant à partir. Je te verrai demain.

— Je ne serai pas là, dis-je.

— Tu ne quittes pas la ville ? » dit-il avec un tel intérêt que je souris malgré moi. Il avait un bon visage, fort et honnête. C'est drôle, je ne l'avais pas encore remarqué. Je n'étais jamais allée plus loin que son uniforme.

« Non, pas la ville, Charlie, simplement l'hôpital. Je ne les aime pas. Je ne m'y suis jamais franchement amusée.

— Je comprends ça. Mais ne cherche pas à aller plus vite que le train, d'accord ? Tu t'es déjà sérieusement démenée. Essaie d'y aller mollo pendant quelques jours. Je te verrai plus tard. »

Il partit, mais je ne le vis pas s'en aller. J'étais déjà loin en arrière, sur le lac gelé, dans l'ombre de la lune. Ils l'ont tué, disait Jud. Quelqu'un lui faisait peur, et l'a tué... et il se mit à marcher sur moi, avec sa hache dans la main...

Je quittai l'hôpital le lendemain, passai la nuit chez Red puis rentrai à la maison, sur la Pointe. Pendant toute une semaine je n'allai travailler au Nid qu'à mi-temps. Je n'avais pas la pêche. L'après-midi je partais de bonne heure pour aller à la cabane de Jud, je voulais vérifier. Mais il n'y avait pas de traces, pas d'empreintes, pas le moindre signe qui indiquait qu'il était passé par là. Après deux ou trois jours, je sus que je n'en trouverais pas.

Pourtant, je continuai d'y aller.

Je voulais qu'il soit en vie. Il fallait qu'il le soit. Il avait dû être impliqué dans la mort de mon père. J'avais besoin de lui poser des questions et de regarder ses yeux quand il me répondrait. Mais plus que tout, il fallait que je l'interroge au sujet des chèques, de tous ces chèques qui n'avaient pas été encaissés et que j'avais retrouvés dans une boîte avec le reste des papiers manquants de mon père, dans le magasin de plongée. Payés mensuellement à Stella Radowicz, la mère de Jud. Par mon père.

Pendant dix-huit ans, exactement comme Charlie l'avait dit.

Je savais pourquoi ils avaient été faits. Ce à quoi ils étaient destinés. Nous étions de la même taille, mon père et moi. Et Jud aussi. Mais pour être vraiment sûre, il fallait que je regarde son visage et que j'essaie de voir, pour la première fois, au-delà de cette satanée tache de naissance.

C'est trop tard.

Jud est parti. La Dame du Lac l'a emmené, tout au fond du lac, il dort dans les vertes et profondes salles de son manoir d'eau glacée.

Au fond de mon cœur, c'est ce que je me disais. Parce que dix jours après que Jud eut disparu, Chien revint. Je la vis sur la plage au crépuscule, devenue le fantôme d'elle-même, décharnée, sa fourrure grise était pleine de glaçons, les coussinets de ses pattes étaient enflés et ensanglantés. Je l'appelai, mais elle ne serait pas venue à moi de toute façon. Maintenant elle rôde sur la Pointe, elle garde la maison de Jud, et la mienne. Je lui mets de la nourriture dehors, et de temps en temps elle la mange, mais en réalité, elle se laisse mourir. Elle a été le Chien d'un seul homme. Elle est redevenue un loup.

Parfois, je m'éveille au clair de lune et je la vois : elle est assise au bord du lac, elle regarde fixement la glace, elle attend quelqu'un qu'elle a perdu.

Comme moi. Comme moi.

CHAPITRE 13

Printemps

UN TREMBLEMENT DE TERRE me sortit de mon rêve. Je me redressai dans mon lit, hébétée, encore à moitié endormie, désorientée par le roulement des basses profondes qui semblaient surgir du sol. Je rejetai les couvertures, cherchai à tâtons ma robe de chambre tout en essayant de me souvenir d'un endroit où je pourrais m'abriter.

C'était complètement fou ! Je secouai la tête afin de me réveiller. Impossible, ça n'était pas possible que ce soit un tremblement de terre, pas si loin au Nord ! Pourtant, c'en était bien un. Dans la lueur maussade aux reflets d'étain de cette aube de mars, la chambre était en train de trembler comme un ascenseur en surcharge. Je ne rêvais pas. J'en sentais les vibrations, j'en entendais le grondement dans le lointain, comme celui d'un train, ou d'un bulldozer. Puis j'entendis le bruit d'une déflagration, un arbre venait de se briser net. Et soudain, je compris ce que c'était. J'allai vérifier le thermomètre extérieur sur la fenêtre de la véranda. Il indiquait cinq degrés. Et il pleuvait, un crachin persistant et gris.

J'enfilai un jean, un pull et des bottes, saisis ma parka, et je me précipitai vers ma nouvelle et superbe camionnette à plateau, une Chevy S-10 bleu métallique et équipée, que j'avais achetée contre le véhicule accidenté de mon père et une petite partie de mes économies.

Je conduisis prudemment jusqu'au pont de Silver Creek. Alors que je m'en approchais, un second arbre se brisa net. Pour plus de sécurité, je me garai assez loin du pont et marchai lentement vers lui, sous une pluie torrentielle. De grosses gouttes de pluie cinglaient mon visage, mes cheveux étaient trempés, ça dégoulinait dans mon cou. J'aurais dû prendre un parapluie. Mais ça n'était pas bien grave.

La glace de la rivière se déplaçait, pas par fragments ni par morceaux, mais par grandes plaques de glace dentelées de la taille d'un wagon. Deux jours de pluie persistante mêlée à la neige fondue avaient fait monter le niveau de la rivière qui avait détaché l'ancre de glace de son mouillage au bord des rives, et maintenant l'implacable pression du courant l'avait libérée : elle précipitait d'énormes blocs de glace qui dévalaient pêle-mêle le courant en direction du grand lac. Les glaces ne se déplaçaient pas tendrement en cette douce nuit. Elles étaient furieuses et tonnaient en emportant la terre noire et grasse des berges, ainsi que les pierres qui gisaient dans le lit de la rivière, elles se jetaient sur la rive où elles cassaient les petits arbres, ou bien les arrachaient entièrement de terre, avec les racines et le reste, les transportant comme des trophées, ou des offrandes à la Mère des eaux.

Je contemplai ce spectacle pendant presque une heure, trempée jusqu'aux os, pétrifiée par l'absolue et inexorable puissance de cette arrogante petite rivière, gonflée au-delà des parois de son lit, qui déplaçait littéralement des montagnes de glace et de terre vers le lac. Elle portait un message pour moi. Un message que je ne déchiffrai pas entièrement, mais que j'entendis cependant, dans mon cœur.

Un double message, en réalité. La deuxième partie me disait qu'on était toujours au mois de mars, que j'étais trempée jusqu'à la moelle et que je mourais de froid. Il était temps de rentrer. Je me préparai à partir mais hésitai, arrêtée par le sentiment que j'allais rater quelque chose...

Et je me rendis compte que le remblai de neige à côté de la route avait disparu, effacé par la pluie. Il n'y avait plus aucune trace indiquant l'endroit où la camionnette de mon père avait quitté le bas-côté pour s'enfoncer dans la vase. La glace qu'il avait brisée en passant au travers avait disparu, elle aussi, balayée par le flot. Il ne restait plus que de l'eau noire, clapotant doucement le long de la rive boueuse, et les pousses vivaces des jeunes aulnes qui croissaient là. Peut-être aurais-je pu trouver des traces du côté de la route où la dépanneuse avait hissé la camionnette hors du bourbier, mais je n'en vis pas. Et je ne voulais pas les voir. Plus maintenant.

Mon père et Jud avaient pillé une épave, et tout avait mal tourné, et maintenant ils n'étaient plus là, ni l'un ni l'autre. Et je ne pouvais rien y changer. Bordel ! Quel sens donner à tout ça ? Je n'avais aucun moyen de savoir si ce que m'avait dit Jud était vrai, et certainement je ne le saurais jamais. Le temps était peut-être venu de laisser toute cette histoire prendre le large avec la glace, où qu'elle aille.

Le matin était aussi froid et gris qu'une feuille de métal, mais il y avait aussi de la fraîcheur dans l'air, et j'étais prête pour la fin de l'hiver. Prête pour une nouvelle saison.

Je rentrai à la maison, pris une longue douche brûlante, me glissai dans ma robe de chambre et mes chaussons, puis je me fis une tasse de café à la cannelle et j'allai la boire dehors sur le petit ponton qui se trouve à l'arrière du cottage. La pluie s'était arrêtée et le soleil était en train de poindre, chassant au loin le tissu d'argent et de nacre qui couvrait le ciel. La brise qui venait du lac était humide et douce comme une caresse. Une brise de printemps, pas de doute là-dessus. C'était le vent du changement qui soufflait.

Je pris mon temps pour finir mon café ; appuyée à la rambarde du ponton, j'écoutai le murmure des vagues et je contemplai le lac sans le voir vraiment. Puis je changeai de vêtements et allai travailler.

« Je pensais bien t'avoir entendue entrer il y a deux ou trois minutes, dit Red. Qu'est-ce que tu fais dehors ? Tu regardes le port ? » Elle portait sa tenue de travail habituelle, un sweat-shirt *U of M* et son jean ; elle était mince et musclée comme les surfeurs.

« Exactement », dis-je. Appuyée contre le mur du fond du Nid de Pie, je regardais effectivement les mâts des quelques rares voiliers robustes faits pour les mers froides, perdus dans les quatre longues travées de la marina du port. « La glace fond, et dans quelques semaines les estivants vont sortir les bateaux des hangars où ils sont gardés, ou bien ils vont débarquer avec eux, naviguant depuis Detroit ou ailleurs. Le port sera plein et ce sera la fête jusqu'à la fin de la saison. C'est à peu près comme cela que les choses se passent ici, non ?

— Plus ou moins.

— C'est ce que je pensais. Tu sais, je peux déjà presque les voir, les sloops et les cabin-cruisers et les bateaux de plongée.

— Sans blague ? Qu'est-ce que tu as pris au petit déjeuner, des graines de peyotl ?

— Non, juste du café. Ceci dit, le plus intéressant ce ne sont pas les bateaux. C'est de là d'où je les regarde.

— Laisse-moi devincr, dit-elle en me regardant bizarrement. C'est drôle, mais j'ai l'impression que tu es à côté des poubelles, près de la porte de la cuisine.

— Pour l'instant, oui, mais je regarde aussi le port depuis notre toute nouvelle terrasse, elle va se tenir à un mètre vingt au-dessus de la plage et va avoir quatre mètres cinquante de profondeur, sur toute la longueur du bâtiment. Il y aura des balustrades autour de la terrasse, des tables avec des grands parasols, ce sera ensoleillé le matin, frais l'après-midi, et nous aurons une vue superbe toute la journée. La foule des plaisanciers pourra s'y asseoir et siroter un Perrier ou du chablis tout en faisant la causette pendant que les mouflets se déchaîneront sur la plage. Qu'en penses-tu ?

— Vu que le temps ne se prête pas encore aux insolations, ou tu as pris une drogue pourrie, ou tu es sérieuse.

— Oh ! je suis absolument sérieuse.

— Dans ce cas, il y a quelques défauts dans ta jolie petite fantaisie, Mitch. Pour commencer, comment fera-t-on pour servir les gens ici ? On ne peut pas tout amener en passant par la cuisine ?

— Tu as raison : on ne peut pas. C'est pourquoi on passera directement au beau milieu du mur du fond.

— À travers le mur ?

— Pour être précise, à travers une porte à battants de type français, en chêne, avec des panneaux de verre gravé. Et avec un peu de chance, on n'attirera pas seulement les commerçants du port, mais aussi une partie des employés des bureaux du centre-ville qui viendront déjeuner ici, mêlant plaisir et boulot. Blague à part, qu'est-ce que tu en penses vraiment ?

— Blague à part, je pense que c'est une idée géniale,

dit Red en acquiesçant pensivement. Les temps changent. Les gens ne boivent plus autant. Ça peut marcher. Mais construire une terrasse de cette taille, ça ne doit pas être donné.

— Je sais. Je me suis renseignée ici et là et j'ai quelques prix approximatifs. Il me reste assez d'argent des indemnités que j'ai touchées d'Exxon pour couvrir les frais.

— Tu es sûre que c'est ce que tu veux vraiment ? J'avais l'impression que tu allais tenir le Nid le temps nécessaire à faire remonter la balance du côté positif, et puis que tu allais vendre.

— Peut-être. Mais l'été arrive et ça fait des années que je n'ai pas fait de plongée en eau froide. Pourquoi ne pas se faire un peu plaisir tout en réglant les choses ?

— Pourquoi pas ? En parlant de plaisir, ton copain Terry était là tout à l'heure, il te cherche. Il veut te parler.

— Terry ? Qu'est-ce qu'il voulait ?

— En fait, j'étais en train de me demander si tu avais de l'argent », dit Terry qui arriva à grandes enjambées depuis le coin du bâtiment.

C'était la première fois que je le revoyais depuis l'incident du magasin d'antiquités. Il avait l'air un peu crevé et avait besoin d'un bon rasage mais, à part cela, il était habillé négligemment et paraissait tendu, comme d'habitude. Il portait un cuir bombardier en mauvais état sur un T-shirt et un jean délavé. Pas de ceinture, avec sa taille étroite il n'en avait pas besoin. Tel qu'il était, il aurait pu servir de modèle pour une peinture de Remington. On devrait faire une loi contre ceux qui sont si beaux sans avoir rien à faire.

« De l'argent ? répétai-je. Ça alors, ça fait plaisir de te voir, Fortier, mais tu t'es absenté trop longtemps puisqu'apparemment tu me confonds avec quelqu'un qui travaille dans une banque.

— Je n'ai pas besoin d'une banque ; j'ai besoin de ton fric. Je suis de retour depuis la nuit dernière, j'ai entendu dire que tu allais peut-être rester.

— Et alors ?

— Alors si tu veux plonger, tu as besoin d'un bateau, non ? Et je suis tombé sur une perle il y a quelques jours. Absolument le bateau qu'il te faut. Le problème, c'est que je l'ai vu inscrit sur une liste de vente aux enchères ce matin, alors je leur ai fait parvenir cinquante dollars sur le prix demandé pour le retenir.

— Tu as fait ça ? Tu es vraiment gonflé.

— J'ai pris le risque. Maintenant je dois leur envoyer le reste avant midi ou il sera mis aux enchères. J'ai encore besoin de sept cents billets.

— Putain ! Terry, je suis tout à fait capable de trouver un bateau.

— Je sais, mais tu en trouveras jamais un comme celui-là pour ce prix-là ! C'est simple, si tu ne l'aimes pas, je l'amène au milieu de la baie, je retire les bouchons de vidange et je coule avec. Qu'est-ce que t'en penses ? Tu peux me faire confiance pour sept cents dollars ou pas ? »

Il s'attendait à ce que je refuse. Je le voyais dans ses yeux. Et Red aussi. Et peut-être que j'aurais dû. C'était ce qu'il y avait de plus sensé, de plus sérieux à faire. Mais il y avait en jeu bien plus que l'achat d'un bateau sans l'avoir vu, et on le savait tous.

Oh ! et puis basta ! c'était le printemps.

« Est-ce qu'un chèque de banque ça t'ira ? » dis-je.

CHAPITRE 14

« ALLEZ, AVOUE-LE, dit Terry. Tu te demandais si tu allais nous revoir, moi *ou* ton fric, non ?

— Faux. Je n'ai pas douté un instant que tu allais revenir. Parce que sinon, tu savais bien que je t'aurais traqué comme un chien. Où il est, ton joli petit bijou ? » On était dans sa jeep, tirant une remorque vide attachée par un câble puissant, on roulait vers le nord-ouest, sur la US 23, le long du rivage du lac Huron. Il m'avait appelée à deux heures de l'après-midi pour me dire qu'il avait acheté le bateau et qu'il allait venir me prendre dans dix minutes. Du Terry tout craché. Et j'étais là.

« Il est dans une petite crique, au sud de la pointe de Nipigon, bien en vue au milieu de nulle part.

— Et c'est tout ce que tu as à me dire ?

— Absolument. Je ne veux pas te gâcher la surprise.

— Et s'il ne me plaît pas ?

— Il va te plaire ; je te le garantis.

— Qu'est-ce qui te fait dire ça avec tant d'aplomb ?

— Une chose, tu n'as plus le choix. Il est à toi maintenant.

— Formidable ! Et qu'est-ce que tu gagnes dans l'affaire ?

— Une conscience en paix. Cette agréable sensation

de chaleur que tu ressens quand tu fais ce qui est juste, ou quand tu t'envoies cul sec un verre de Jim Beam.

— Je suis sérieuse.

— Tu es toujours sérieuse. Pas surprenant que tu sois encore célibataire ! Mais bon, d'accord, le fond de l'histoire, c'est que Shan m'a vendu son bateau pour presque rien, et que les choses... ont mal tourné ensuite. Je suis au courant des ennuis que tu as eus avec Rat. Je suis désolé. J'ai essayé de te prévenir, tu te souviens ?

— Je me souviens, dis-je tranquillement. Ce qui est arrivé n'était pas de sa faute, enfin, pas complètement. Oh ! Et puis je préfère qu'on parle d'autre chose. De ta conscience, par exemple. Ça prendra moins de temps.

— Il y a des chances. Donc, après ce qui s'est passé, je me suis imaginé que si je revenais à la surface sans un bateau de rechange pour toi, Shan allait me hanter. Ou toi.

— Pourquoi tu ne me revends pas tout simplement son bateau ? Avec un petit bénéfice, bien sûr.

— Pas question, Mademoiselle. J'ai vendu mon vieux rafiot à l'automne et j'ai bossé comme un malade sur celui de Shan pour qu'il soit prêt pour l'été. Je l'ai retapé, et même rebaptisé. C'est le mien maintenant. Désolé.

— Comment l'as-tu appelé ?

— Le *William Kidd*. Avec deux d.

— Comme le pirate ? Ça lui va bien. Est-ce que mon nouveau bateau a un nom ?

— Il en a deux. *Sheba* est le plus récent.

— Que je vais certainement abandonner pour *À vendre pas cher*. On est à une heure de route de Nipigon. Raconte-moi. Qu'est-ce que tu as fait tout cet hiver ? Et pendant ces dix dernières années ?

— La plupart du temps je passe l'hiver dans le Sud où

je travaille sur les échafaudages. Je fais pas mal de fric, comme ça je peux naviguer et plonger ici tout l'été. J'ai toujours pensé que ce type de vie était plus romantique, mais, avec le temps, ça devient de plus en plus galère. Après dix ans de ce genre de romantisme, tout ce que j'ai à offrir, c'est un bateau de seconde main, du matériel de plongée déglingué et une maison remplie d'antiquités maritimes que je ne peux même plus vendre tant c'est devenu risqué aujourd'hui.

— Pourquoi gardes-tu ces objets si c'est si dangereux ?

— Parce qu'ils sont... beaux, je suppose. Shan en avait quelques jolies pièces chez lui, non ? Je le sais parce que je lui en ai vendu certaines. Est-ce que tu les as renvoyées à la DNR ?

— Non, reconnus-je, pas encore.

— Bon. Je continue mon histoire. Shan disait que tu avais des diplômes. C'est vrai ?

— Oui, en biologie marine, de l'Université du Texas. J'ai dû suivre les cours sur le campus pendant deux semestres seulement. On ne peut pas dire que ça ait été trop dramatique.

— Bien sûr que si. Ça a dû être crevant de jongler entre un boulot, la fac et un gosse. Bon Dieu ! j'arrive toujours pas à croire qu'Alec ne t'ait pas envoyé de pension pour l'enfant. Je pensais que c'était un type bien.

— Peut-être que tu ne le connais pas aussi bien que tu le pensais. C'est ce qui m'est arrivé. Fin du sujet.

— Okay, okay. D'un autre côté, peut-être que certains de tes copains t'auraient donné un coup de main si tu les avais mis au courant.

— On s'est débrouillés, Corey et moi. Tous les deux tout seuls. Et je pense que c'est ce qu'on avait de mieux à faire.

— Je ne dis pas le contraire ; simplement j'aurais aimé que tu appelles, c'est tout. Je, hum, j'ai essayé de te trouver après que tu es partie. Une nuit, sur le parking du Nid de Pie, on s'est même sérieusement coltiné à ce sujet, Shan et moi.

— Tu t'es battu avec mon père ?

— Je ne sais pas si *se battre* est le terme exact. La plupart du temps c'est lui qui donnait les coups et moi qui tombais par terre. À la fin, j'ai remarqué que quand j'étais allongé, les coups cessaient de pleuvoir, alors j'ai fait un petit somme.

— Je suis flattée. Merci pour... avoir essayé, en tout cas.

— Si j'avais su que tu avais besoin d'aide, j'aurais certainement raccourci mon petit somme. Enfin, tu t'es débrouillée comme une grande. Bien mieux démerdée que moi en fin de compte.

— C'est faux. Ce que j'ai fait, je l'ai fait pour survivre. D'après ce que je sais, tu as toujours vécu plus ou moins comme tu le voulais. Beaucoup de gens n'ont pas cette chance.

— Bien sûr qu'ils l'ont. » Il sourit. « C'est simplement qu'ils sont trop malins pour essayer. Et trop occupés à devenir riches.

— Depuis quand le fric t'intéresse-t-il ?

— Depuis quelque temps. C'est peut-être Shan qui, en passant l'arme à gauche, m'a mis ça dans le crâne. Ma vie ne mène nulle part, Mitch. Je ne ferai jamais vraiment d'argent dans la plongée ou le bâtiment. Il vaudrait mieux que j'essaie de cambrioler une banque, ou de faire un riche mariage. Ou pourquoi pas, de trouver une femme qui tient un bar.

— Cambrioler une banque, c'est plus sûr.

— Je pense que tu as raison. Et toi ? As-tu l'intention de passer un moment ici, ou seulement l'été ?

— Je ne sais pas encore. Mais maintenant que je suis là, j'ai envie de rester un moment, de voir un peu le coin. Je me sens presque chez moi ici, comme nulle part ailleurs en tout cas. Et puis, sérieusement, j'ai envie de plonger à nouveau en eau froide.

— Ça peut prendre un week-end.

— Ou un été, dis-je. Pas plus, qui sait.

— J'espère que si, dit-il. T'avoir dans le coin n'est pas une sinécure mais au moins on ne s'ennuie pas. Peut-être que ton nouveau bateau va te donner envie de rester.

— Tu crois ?

— On va bien voir », dit-il en se rengorgeant comme un paon qui fait la roue. Mon Dieu, ce qu'il pouvait être insupportable parfois !

On quitta la US 23 pour une étroite route de gravillons qui n'était pas signalée sur la carte et qui très vite se transforma en un chemin sablonneux à peine reconnaissable. Terry mit la jeep sur ses quatre roues motrices et on suivit pendant un kilomètre ce sentier rudimentaire à travers les bosquets décharnés d'aulnes et de trembles où l'on pouvait voir se déployer les premières feuilles de la saison. Le sentier déboucha sur le rivage rocailleux d'une anse déserte. L'acier gris des eaux du lac Huron s'étendait jusqu'à l'horizon, parsemé ici ou là de rares glaces mourantes dont la forme faisait songer à des baleines.

Je jetai un coup d'œil à Terry. Soucieux, il scrutait la plage.

« Ne me dis pas... dis-je sèchement. Eh ben ça alors, on dirait que quelqu'un a volé le bateau !

— Pas ta jolie petite frégate, dit-il en sortant la tête. Enfin, j'espère que non. Mais il y avait une barque la semaine dernière. Je pensais m'en servir pour accrocher la *Sheba*.

— Accrocher ? Où ça ? Il n'y a même pas de ponton.

— On n'en a pas besoin. Elle est sous l'eau, par dix mètres de fond, à cinquante ou soixante mètres d'ici.

— Sous l'eau ? répétai-je.

— Tu t'attendais à quoi pour tes sept cents tickets ? Au top du top du Salon de la navigation ?

— J'espérais au moins qu'elle serait à flot.

— Elle le sera. Ça va être un peu plus compliqué sans la barque, mais on peut quand même la remonter. Elle n'est sous l'eau que depuis dix jours. Elle est presque vierge et vaut bien les ennuis qu'elle cause, crois-moi.

— Te croire ? Tu rigoles ! Je t'ai donné de l'argent pour acheter un bateau.

— Et c'est ce que j'ai fait. Alors tu veux la voir ou non ? Tu préfères peut-être attendre le mois d'août, quand l'eau sera plus chaude ?

— Ce n'est pas la question. Là où tu nages, je peux nager aussi, Fortier, mais... Bordel ! comment va-t-on s'y prendre ?

— Je vais faire entrer la remorque dans l'eau. La pente est assez forte à cet endroit du lac, la remorque devrait être complètement submergée, ça ne devrait pas poser de problème. Il suffira alors que je nage avec le câble du treuil, que je plonge, que je l'accroche, et toi tu t'occuperas de la haler avec le treuil.

— Suppose qu'elle se prenne dans quelque chose ? Elle pourrait entraîner la jeep.

— Le fond est presque uniquement composé d'argile et de sable. Elle devrait venir facilement. Si tu sens que la jeep commence à bouger, tu arrêtes le treuil et je redescendrai pour dégager la *Sheba* en la balaçant.

— Descendre comment ? Tu n'as amené aucun équipement de plongée ?

— Bon Dieu ! Mitch, elle n'est qu'à dix mètres, pas à soixante ! À cette profondeur je peux plonger sans rien. Alors, on tente le coup ou on le tente pas ?

— Rien que pour te voir devenir bleu ça vaut le coup, Fortier. Allez, en avant la musique !

— Super, cramponne-toi. » Il fit faire à la jeep un demi-tour sur la plage à toute vitesse, puis doucement il fit pénétrer la remorque dans l'eau, jusqu'à ce qu'elle disparaisse peu à peu dans l'eau. L'essieu arrière de la jeep était également recouvert, les vagues léchaient le hayon. « Le spectacle commence, dit Terry qui se fendit d'un grand sourire. Excuse, m'dame, mais j'ai pas apporté de costume, faut que j'improvise. Et toi, va falloir que tu te contiennes, Mitch, jusqu'à plus, en tout cas.

— Je crois que je peux y arriver. »

Terry retira ses chaussures bateau, enleva son blouson et son jean, il se déshabilla entièrement à l'exception d'un mince slip bleu. Je ne l'avais pas vu en maillot de bain depuis dix ans. Mais je me souvenais parfaitement de son corps. Il était encore plus beau qu'alors, ciselé par les années, tout en muscles et en os.

« Putain, que j'aime me mouiller à cette époque de l'année ! » Il sortit de la jeep et entra dans l'eau jusqu'aux genoux. « Ahooooah ! Nom d'une pipe de petit bonhomme, grouille-toi, Mitch, déclenche ce foutu treuil ! »

Je grimpai à quatre pattes sur la remorque, allumai le treuil et commençai à dérouler le câble pendant que Terry s'avançait dans le ressac. Dix mètres, de l'eau jusqu'à la ceinture, vingt-cinq mètres, de l'eau jusqu'à la poitrine, puis il se mit à nager sur le côté avec des mouvements puissants et réguliers commc ceux d'un phoque, tirant le câble derrière lui. Les premiers quarante mètres environ, tout se passa bien, puis la résistance du câble commença à freiner sa progression. Il se maintenait à la surface de l'eau mais n'arrivait plus à avancer que centimètre par centimètre.

On était dans la merde, dans la merde jusqu'au cou. « Tiens bon ! hurlai-je. J'arrive. » Ce n'était pas le moment de faire des histoires. Je me mis en soutien-gorge et en petite culotte, pris sur le siège arrière la glacière en polystyrène qui était vide et entrai dans l'eau.

Purée qu'elle était froide ! Marcher dans l'eau depuis le rivage était aussi douloureux que de marcher sur des charbons ardents. Je plongeai dans l'eau et nageai vigoureusement en poussant devant moi la glacière jusqu'à l'endroit où Terry faisait du surplace dans l'eau en m'attendant.

« Passe le câble sur la glacière », criai-je. Mes dents claquaient comme des castagnettes. « Je vais t'aider à le tirer. » Il ne discuta pas. Comme nous nagions tous les deux, on ne se sortit pas trop mal du chemin qui restait à faire.

« Tu es sûr que tu sais où elle est ? » J'avais du mal à respirer tant je tremblais. Tout près de nous, à quelques dizaines de centimètres seulement, un petit morceau de banquise se balançait en clapotant doucement.

« Elle était là la semaine dernière », dit-il en nageant sur place, regardant autour de lui pour s'orienter. « Comment est l'eau, Mitch ? Assez chaude ?

— Elle est parfaite, salaud. Maintenant descends et trouve ce foutu bateau !

— Oui, Madame, puisque vous me le demandez si

gentiment. » Il respira profondément un moment afin de remplir ses poumons d'oxygène. Puis il plongea et disparut sans un mot, pour ce qui me parut être un siècle. Deux bonnes minutes entières. Après quoi, quelques mètres plus loin, il creva la surface, joyeux comme un Viking lors d'un raid.

« Je l'ai trouvée, Mitch, elle est encore plus belle que ce que je pensais. Tu sais quoi, si tu veux l'échanger, je te donne le *Kidd*, comme ça, sur-le-champ. Qu'est-ce que t'en dis ?

— Tu me reposeras la question quand on l'aura remontée », dis-je en me tournant pour regagner énergiquement le rivage à la nage. Terry ne bougea pas, il utilisa la glacière comme support pendant que je grimpais à l'arrière de la jeep et mettais en marche le treuil. Le tambour se mit en mouvement en gémissant, faisant venir le câble qui serpenta hors de l'eau, rattrapant le mou. Puis il ralentit alors que le filin tendu se raidissait en vibrant sous la tension. La jeep commença à se balancer, à se cabrer contre la tension du câble.

« Arrête le treuil ! hurla Terry, mais le câble continuait de s'avancer centimètre par centimètre, alors je le laissai venir et montai sur la remorque. Là-bas, dans l'eau noire, la *Sheba* remuait, répondant à la traction de ce cordon ombilical d'acier, je pouvais la sentir qui venait à la vie. La jeep frémissait, elle s'apaisa quand elle commença à monter. La tension sur le tambour se relâcha et le câble s'enroula doucement autour de lui. Terry poussa un hourra et se mit à nager, plongeant de temps en temps sous l'eau pour vérifier la progression du bateau.

Elle surgit à la surface de l'eau comme un marsouin, à une vingtaine de mètres de là, puis elle se tint tranquillement sur l'eau, elle suivait docilement le câble vers le rivage tandis que l'eau ruisselait de part et d'autre de sa carène. Elle avait fait surface trop loin à bâbord, je replongeai dans l'eau, trop excitée maintenant pour me soucier du froid. Je tirai le câble à la proue du bateau afin de la diriger vers la remorque. Terry se joignit à moi en poussant de toutes ses forces l'arrière du bateau avec ses épaules, et nous réussîmes à la remettre dans l'axe.

Le bateau avait fait la moitié du chemin jusqu'à la remorque mais son propre poids combiné à l'eau qu'il contenait avait fatigué le treuil. Le coupe-circuit disjoncta, arrêtant le moteur.

Qu'importe. Terry grimpa à bord par l'arrière, ouvrit les bouchons de vidange et l'eau du lac s'écoula hors du bateau. Je marchais lentement dans l'eau à côté d'elle, recroquevillée contre le froid, les lèvres bleues, en tremblant, mais incapable de la quitter des yeux.

Terry avait raison. C'était vraiment une merveille : un Chris-Craft Sea Skiff avec une coque de bois. Elle avait probablement une trentaine d'années, et ne s'en portait pas plus mal pour autant. Et elle m'était douloureusement familière. Je la connaissais, elle ou une autre qui lui ressemblait comme une sœur. Mon père avait la même, l'année où j'étais venue habiter avec lui. Mon premier bateau. J'avais pleuré quand il l'avait vendue. Sur l'épaule de Terry, justement.

Je lui jetai un coup d'œil. Terry me regardait attentivement depuis l'arrière du bateau. Nos yeux se croisèrent et pendant un moment ils restèrent rivés l'un à l'autre — un échange sincère d'empathie et d'affection. Et plus que cela. Ce qui me fit prendre conscience que l'eau avait rendu transparent mon soutien-gorge et ma petite culotte. J'étais presque nue.

« Alors ? dit tranquillement Terry. Comment tu la trouves ?

— Je trouve qu'elle est magnifique, et je te trouve charmant quand tu es tout bleu, dis-je la gorge complètement nouée. Je pense aussi que je suis frigorifiée et que je ferais mieux d'aller me rhabiller.

— Pourquoi se presser ? Si tu as peur d'une hypothermie, on pourrait peut-être laisser tomber nos bouts de chiffon mouillés et se serrer l'un contre l'autre. Uniquement pour se réchauffer, bien sûr. Ce qu'il y a de bien avec les sièges d'une jeep, c'est qu'ils s'abaissent.

— Je ne sais pas pourquoi, mais ça ne m'étonne pas, dis-je. Merci pour ta proposition, mais je crois qu'il vaut mieux que je garde mes sous-vêtements. Pour le moment en tout cas. »

Il secoua la tête en souriant tristement. « Il y a des choses qui ne changent pas. On s'était brouillés à cause de ça la dernière fois, non ?

— Ce n'est pas exactement comme ça que je m'en souviens », dis-je.

« Dis-moi quelque chose, franchement, d'accord ? » dis-je. En cette fin d'après-midi nous roulions en direction du port de Huron avec la *Sheba* qui trônait derrière nous sur la remorque. « Tu te souviens qu'il y a longtemps mon père avait un skiff comme la *Sheba*, non ?

— Absolument. Il peut m'arriver d'égarer ma voiture après avoir un peu trop bu, mais oublier un bateau, ça, jamais ! Tu étais complètement folle de ce vieux Chris-Craft, pour des raisons pas très claires pour un vrai marin.

— Comment l'as-tu trouvée ?

— Je ne l'ai pas trouvée. C'est elle qui est venue au devant de moi. J'ai plongé pour les flics du département la semaine dernière. Parfois je vais chercher des corps. »

J'écarquillai les yeux. « Il y avait un corps à bord ?

— Et alors, qu'est-ce que ça fait ? Tu es une pro, non ? Tu as dû déjà voir des cadavres de noyés.

— Une fois seulement, dis-je. J'ai plongé dans une rivière pour retrouver le corps d'une petite fille. On a réussi. C'était un boulot... sinistre. Je ne recommencerai plus jamais.

— Je sais ce que c'est, dit Terry en acquiesçant. Mais ce genre de recherches paie soixante dollars de l'heure. T'inquiète, le gars n'était pas à bord. Il a coulé puis a nagé vers la plage, sans gilet de sauvetage. Il lui restait une dizaine de mètres à faire, et il n'y est pas arrivé. Il s'est noyé comme un canard dans une mare. Il y a de vrais connards qui feraient mieux de ne pas s'acheter de bateau, et encore moins d'aller naviguer avec sur le grand lac par mauvais temps, que Dieu lui pardonne ! Dès que je l'ai vue, j'ai pensé, Terry, tu connais probablement le seul gogo habitant cette planète qui paiera cash pour cette carcasse.

— C'est ce que tu as pensé ?

— Non. » Il sourit. « Pas exactement. Mais de toute façon je ne pensais pas à toi. Tu ne fais que traverser mon esprit de temps en temps, Mitch. Une fois tous les dix ans à peu près.

— Je suis flattée.

— Tu peux l'être. Je suis quelqu'un de très occupé et, non... » Il secoua lentement la tête. « Non. Je plaisante, Mitch. J'ai beaucoup pensé à toi. Me demandant si nous n'avions pas tout foutu en l'air. Si je n'avais pas tout foutu en l'air. Tu as été la plus chouette petite amie que j'aie jamais eue. Et tu es toujours ma meilleure amie, c'est sûr. Je sais bien que si tu t'es enfuie, c'est en partie de ma faute. Si j'avais su mieux maîtriser la situation...

— Ne te flatte pas trop, dis-je en l'interrompant.

Peut-être que quand on a rompu, tu aurais pu me laisser tomber avec un peu plus de délicatesse. Mais pour le reste ? Tu n'es pas responsable de ce qui s'est passé.

— Tu as raison », dit-il, et son visage s'éclaira. « Peut-être bien que tout *était* de ta faute. Nom d'un chien ! je me sens mieux.

— Il y a une chose que j'aimerais quand même savoir, dis-je. Qu'est-ce qui s'est passé entre toi et Andréa ? Tu ne me l'as jamais dit.

— Rien de sérieux, dit-il d'un ton brusque. Une aventure comme on en a l'été. Pour le plaisir de jouer. Elle s'est mariée il y n'a pas très longtemps. Un type de la haute, je présume. Comme il se doit. Andy et moi, on n'a jamais eu grand-chose en commun.

— À part le truc normal entre un homme et une femme.

— Ce qui est bien plus que ce que nous avons jamais eu, toi et moi. » Il eut un sourire crispé. « Tu, hum, tu n'aimes pas les hommes, c'est ça ? Je veux dire, toi et Red, vous êtes de grandes copines, non ? Je sais qu'elle est homosexuelle. Elle en est même fière.

— Oui, elle l'est. Et en dépit du fait que ça me plairait beaucoup de te faire marcher, Fortier, ce ne serait pas de bonne guerre pour Red. Nous sommes amies. Nous aimons bien travailler ensemble. Parfois, quand je travaille tard, je m'écroule sur son canapé pour la nuit. Mais elle n'est pas somnambule. Et nous n'avons pas de relations amoureuses. Une question à demi sérieuse : Est-ce que ça te dirait de tenir pour moi le magasin de plongée, cet été ?

— Tu ne vas pas le tenir toi-même ?

— Je te donnerai un coup de main, mais j'ai des projets pour le Nid qui vont me prendre pas mal de temps.

J'ai besoin de quelqu'un de bien, de quelqu'un en qui je puisse avoir confiance.

— Non, dit-il lentement, ce n'est pas une bonne idée. Comment faudrait-il que je t'appelle ? Madame ? Patron ? Ça ne marcherait pas. Je suis un chien errant, Mitch. Je ne fais rien de bon au bout d'une laisse. Je suis content que tu sois de retour ; tu m'as manqué plus que je ne peux le dire. Mais je ne travaillerai pas pour toi.

— Tant pis.

— Je connais quelqu'un, un môme du lycée qui aurait besoin de travailler cet été. Je vais te l'envoyer. Pas de laisse.

— Merci. Et merci pour le bateau que tu m'as trouvé, et pour, heu, pour tout.

— C'est gratuit. Je t'ai fait rencontrer Habash et je t'ai aidé à avoir un bateau. De mon point de vue, maintenant on est quittes. On peut recommencer à zéro et voir comment les choses vont se passer. Amis à nouveau, d'accord ?

— Oui, quelque chose comme ça », dis-je.

CHAPITRE 15

COMME SA NOUVELLE PROPRIÉTAIRE, la *Sheba* paraissait à première vue un peu brute de forge dans la lumière du matin. La veille au soir, quand nous étions rentrés, Terry avait recruté deux habitués du Nid de Pie. Et pour le prix de quelques bières gratuites on avait trouvé suffisamment de gros bras volontaires pour s'attaquer à *Sheba* afin de la faire passer de la remorque sur des cales hautes, sur la plage derrière le bar. Et elle me parut si tendre que, si elle n'avait pas été imbibée d'eau, j'aurais dormi dedans.

De fait, j'étais de retour aux premières lueurs du jour afin de la contempler. Mon père avait possédé un bateau semblable ; Terry, si longtemps après, s'en était souvenu, c'est ça qui m'avait tellement touchée quand je l'avais vue surgir hors de l'eau, mais maintenant, c'était dépassé. Après l'avoir examinée plus attentivement, je me mis à l'apprécier pour ce qu'elle était : saine et vigoureuse, et plus ou moins bien entretenue.

Mais, plus important encore, elle avait une âme. Du moins c'était ce que je ressentais. Je dus bien en faire le tour une vingtaine de fois, l'examinant au centimètre près. C'est là que Red me trouva quand elle vint ouvrir le Nid à neuf heures.

« Voilà donc la pin-up pour laquelle on a tant fait d'histoires, hein ? Alors, elle les vaut, ou pas, les sept cents dollars ? »

J'acquiesçai. « Pour moi, elle les vaut dix fois plus.

— Ah bon ? dit Red un peu étonnée. J'ai l'impression qu'il lui faudra plus qu'un peu de mascara et une couche de rouge à lèvres pour être présentable.

— Elle n'a pas besoin de maquillage, dis-je. Elle est naturelle. Comme Sonia Braga, ou Kate Hepburn.

— Qu'est-ce que tu racontes ?

— D'accord, ce n'est plus une gamine, mais elle est encore solide, et jolie comme ça ne se fait plus. Avec quelques légères retouches, et sous le bon éclairage, elle sera encore capable de taper dans l'œil. Comme Sonia Braga.

— Ou Michelle Mitchell. Tu vas l'appeler *Sonia* ?

— Non. Son nom, c'est *Sheba*. Elle a été maltraitée et a coulé à pic, elle a touché le fond, mais elle est à nouveau debout, et, avec un petit coup de main de ses amis, elle sera bientôt prête à montrer ce qu'elle a dans le ventre et à reprendre du service, comme on dit.

— De qui parles-tu ? dit Red plutôt sèchement. De ton bateau ? Ou de toi, ma sœur ?

— Peut-être un peu des deux, dis-je en souriant.

— Je ferais mieux d'ouvrir, dit Red. Mr Misiak vient aujourd'hui avec l'entrepreneur pour faire le devis de la future terrasse, tu t'en souviens ?

— Je m'en souviens. Quand il sera là, envoie-le-moi. Je vais rester ici un bon moment. »

Alors que la toute première fièvre de la possession s'estompait, je pus voir clairement que la *Sheba* avait besoin d'être retapée assez sérieusement. Mais ça me paraissait dans mes cordes, et c'était un jour merveilleux pour commencer. Le soleil luisait à travers la brume argentée qui s'élevait du lac, les mouettes décrivaient des cercles en tournoyant haut dans le ciel, plongeant à l'occasion dans l'eau du port pour attraper du poisson ou des débris. Et il me vint à l'esprit que, question boulot, c'était la première fois que je n'avais pas besoin de pointer, et personne pour me donner des ordres. Si j'avais envie de travailler sur *Sheba*, personne ne pourrait m'en empêcher.

J'aimais cette idée. Énormément. Être une petite femme d'affaires n'impliquait peut-être pas seulement des factures en retard, des inventaires et des rapports de force.

Un des précédents propriétaires avait posé de la fibre de verre sur la coque de *Sheba* sous la ligne de flottaison, probablement quand la coque avait été un peu trop craquelée pour être calfatée. La fibre de verre, qui était anti-intempéries, avait été en certains endroits raclée jusqu'au bois, mais, avec un bon coup d'abrasif et deux couches de peinture marine Epoxy, elle pourrait être remise en état.

Mr Misiak arriva à dix heures avec l'entrepreneur en bâtiment à sa traîne, un grand Suédois rougeaud qui paraissait bien jeune pour l'emploi. Ceci dit, il avait l'air de s'y connaître et j'eus l'impression qu'il savait s'y prendre pour tenir un marteau. Il prit des mesures détaillées, fit quelques comptes sur sa calculatrice et dans un petit carnet, puis me fit une offre bien en dessous de celle que j'attendais. Je lui confiai le travail. Il partit s'enquérir du permis de constuire et je retournai travailler sur *Sheba*.

J'étais déjà bien avancée dans le ponçage de la fibre de verre, polissant doucement la couche jusqu'au bois, humant la saveur montant de la sciure mêlée à la brise du lac, quand une ombre se dessina sur la coque de *Sheba*.

« Joli bateau. C'est le vôtre ?

— Il le sera », dis-je, en jetant un coup d'œil à la silhouette. L'homme était impressionnant, grand, avec de larges épaules et des cheveux blond-roux ramassés en une queue de cheval soignée, il avait un visage ouvert et enfantin, ses yeux bleus étaient à peine masqués par des lunettes aux verres non cerclés, il portait un costume trois-pièces à pinces, fait sur mesure. L'homme rêvé pour une soirée d'étudiantes, le genre d'individu que votre sœur aimerait vous voir ramener à la maison.

« Ken Robinette, dit-il en me tendant la main. Nous sommes voisins, en quelque sorte. Je suis là en attendant que mon bateau soit remis en état, le *Mai Tai*, celui qui se trouve au quatrième mouillage plus bas.

— Le sloop de dix mètres ? Beau bateau. Si je comprends bien, vous faites de la voile.

— Pas plus qu'il ne faut. Je ne suis qu'un marin d'eau douce, j'ai dû engager un équipage pour venir de Detroit il y a deux ans. Pendant les mois d'été, je vis à bord. Je suis venu ici pour échapper à la foire d'empoigne qui sévit dans les grandes villes. Je n'ai pas encore entièrement réussi. À ce propos, ce n'est pas tout à fait une visite de voisinage.

— Ne me dites pas que vous vendez des assurances.

— Bien pire, dit-il en souriant nonchalamment, un bon sourire. Je suis avocat. En fait, on peut dire que, d'un certain point de vue, j'ai été l'avocat de votre père.

— Son avocat ? dis-je. Vous voulez dire que vous travaillez pour Mr Cohen ?

— Non, j'ai mon propre cabinet. Cohen et Jansen se sont occupés de ses biens. J'ai agi comme intermédiaire dans une autre affaire, des négociations avec l'Institut Deveraux.

— Je ne comprends pas. Quelles négociations ?

— Votre père ne vous en a pas parlé ?

— Non, nous ne nous sommes pas parlé pendant quelque temps. Pourquoi ?

— Je vois, dit-il lentement. Eh bien, je pense qu'il y a un léger problème en ce cas. Nous n'en étions qu'aux discussions préliminaires quand... il est mort.

— Sur quoi portait la négociation ?

— Voilà le nœud du problème. Comme je n'ai été plus ou moins qu'un intermédiaire, je ne peux pas vraiment en parler sans l'accord de l'autre partie.

— Qui est...

— L'Institut. Mr Jason Deveraux s'occupait personnellement de cette affaire, à vrai dire.

— Jason ? Je suis étonnée que le vieil ours soit toujours sur le motif. Quel genre d'affaire exactement ? Mon père n'avait rien d'autre à vendre à l'Institut que de la porcelaine de Chine de contrebande, et ce n'est pas le genre de choses qu'ils exposent.

— Bon Dieu, j'ai horreur de poser à l'avocat, mais sincèrement je n'ai pas la liberté de parler. Ce que je peux vous dire quand même, c'est qu'une somme d'argent considérable était en jeu.

— Qu'est-ce que ça veut dire, considérable ? »

Il hésita un moment, puis haussa les épaules. « Quelle somme d'argent considérez-vous comme très importante, Mlle Mitchell ?

— Ça dépend des jours. Parfois ça peut être cent dollars.

— Je connais ça. » Il sourit. « Eh bien, disons que, par rapport à nos critères, les négociations tournaient autour d'une somme vraiment très substantielle. Je ne peux pas en dire beaucoup plus. »

Je l'observai un moment, puis secouai la tête. « C'est impossible. Vous vous moquez, Red vous a envoyé pour me charrier. Vous n'avez même pas l'air d'un avocat !

— Vous avez ma parole que ce n'est pas une plaisanterie, Mlle Mitchell, dit-il sans paraître offensé. Si cela peut vous aider, je cours au bateau, je déniche mon diplôme et vous le ramène.

— Je ne comprends pas. Mon père n'avait rien qui puisse valoir une telle somme. Il était presque fauché.

— Je l'ignorais. Mais puisque vous dites que vous n'aviez pas de rapports avec lui depuis un certain temps, vous devriez rencontrer Mr Deveraux pour en discuter avec lui. Je crois que vous connaissez la famille ?

— Bien sûr, dis-je platement, comme tout le monde dans cette ville. Mais comme vous pouvez le constater, je suis occupée. Si Jason pense que nous avons quelque chose à voir ensemble, je suis ici sept jours sur sept.

— À mon avis, ça m'étonnerait qu'il puisse venir ici. Mr Deveraux a eu une crise cardiaque, l'automne dernier, et a subi un quadruple pontage. Il sort rarement de chez lui ces temps-ci. Pourquoi n'iriez-vous pas le voir à la propriété ? Disons dans l'après-midi ?

— Vous plaisantez ? Pourquoi si vite ?

— Si j'étais vous, Mlle Mitchell, je traiterais cette affaire presque comme si c'était une question de vie ou de mort. Je sais que nous venons tout juste de nous rencontrer, mais j'aimerais que vous me preniez un peu plus au sérieux. Il est absolument nécessaire que vous vous occupiez de cela.

— Votre attention me touche. Dites-moi, Mr...

— Robinette. Mes amis m'appellent Rob.

— Rob. Un surnom de circonstance pour un avocat,

Mr Robinette. Vous m'avez dit que vous étiez un intermédiaire, c'est cela ? Alors de quel côté vous situez-vous actuellement ?

— Du mien, bien sûr. » Il sourit. « Comme tout le monde. Mais je suis aussi concerné par les intérêts de Mr Deveraux. Et par les vôtres, également. Dites-moi, Mlle Mitchell, j'aimerais savoir, n'êtes-vous pas au moins un tout petit peu curieuse ?

— J'imagine qu'il le faut. Okay, avocat, arrangez cela. Est-ce que trois heures de l'après-midi ça irait ?

— Je m'en charge. Vous ne le regretterez pas.

— Je l'espère, dis-je. Sinon votre jolie maison près de la jetée pourrait bien couler par une nuit noire. »

CHAPITRE 16

VOILÀ, C'ÉTAIT ARRIVÉ. Il y a une dizaine d'années, quand tout, dans ma vie, avait basculé, je m'étais attendue à être convoquée à la propriété des Deveraux. Afin d'être intimidée ou achetée. Mais ça ne s'était pas produit. Et maintenant, tout ça n'avait plus grande importance. Je m'étais forgé ma propre vie, pour moi et pour mon fils, et la famille d'Alec m'était devenue totalement étrangère. Enfin, c'est ce que je me disais alors que je roulais en direction de la propriété cet après-midi-là. Au fond de moi, je savais bien que j'avais encore des choses à prouver — à moi, si ce n'était à eux.

Je n'étais pas venue ici depuis des années, mais je n'eus aucune difficulté à retrouver le chemin. J'aurais pu le retrouver les yeux fermés. Et c'est ce qui m'était souvent arrivé, dans mes rêves. J'avais travaillé à la propriété quand j'étais au lycée, je m'occupais de la piscine, puis ensuite j'avais essayé d'enseigner la plongée à Alec et à Andréa — sans succès apparemment. Alec était assez tenace, même s'il n'aimait pas beaucoup prendre des leçons avec une gamine, mais il avait un genou boiteux, à cause d'une ancienne blessure d'équitation, et il ne pouvait pas rester très longtemps dans l'eau froide. Quant à Andy, elle n'aimait tout simplement pas se mouiller les cheveux. Ou alors, c'est que j'étais un mauvais professeur.

Quelques petites choses avaient changé depuis ma dernière visite. La vieille palissade décorative en bois avait été remplacée par une grille de trois mètres de haut, aux pointes en fer forgé, qui serpentait le long des terres et se déroulait jusque dans les collines. Je dus décliner mon identité dans un petit interphone encastré dans la pierre d'un des montants du portail, comme on commande un repas de sa voiture dans un drive-in du McDonald. Quand j'étais môme, les portes n'étaient jamais fermées. Maintenant, il faut leur parler. Amérique, Amérique !

La maison ressemble à un clone yankee d'un château français de l'époque de Marie-Antoinette ; elle est construite en brique et en granit, possède une vingtaine de pièces ou plus, un garage pouvant contenir six voitures, une serre, une piscine olympique et un court de tennis. C'est en réalité un vrai petit palais qui rêve comme Brigadoon au sommet escarpé d'une colline de près de trois cents hectares au-dessus de Huron Harbor. La beauté de la vue vous couperait le souffle, si le château ne l'avait déjà fait.

Je garai ma camionnette entre une British Land Rover et une Mercedes 450SL métallisée, m'avançai rapidement, le pas un peu raide, vers les énormes portes de chêne où je m'arrêtai un instant pour respirer. Je n'avais pas changé de vêtements pour l'occasion. Je portais toujours ma chemise de travail en flanelle, mon jean délavé et mes bottes, et j'en étais contente. Qu'ils aillent au diable ! J'appuyai doucement sur la sonnette. Le carillon retentit à l'intérieur comme le murmure que feraient des gouttes de pluie en tombant sur du cristal de chez Waterford. Mais personne ne vint ouvrir.

J'essayai à nouveau. Toujours personne. Je regardai ma montre. J'avais dix minutes d'avance. Je m'apprêtai à rebrousser chemin, puis hésitai. Un bruit de clapotis provenait de derrière la maison. Je contournai la véranda, et trouvai Jason Deveraux.

Il était dans la piscine chauffée, barattant l'eau bleu de Chine qui se transformait en mousse, une vapeur brûlante s'en élevait dans l'air frais comme d'un ragoût mijoté par un cannibale. Les bras de Jason balayaient férocement la surface de l'eau, ses jambes la battaient en un mouvement brutal et énergique, mais il n'avançait pas beaucoup. Une corde de Nylon attachée à une ceinture de toile qu'il portait autour de sa taille était reliée à l'échelle de la piscine, elle le retenait sur place à quelques mètres du bord. C'était un homme immense, Jason, et puissant comme un ours, il devait bien peser plus de cent dix kilos, sans être particulièrement gros. Excepté la ceinture et un incongru bonnet de bain jaune, il était entièrement nu, ses cuisses me faisaient penser à des troncs d'arbre, et son large dos et la masse de ses fesses étaient couverts d'un poil épais et argenté que l'eau collait à sa peau.

Un deuxième homme était assis à une table de jardin, au bord de la piscine, je le voyais de dos, courbé sur les papiers d'un dossier. Pendant un instant, je crus que c'était Alec, mais ses cheveux clairsemés n'étaient pas assez noirs, et il était trop petit.

« Bonjour, dis-je. Je suis désolée de déranger. J'ai sonné, mais personne n'a répondu. »

Le petit homme me jeta un coup d'œil, pénétrant comme celui d'un furet. Son visage était d'une pâleur maladive, comme s'il n'allait pas bien. Il portait une chemise et une veste safari kaki, une cravate noire de représentant de commerce, il y avait quelque chose de militaire dans sa tenue. Je ne m'attendais pas vraiment à ce qu'il me salue.

« Mlle Mitchell, je suppose ? Je suis Gerald Hoffman, l'assistant de Mr Deveraux. Vous êtes en avance. » Il avait un léger accent, comme une résurgence de la voix traînante et maniérée des gens du Sud. Il prit une grande serviette de bain en éponge et s'avança vivement vers le bord de la piscine jusqu'à ce que son ombre tombe sur Jason qui nageait. Pendant un moment il ne se passa rien ; Jason continuait de battre l'eau, aussi indifférent qu'une tortue des Galapagos. Puis il sentit la portée de l'ombre et brusquement se redressa, il avait de l'eau jusqu'à la poitrine. Il retira son bonnet de bain, s'essuya les yeux avec ses poings, puis me regarda dans la lumière éblouissante de cet après-midi. On se dévisagea sans parler pendant un moment, chacun évaluant l'autre sans détour. Jason avait changé, il avait vieilli plus que je ne m'y attendais. Il portait une barbe maintenant, grise comme de l'acier. Ça lui allait bien. Il me faisait penser à des photos d'Hemingway dans les dernières années de sa vie. Ses yeux, cependant, étaient restés les mêmes, toujours aussi vifs, brûlant d'un feu intérieur, et féroces comme ceux d'un chat sauvage.

« Bien, bien, ma petite Michelle, mon garçon manqué préféré, comme tu as grandi », dit-il à la fin, et je sentis chaque son de sa belle voix modulée frapper mon cœur. « C'est gentil d'être venue voir le vieux. » Il s'avança lourdement vers le bord de la piscine, se hissa hors de l'eau et s'assit sur le rebord, ses grands pieds se balançaient dans l'eau.

Il accepta d'un signe de tête la serviette qu'Hoffman lui présentait, s'en servit pour éponger son visage puis la posa négligemment au-dessus de ses genoux. Sa poitrine portait une cicatrice étroite qui courait de sa gorge à son nombril. « Tu as l'air en forme, ma fille. Tu ressembles à ton père, tu as les mêmes yeux sombres.

— Vous n'avez pas changé, dis-je.

— Pas la peine d'être polie, Mitch. C'est bien comme cela qu'on t'appelle toujours ?

— Mes amis le font, dis-je.

— Alors j'espère que tu accepteras que je le fasse aussi. Car je veux être ton ami, Mitch. Peut-être le meilleur ami que tu aies jamais eu. Après tout, nous sommes de la même famille.

— Vraiment ? » dis-je en souriant malgré moi. Mon Dieu, il était plus séduisant que jamais, un parfait salopard, plein de charme, courtois et vindicatif. Autrefois, il avait représenté pour moi l'image d'un père plein de civilité, faisant pendant à la sauvagerie du mien. Je l'avais toujours aimé. Tout le monde l'aimait. Même ceux qu'il avait dévorés à pleines dents l'aimaient.

« Amis ? dis-je. Famille ? Je croyais que vous vouliez me voir à propos d'un marché que vous auriez passé avec mon père. Au fait, de quoi s'agit-il ? Votre Mr Robinette n'a pas été très expansif.

— Robby peut être la discrétion même, une qualité rare chez un avocat. Mais ce n'est pas mon Mr Robinette. C'est un tueur à gages qui appartient à celui qui le paie. » Il s'essuya à nouveau le visage avec un coin de la serviette, chacun de ses mouvements découvrait son sexe. Ou il ne s'en rendait pas compte, ou il s'en moquait.

« Vous n'avez pas répondu à ma question, dis-je. Qu'est-ce que vous étiez en train de négocier avec Shan ? »

Il hésita, puis eut un mouvement d'épaule à peine perceptible. « Un accord pour des objets sauvés d'un naufrage. Un enjeu considérable par rapport aux normes habituelles de ton père.

— C'est-à-dire, considérable ?

— Sa part était d'un quart de million de dollars. »

J'écarquillai les yeux. « Vous plaisantez, réussis-je à dire.

— Je plaisante toujours, cher cœur. Mais jamais à propos d'argent.

— Mais un quart de... concernant quoi ? Qu'est-ce que mon père pouvait bien avoir à vendre qui vaille autant d'argent ?

— Droits de sauvetage, dit Jason.

— Droits de sauvetage ? Mais à propos de quoi ?

— Pensez-vous nous faire croire que vous n'êtes pas au courant ? dit Hoffman en se mêlant à la conversation. Nous avons vos lettres, Mlle Mitchell.

— Quelles lettres ? Mais de quoi parlez-vous donc ?

— Des lettres que votre père nous a montrées.

— Fermez-la, Jerry, dit Jason calmement. Mon Dieu, ce que vous pouvez être lourd. Elle n'est pas au courant.

— Je pense qu'elle l'est. Je...

— Laissez-nous, Jerry. » Jason n'avait pas élevé la voix mais ce n'en était pas moins un ordre. Hoffman inclina la tête, il ramassa son dossier d'une manière appuyée, et s'en alla dignement, sans un mot.

« Un brave homme, dit Jason distraitement. Un ancien de la CIA. Il est capable d'aller chercher la merde là où les mères ne savent même pas qu'elle existe. C'est déprimant de l'avoir dans son entourage. Son esprit est aussi retors que celui de serpents qui font l'amour. Il voit toujours les gens sous leur pire aspect. Je dois préciser que, la plupart du temps, il a raison. Mais il se trompe à ton sujet, n'est-ce pas ? Shan ne t'a pas dit un foutu mot de toute cette histoire ?

— En dehors d'une carte de Noël de temps à autre, je n'ai eu aucune nouvelle de lui pendant des années.

— Je vois, dit-il en souriant tristement. Je suis convaincu que tu dis la vérité. C'est, disons... symétrique. J'ai failli mourir l'automne dernier. Tu le savais ?

— Robinette m'a dit que vous aviez été malade.

— Malade ? C'est un euphémisme. Regarde cette voie de chemin de fer qui traverse ma poitrine. Je suis un ressuscité, ma fille. J'ai été mort pendant quatre minutes sur la table d'opération. Ils m'ont fait un quadruple pontage, m'ont vidé comme un cerf et m'ont recousu pour que je sois de nouveau entier. Je suis relativement en bonne santé maintenant, et le serai tant que je continuerai de nager et de marcher. Une épreuve de ce genre fait réfléchir. Ça m'a fait penser à toi, par exemple, à la façon injuste dont je t'ai traitée pendant toutes ces années. »

Il s'arrêta, attendant une réponse. Je n'avais rien à dire.

« Alors j'ai pris contact avec ton père, pour voir si je pouvais réparer le passé. Mais visiblement, je me suis fait avoir. Hoffman a essayé de me prévenir. J'aurais dû l'écouter.

— Je ne comprends pas. Êtes-vous en train de me dire que mon père vous a trompé d'une manière ou d'une autre ?

— Il t'a trompée bien plus que moi, Mitch. J'ai connu ton père pendant de très nombreuses années, et je ne voudrais pas dire du mal d'un mort, mais bon Dieu ! il était encore plus dur que je ne le pensais. Particulièrement quand il s'agissait de toi. Mais puisque Shan n'est plus là pour nous donner sa version des choses, on devrait peut-être tout reprendre à zéro, toi et moi. Joindre nos bonnes volontés, pour arriver à nous mettre d'accord.

— D'accord sur quoi ?

— Eh bien, sur l'argent pour commencer. Je veux que tu comprennes que l'argent n'est pas un problème. Si tu n'es pas satisfaite des accords de Shan.

— Mr Deveraux, je ne voudrais pas vous décevoir, mais si mon père s'était engagé à vendre quoi que ce soit à l'Institut, une cargaison de porcelaine de Chine, c'est cela ? Je ne l'ai plus. Je l'ai remise à la police du département.

— Je sais, j'ai entendu parler de tes... ennuis. Je suis désolé. Mais il ne s'agit pas de vaisselle, il s'agit de... famille. De ma famille. Est-ce qu'Alec a été en relation avec toi pendant toutes ces années ?

— Alec ? Non. Nous n'avons pas échangé un mot. Pourquoi ?

— Je me le demandais, c'est tout. Il n'a jamais rien dit dans un sens ni dans l'autre, mais rien ne l'y obligeait. Nous ne sommes plus aussi proches que nous l'avons été. C'est un homme maintenant. Qui réussit très bien tout seul. Il vit à New York actuellement. Lui et Andréa continuent cependant de passer l'été à la maison. Alec s'est marié. Tu le savais ?

— Je l'ai entendu dire.

— Bon. C'est de cela dont nous devons parler. Il a épousé une gentille fille, d'une bonne famille de Boston. Ils ont deux filles, toutes les deux mignonnes comme des cœurs. De ravissantes petites filles.

— Je suis contente pour eux, mais je ne... » Et soudainement, je compris. Suffisamment en tout cas. « Mon Dieu, dis-je, Alec veut la garde de Corey maintenant, c'est ça ?

— Pas la garde nécessairement, dit Jason en me

regardant attentivement. Mais il a quand même des droits.

— Des droits ? répétai-je, incrédule. Et mon père vous a proposé de... » J'étouffais, les mots s'étranglaient dans ma gorge. « De vous vendre Corey, ou quelque chose d'approchant ?

— C'est une manière de dire les choses un peu trop prosaïque, Mitch. Corey est légalement mon petit-fils, peut-être le seul que j'aurai jamais. Je veux seulement être sûr qu'il puisse profiter de toutes les ouvertures que je peux lui offrir. L'argent que Shan a reçu n'était qu'un acompte, rien qu'un geste de cordialité. Je suis prêt à verser une somme bien plus importante, pour toi et pour ton...

— Pas question, dis-je en lui coupant la parole. Ne dites pas un mot de plus. Pas en ce qui concerne Corey. Jamais. Si, heu... » J'avalai ma salive. Mes yeux me brûlaient, j'étais tellement furieuse que j'haletais. Mais je n'allais pas pleurer. Pas maintenant, pas devant lui. « Je ne sais absolument rien de tout cela, et je ne veux rien en savoir. On s'est très bien débrouillés, Corey et moi. Sans avoir besoin de quiconque. Et c'est très bien comme ça. Je ne suis pas du tout au courant de l'accord que vous avez passé avec mon père. Si vous pensez qu'il vous doit quelque chose, faites opposition sur ses biens. En dehors de cela... » Je m'interrompis. J'aurais voulu en dire plus mais ce fut impossible. Je m'éloignai en chancelant, comme si j'étais devenue brusquement une très vieille femme.

Je m'arrêtai à l'angle du mur, puis je revins sur mes pas, voulant lui crier ma rage. Il était déjà en train de redescendre tranquillement dans la piscine pleine de vapeur. D'une poussée du pied il s'éloigna du bord et se mit à nager, lentement au début, jusqu'à ce qu'il sentît la légère tension de la longe. Puis il augmenta graduellement son allure, battant l'eau qui se mit à écumer comme s'il se trouvait encerclé par un banc de requins frénétiques. Pourtant, j'avais l'impression qu'il se tenait lui-même en bride, que s'il ne donnait qu'un tout petit peu plus de puissance, le vieux bougre aurait pu couper net la corde comme si ce n'était qu'un bout de fil, ou même arracher la piscine de terre. Et tout ce satané sommet de colline avec.

Hoffman était appuyé contre la porte de mon pick-up quand je débouchai de la maison. Il se redressa.

« J'espère que vous avez arrangé les choses de manière satisfaisante ? dit-il.

— Foutez-moi le camp !

— Bien sûr. » Il sourit avec aigreur. « J'avais prévenu Mr Deveraux contre votre père. Malgré tout, il a choisi de poursuivre, et il en a payé le prix. Mais ne croyez pas une seconde que je vous tienne pour innocente. C'était un bon stratagème de faire écrire ces lettres par quelqu'un d'autre. Ça vous donne l'avantage pour renégocier. Mes compliments. Mais si vous croyez que vous pouvez prendre l'argent de Mr Deveraux et filer... »

Sa voix fut noyée par le bruit du moteur que je mis en marche et il se précipita hors du chemin pour éviter d'être écrasé alors que je passais en trombe devant lui. Il cria quelque chose, mais ses mots disparurent dans le rugissement des pneus.

CHAPITRE 17

PENDANT PLUS D'UNE HEURE je roulai dans les collines au-dessus de Huron Harbor, fenêtres baissées pour que l'air frais du printemps entre en tourbillonnant dans la voiture. J'essayais de me calmer, de me reprendre. Sans y parvenir. Ma colère continuait de grandir, elle se nourrissait d'elle-même comme d'un feu, je n'arrivais pas à me calmer. J'avais déjà vu mon père hors de lui, pris d'une rage meurtrière, mais jusqu'à aujourd'hui, je n'avais pas compris. Je l'aimais, et je le haïssais. Mais jamais je ne l'aurais cru capable d'une telle trahison. Comment avait-il pu me faire une chose pareille ? Comment le pouvait-on ? J'avais besoin d'une réponse. Et je savais où la trouver.

Je me ruai sur le parking du Nid de Pie peu après cinq heures. Je n'entrai pas à l'intérieur. À la place je fis le tour du bâtiment et descendis vers le port. Le *Mai Tai* fut facile à trouver, poli et lissé comme son propriétaire. Il y avait de la lumière dans la cabine. Droit de monter à bord ou pas, mon cul, oui ! Je frappai du pied sur le pont et cognai ferme sur le toit de la cabine.

— Robinette ! Ouvrez ! Il faut que je vous parle ! »

Il ouvrit la porte, torse nu, uniquement vêtu d'un jean à la mode et de chaussures bateau usées. Il était bronzé aux UV et musclé harmonieusement, comme un nageur de marathon. « Je vois que vous êtes de retour. Excusez ma tenue, ou plutôt mon manque de tenue. Mais je reviens à l'instant de la gym. Je vois que vous avez l'air contrariée.

— *Contrariée*, c'est un peu faible !

— Bon ! Eh bien, entrez, ou montez à bord ; enfin, comme disent les marins, je ne sais pas, le soleil est au bout de la vergue. Est-ce que je vous offre un verre ?

— Non, sauf si ça vous dit de le prendre en pleine poire, aboyai-je. Tout ce que je veux, c'est une explication. Pour commencer, quel genre de marché avez-vous arrangé entre Jason et mon père ? Et ne me dites pas des conneries style : je ne peux pas parler.

— Écoutez, je comprends que vous soyez furieuse, et je compatis, dit-il en passant par-dessus sa tête un T-shirt déteint. Mais si vous vouliez bien vous calmer.

— Que je me calme, et puis quoi encore ! Dites plutôt tout ce que vous savez à propos de cet arrangement.

— Bon, dit-il en respirant profondément. À vrai dire, ça ne m'a jamais plu de faire partie de cette histoire. J'ai été engagé par Mr Hoffman comme intermédiaire, pour rédiger le contrat et m'assurer que tout soit légal. Pour être sincère, comme je venais de débarquer dans le coin, j'ai été content d'obtenir ce travail... » Il haussa les épaules. « Bref, j'ai pris le boulot. Je les ai rencontrés deux fois, à chaque fois à la propriété. Ils se sont efforcés de donner le change en parlant de l'éducation de Corey, d'un fonds de dépôt pour lui, etc., mais le fond de l'histoire c'était en fait un échange direct : la garde de votre fils à son père, Alec, contre un million de dollars tout rond. En liquide.

— Un million, répétai-je stupidement. Mais Jason m'a parlé d'un quart de...

— Un quart de million en acompte, le solde à la livraison, c'est une façon de parler. Comme cet accord ne pouvait pas apparaître sur un acte quel qu'il soit, il a été maquillé sous la forme d'un contrat de sauvetage d'épave, Jason engageant Shan pour retrouver des marchandises non spécifiées. Le reste tenait en un accord verbal entre eux, avec moi-même et Jerry Hoffman comme témoins.

— Un accord entre eux ? Et moi alors ? Et Corey ?

— Votre père nous a affirmé que vous aviez été mise au courant de toute l'affaire et que vous aviez consenti à cet accord. Il nous a montré les lettres que vous avez écrites à ce sujet.

— Quelles lettres ? Je n'ai jamais écrit à mon père la moindre lettre.

— Ah bon ? On le dirait pourtant, votre père nous a montré deux lettres, censées être écrites par vous, approuvant le transfert de la garde.

— Et ça... vous a suffi ?

— J'ai fait ce pour quoi on m'avait engagé, dit-il froidement. Je ne sais pas pour vous, mais moi, voyez-vous, je ne suis pas un homme riche, et comme je n'ai pas d'enfant à vendre, je... »

Je lui flanquai une baffe à toute volée. Un réflexe. Sa tête valsa et il me saisit aux épaules, bloquant mes bras. Un instant, je crus qu'il allait me frapper en retour. Il ne le fit pas. Mais il n'en était pas loin. Je pouvais le voir dans ses yeux.

« Je suis... réellement désolé d'avoir dit cela », fit-il en me lâchant. Il recula et se frotta la joue. « Particulièrement depuis que je crois que vous auriez pu me casser la mâchoire. Un verre, ça vous dit maintenant ? Je pense que ça nous ferait du bien à tous les deux.

— Moi aussi, je suis désolée, dis-je. Ce n'est pas dans

mes habitudes de frapper les gens, même quand ils le méritent. Mais cette histoire me rend... tellement furieuse. Excusez-moi. Je sais que ce n'est pas de votre faute.

— Vous vous trompez », dit-il en remplissant deux verres avec une carafe de cristal qu'il avait prise dans un bar en acajou, au fond de la cabine. « Je suis mêlé à cette histoire. À l'époque ça m'a dérangé, et ça continue de me déranger. Mais au fond, je n'ai fait que ce que doit faire un avocat, et puis je l'ai bouclée, pour des raisons d'éthique professionnelle, mais aussi pour des raisons d'ordre économique. Bon, vous avez sans doute le droit de me flanquer quelques baffes supplémentaires. J'espère que vous n'en ferez rien, se dépêcha-t-il d'ajouter. J'aurais dû vous prévenir, mais... Est-ce que vous avez une petite idée de ce que pèse aujourd'hui la famille Deveraux ? L'Institut, la compagnie de transport maritime, la fabrique de papier ?

— Non, je n'en sais rien, dis-je en acceptant un ballon de vin blanc. Beaucoup, j'imagine. Mais ils n'auront jamais assez d'argent pour acheter mon fils. Même l'Hôtel de la Monnaie américaine n'en a pas assez.

— Ce n'est pas la question. À mon avis, la famille vaut pas loin du billion, à quelques usines près. Et comme je suis un type avec des besoins simples, dit-il en me montrant la cabine du *Mai Tai*, même dix pour cent de leur revenu légal m'irait parfaitement. Ce qui est une façon détournée de convenir que, quand ils ont conclu cette affaire, je me suis bouché le nez et j'ai fait ce qu'on me demandait. Je n'aurais pas dû y toucher, même avec une perche de trois mètres, comme dit le proverbe. Et je suis désolé de l'avoir fait.

— Vous ne faisiez que votre travail.

— Exact, mais il doit y avoir des moyens plus faciles

de gagner un dollar. Par exemple, avez-vous jamais songé à une carrière de boxeur ? Avec un direct comme le vôtre et moi comme entraîneur, on gagnerait des millions. Il vous faudrait un nouveau nom, ceci dit. Mitch la S, non. C'est mauvais. Et Rockyette ? Qu'est-ce que vous en pensez ?

— Je me demande si c'est votre premier verre de vin ou bien votre deuxième gallon, dis-je.

— Mon premier, parole de scout. Alors, est-ce que mon idée vous plaît ?

— Écoutez, c'est très gentil de vouloir me distraire de mon humeur de chien mais il vaut mieux s'occuper de notre affaire. Le marché que Jason et mon père ont conclu est-il exécutoire ?

— Non, Madame. Le contrat a été établi pour un sauvetage d'épave, et vous n'êtes pas dans l'obligation d'y répondre, à moins qu'ils puissent prouver que vous y ayez pris part. Vous êtes, hum, vous êtes sûre de ne pas avoir écrit ces lettres ?

— Absolument. Jusqu'à aujourd'hui, je n'étais au courant de rien.

— Je vois. Est-ce que votre père vous a laissé de l'argent ou des biens importants qui pourraient pousser Mr Deveraux à penser qu'ils ont été acquis avec son capital ?

— Non, il était presque à sec quand il est mort. Êtes-vous en train de dire que l'argent a effectivement changé de main ?

— Est-ce que... » Il hésitait. « C'est ce que Mr Deveraux vous a dit ?

— Oui, mais à ce moment-là j'étais tellement en colère que je n'ai pas fait attention. Pourquoi est-ce que j'ai l'impression que vous reculez devant quelque chose ?

— Parce que vous avez de bons instincts, admit-il. Écoutez, je vous dirais bien la vérité mais je n'ai pas envie d'être brûlé. Si jamais Jason ou Hoffman apprenaient que je vous ai dit...

— Je ne leur dois rien. Alors, et l'argent ?

— Ils vous ont menti, dit-il en me regardant bien en face. Ils n'ont pas donné un centime à votre père. Hoffman voulait vérifier votre signature sur les lettres. Shan n'était pas d'accord, alors les négociations ont été bloquées. Après la mort de votre père, Mr Deveraux a suggéré que nous laissions passer un intervalle de temps décent, et puis que nous essayions à nouveau.

— Un intervalle décent ? répétai-je amèrement. Il ne sait même pas ce que ça veut dire... Laissons tomber. Est-ce qu'ils ont aujourd'hui un moyen de faire pression sur moi ?

— Pour l'argent, non. Même si vous l'aviez, je ne crois pas que Mr Deveraux engagerait des poursuites pour le récupérer.

— Pourquoi ?

— Parce que si les détails du contrat venaient au grand jour, cela pourrait lui porter préjudice. Il se moque de l'argent. Il veut la garde de l'enfant, pour Alec.

— Mais il ne peut certainement pas l'obtenir légalement, pas après toutes ces années !

— Ça dépend. Y a-t-il le moindre doute quant à la paternité d'Alec Deveraux ?

— Sur le certificat de naissance de mon fils, c'est écrit de père inconnu.

— Ce n'est pas la question.

— Mais c'est ma réponse. Je ne dois rien à Alec, et je ne veux rien de lui non plus, ni de sa famille. Ce que je souhaite simplement, c'est qu'on me laisse en paix.

— D'accord. Où est votre fils actuellement ?

— Dans un pensionnat, au Texas. En tant que femme célibataire qui travaille sur les plates-formes du golfe, je n'ai pas beaucoup de choix.

— Une bonne école ?

— La meilleure. Sa classe va faire le tour de l'Europe cet été. C'est un excellent élève et il fait de la compétiton en natation. Il se débrouille plutôt bien.

— Alors je comprends. En fait, l'intérêt de Mr Deveraux a été éveillé par un article dans le journal local qui concernait votre fils. Il croyait que... eh bien, que vous vous étiez fait avorter à l'époque.

— Pourquoi le croyait-il ?

— Parce que c'est ce que votre père lui a dit. Que quand vous êtes partie, c'était pour vous faire avorter.

— Mais... Il savait bien que ce n'était pas vrai ! Pourquoi aurait-il menti ?

— Je n'en suis pas certain, mais je crois qu'à l'époque ils avaient fait... une sorte d'arrangement.

— Vous voulez dire que mon père a été... » J'avalai ma salive. « Payé ? Payé pour me pousser à avorter ?

— Je crois bien, oui. Désolé. Je pensais que vous le saviez.

— Non, je ne le savais pas. Apparemment, il y a des tas de choses que j'ignore. À l'époque comme aujourd'hui.

— On le dirait. Bon, en ce qui concerne la garde de l'enfant, avez-vous un jour accepté de l'argent de la famille Deveraux ?

— Pas un sou, pas plus à l'époque qu'aujourd'hui. Nous n'avons eu aucun contact.

— Alors la seule voie légale qui reste serait de prouver que vous êtes une mère indigne, que vous maltraitez votre enfant, que vous menez une vie de débauche, quelque chose dans le genre.

— Comment le pourraient-ils ?

— Ils ne le peuvent probablement pas. Excusez ma franchise, mais votre vie privée est-elle... régulière ?

— Plus ou moins. Mais je ne pense pas qu'on puisse trouver une photo de moi en train de me balancer toute nue pendue à un lustre pendant une fête des Hell's Angels où l'on boit de la bière au tonneau, si c'est ce que vous voulez savoir.

— Je suis content de vous l'entendre dire. » Il sourit. « En ce cas, je crois, en tant qu'avocat, que légalement il sera très difficile pour Alec d'obtenir la garde de votre fils à une date si tardive.

— Difficile ? Pas impossible ?

— Soyez réaliste, Mitch. On est en Amérique. Rien n'est impossible, particulièrement pour un milliardaire. Je suis persuadé que vous obtiendrez presque certainement la garde à la fin. Mais vous pourriez bien vous ruiner en vous engageant dans un procès. Heureusement, vous pouvez disposer d'un avocat qui travaillera pour *presque* rien.

— Sans blague ! Et pourquoi ferait-il cela ?

— Pour faire taire les remords de sa conscience, bien sûr. Je dois me raser le menton tous les matins.

— Ça ne devrait pas être si difficile, dis-je. C'est un joli menton. Dommage qu'il soit en porcelaine. Merci pour le renseignement, Mr Robinette. Je sais que vous avez pris des risques en me disant la vérité. Ça restera entre nous. Et je suis désolée pour la gifle.

— Mes amis m'appellent Rob. J'espère que nous devriendrons amis, vous et moi. Et si vous veniez dîner un soir ? Ici même. Je ne suis pas un grand marin, mais je sais très bien me débrouiller devant des fourneaux. Qu'est-ce que vous en dites ?

— Navrée, je ne suis pas vraiment d'humeur à...

— Prenez-le comme une invitation ouverte. C'est quand vous voulez. De préférence quand votre colère sera retombée.

— Ça peut prendre un certain temps.

— Je peux attendre », dit-il.

CHAPITRE 18

IL M'ÉTAIT DIFFICILE de croire, comme Robinette me l'avait affirmé, que mon père n'avait pas touché l'argent. Je passai la moitié de la nuit à fouiller le Nid de Pie et le cottage, de fond en comble. Je connaissais les deux bâtiments, aussi bien à l'intérieur qu'à l'extérieur, mais je ne trouvai absolument rien. En dehors de quelques signes montrant qu'ils avaient dû déjà être fouillés. Par qui ? Jud ? Peut-être. Mais j'avais à l'esprit un candidat plus vraisemblable.

Je me garai sur le parking de l'agence Century Realty un peu avant midi le lendemain. En face de l'agence, au pied des collines de la Black River, de nouveaux bâtiments avaient été construits, tous en préfabriqué, des maisons de deux étages dans le style ranch qui ne variaient que par la couleur de leur revêtement mural. La plupart d'entre eux étaient vides.

L'agence immobilière, elle aussi, était faite d'un mélange de styles rustique et moderne, ornée de planches biseautées en bois de cèdre brut et de fenêtres en forme d'énormes œils-de-bœuf. Une maison de vacances pour Martiens.

L'intérieur de l'agence était entièrement fonctionnel : de la moquette bleue, des bureaux métalliques avec des dessus de table en similicuir. Les seules personnes qui se trouvaient là étaient Karen Stepaniak et un vendeur très gros, vêtu d'un blazer marron, qui débitait son baratin au téléphone. Karen était superbe dans son tailleur bleu qui lui allait à ravir, son maquillage était parfait, elle était fraîche et absolument coquette : un look à la Lana Turner. J'ai toujours envié les femmes qui peuvent se permettre un tel degré de sophistication. Sans maquillage je parais anémique, mais si j'en mets plus que le strict nécessaire j'ai aussitôt l'air d'une pute. Ça doit être d'un grand réconfort de savoir que l'on peut paraître sous un jour bien meilleur que cette première image affreuse que renvoie le miroir quand on se lève.

Karen leva les yeux vers moi avec ce large sourire convenu de l'hôtesse d'accueil mais elle pâlit quand elle me reconnut. Son sourire se fit plus prudent. « Mitch, je suis contente de vous voir, dit-elle en m'offrant sa main.

— Il y a des chances que vous changiez rapidement d'avis. Je suis venue vous voir pour vous parler de certaines lettres que vous avez dû écrire pour mon père.

— C'est exact », dit-elle en acquiesçant, et elle pâlit légèrement. « Je pensais bien que vous finiriez par venir. Je vous en prie, ne faites pas de scène ici, Mitch. J'ai besoin de ce travail.

— Vous auriez dû y penser avant d'écrire ces lettres.

— Nous ne pouvons pas parler ici. Bernie ? Je pars déjeuner plus tôt, d'accord ? »

Le blazer marron lança un regard mauvais et montra de son index rondelet quelques papiers qu'il tapota sur son bureau sans interrompre une seconde son baratin.

« Bordel, il faut que je finisse de taper ces contrats avant de pouvoir y aller. Ça ne prendra que quelques minutes. Est-ce que vous pourriez attendre ? S'il vous plaît ?

— Ils ont bien attendu jusque-là, non ? Je suis dehors. »

Elle sortit vingt minutes plus tard, elle avait l'air d'un petit chien perdu. « Vous êtes vraiment furieuse contre moi, hein ? dit-elle tristement.

— J'ai des raisons, non ?

— Oui, bien sûr. Écoutez, comme je ne déjeune pas, d'habitude je promène les chiens de mon patron. Vous voulez bien m'accompagner ?

— Vous promenez ses chiens ?

— C'est triste à dire mais c'est comme ça, dit-elle avec un sourire contraint. Bon Dieu, qu'est-ce qu'une femme ne doit pas faire aujourd'hui pour garder son job ! » Elle ouvrit le coffre d'un break Taurus gris et deux cockers blonds en sortirent. Ils se mirent à tourner frénétiquement autour de nous mais quand Karen dit : « Au pied ! », ils se calmèrent immédiatement et se tinrent à un pas de nos talons alors que nous nous engagions sur un chemin passant derrière l'agence.

« Chaque jour, si le temps le permet, je vais me promener par ici. Otis et Ernestine ont besoin de se dégourdir les pattes, et je peux profiter du paysage sans avoir à débourser un centime. Il y a une vue magnifique en haut de la colline, à près d'un kilomètre d'ici.

— Je ne suis pas venue pour le paysage, dis-je.

— Je m'en doute. Qu'est-ce que vous voulez savoir ?

— Tout. Je sais déjà que mon père était en train de mijoter un arrangement avec la famille d'Alec à propos de la garde de mon fils.

— Ce n'est pas tout à fait ça. En ce qui me concerne, j'étais contre cette idée, mais votre père pouvait se montrer très persuasif, et puis il y avait dans tout ça une sorte de justice poétique.

— Qu'y a-t-il de poétique dans le fait de vendre un enfant ?

— Vous vous trompez. Nous n'avons jamais eu l'intention d'aller jusqu'au bout. C'était un coup monté. Le juste retour des choses. Sinon je n'aurais pas écrit ces lettres pour lui.

— Comment ça ? Le juste retour de quoi ?

— Quand vous... êtes tombée enceinte, la famille Deveraux a exercé une grosse pression financière sur votre père pour qu'il vous pousse à avorter. Vous étiez au courant ?

— Non. Mais ça... peut expliquer pas mal de choses que je n'ai pas comprises sur le moment, dis-je lentement. Merde alors !

— Le pire dans tout ça, c'est que Shan était persuadé qu'un avortement serait la meilleure solution. Alors, hum, après que vous vous êtes enfuie, il leur a dit que vous étiez partie pour vous faire avorter. Mais il n'a jamais pardonné à Jason de s'en être mêlé. C'est pourquoi, quand Rob est venu lui proposer ce marché, Shan était aux anges. On lui apportait sa revanche sur un plateau doré. Nous voulions partir ensemble, et l'idée que c'était Jason qui allait payer le voyage lui plaisait beaucoup. Il avait, bien sûr, l'intention de partager l'argent avec vous. Il pensait même que cela l'aiderait à se réconcilier avec vous.

— Il n'avait pas besoin d'argent pour ça !

— Peut-être pas, mais lui se l'imaginait. Vous savez comment sont les hommes, toujours à essayer de gagner ce que nous sommes parfaitement disposées à leur donner. »

On marcha en silence quelques minutes pendant lesquelles je ruminai ce qu'elle m'avait dit. La beauté de cette journée s'y prêtait, le soleil était doré, l'air humide et doux, avec cette fraîcheur qu'on ne peut trouver qu'en forêt, au printemps. Le sentier était bordé par des rangées d'érables et de bouleaux jaunes. Otis et Ernestine cessèrent de nous emboîter le pas et filèrent dans les sous-bois. Tout à coup je me mis à les trouver sympathiques.

« Pourquoi ne m'avoir rien dit de tout cela le premier jour ? dis-je à la fin.

— J'aurais dû, je sais, mais je... ne suis pas comme vous, Mitch. Vous savez, indépendante. J'ai toujours eu besoin dans ma vie qu'un homme me dise ce que je devais faire. J'aurais dû vous parler. Je suis désolée de ne pas l'avoir fait.

— Est-ce que vous savez si Shan a touché de l'argent ? Jason m'a dit qu'il l'avait payé.

— Je vois pourquoi il a voulu vous faire croire ça, mais la vérité c'est que Shan n'a pas touché un kopeck, dit-elle avec un petit sourire forcé. C'est bien dommage. J'aurais préféré être allongée sur la plage d'Acapulco plutôt que de promener ces foutus chiens simplement pour garder ce boulot minable.

— Pourquoi ça n'a pas marché ? Qu'est-ce qui s'est passé ?

— Shan a dit qu'Hoffman avait bloqué les négociations, il voulait vérifier les signatures. Shan pouvait difficilement accepter, donc les choses en sont restées là. Est-ce qu'il vous a appelée ?

— Non, pourquoi ?

— Il avait l'intention de vous mettre au courant, au cas où ils essaieraient de vous contacter directement. Je pensais qu'il vous avait appelée. Je ne l'ai pas vu beaucoup les dernières semaines.

— Pourquoi ?

— Lui et Rat avaient des choses en cours, ils pillaient

une épave, je crois bien. Et après que Shan et mon ex se sont castagnés au Nid, Shan a pensé qu'il valait mieux pour moi qu'on arrête de se voir jusqu'à notre départ. La Scie peut devenir mauvais, j'ai des cicatrices qui le prouvent.

— Où est-il maintenant, votre ex ?

— À Seattle. J'ai fait une demande de divorce en décembre et il est parti peu de temps après.

— Vous en êtes sûre ?

— Qu'il est à Seattle ? Oui. Je l'ai appelé quelques fois pour des détails concernant le divorce. Ce n'est pas un si méchant homme, il est juste un peu sauvage. Quoique, question de sauvagerie, votre père aurait pu lui donner des leçons. C'est d'ailleurs ce qui le rendait si attachant, cette folie.

— Je connais.

— Qu'est-ce que vous allez faire ?

— Rien, dis-je catégoriquement. Je n'étais absolument pas au courant de tout ça, et ça ne me regarde pas. Je veux tout simplement aller de l'avant.

— Je comprends. Vous savez, je suis terriblement désolée de la part que j'ai prise dans cette histoire. Nous n'avons jamais voulu vous blesser, jamais, j'espère que vous me croyez. C'est simplement une combine qui... nous a échappé. Au moins je peux prouver, à propos de la vue, que je ne racontais pas d'histoires. Qu'est-ce que vous en pensez ? »

Nous avions débouché sur une étroite corniche au sommet de la colline. Le toit de feuilles de la forêt de bouleaux abritait la vallée, il s'étendait assez loin, jusqu'aux collines de Black River. Des bouleaux blancs et argentés se détachaient entièrement au-dessus de la nappe de la forêt, on pouvait voir les plus hautes de leurs branches briller comme du cuivre poli dans la lumière du soleil.

« Dieu que c'est joli, dis-je. Parfois je me demande pourquoi j'ai quitté cette région, ennuis ou pas.

— Vous avez fait ce que vous deviez faire. Vous avez eu du cran, plus que je n'en aurais eu à votre place. Je suis sûre que votre père n'a jamais eu l'intention de... Oh ! Merde, merde ! Otis, non ! Assis ! Assis ! »

Elle me poussa en passant et saisit la femelle par son collier. Le mâle avait surgi des broussailles, il tenait un petit lapin dans sa gueule d'où dégoulinaient du sang et de la bave, ses yeux louchaient d'excitation. La femelle essayait de s'emparer de sa proie et Karen, la soulevant par le collier, la prit à bras-le-corps. Le lapin se débattait faiblement, son regard était fixe, puis il se mit à gémir, pleurant comme un nouveau-né. Otis le secoua férocement.

« C'est pas vrai ! dit Karen avec des larmes plein les yeux. Otis ! laisse-le ! laisse-le !

— Reculez-vous avec l'autre chien, dis-je. Il ne le lâchera pas tant qu'elle sera à côté. Reculez-vous. Je vais l'attraper. »

Les lèvres serrées de dégoût, elle traîna la femelle sur une vingtaine de mètres, puis la lâcha et se mit à courir sur le chemin en l'appelant par son nom. La femelle hésita puis suivit Karen dans les bois.

« Bon chien, Otis », dis-je en m'agenouillant à côté de lui. Je passai mes mains sur ses flancs. Il frissonnait, tendu comme un ressort. « Bon chien. Laisse-le. Allez, ça va maintenant, donne-le-moi. » Je fis courir mes doigts sur sa gueule pour qu'il s'habitue à mon odeur, puis j'introduisis mon pouce et mon index recourbé dans l'articulation de sa mâchoire et me mis à exercer une douce pression. S'il grognait maintenant, on serait dans le pétrin, mais il ne grogna pas. Petit à petit il desserra son étreinte et lâcha le lapin qui se tordait de douleur dans ma main. Je le déposai sur le sol aussi loin que je pus, tout en maintenant fermement le chien par son collier.

Les pattes avant du lapin étaient cassées et sa cage thoracique écrasée. Malgré cela, il s'efforçait de se déplacer à l'aide de son arrière-train et réussit à se frayer un passage à travers les feuilles en rampant, laissant derrière lui une traînée pourpre. Ses mouvements excitaient le chien, et tout ce que je pus faire fut de le maintenir éloigné.

« *Assis* ! » dis-je en hurlant, puis je me mis debout, empoignai son collier et le forçai à s'immobiliser. Otis s'assit, mais il bavait, ses yeux étaient fixés sur sa proie blessée et il frémissait comme un arc bandé. Puis soudainement, je le sentis se détendre, je me rendis compte alors que le lapin avait cessé de bouger. Mort. Merde !

Je laissai Otis renifler la carcasse, je sentis que toute sa tension avait disparu, le jeu avait pris fin. Il avait atteint son but. Il ne désirait rien de plus. De quoi rêver tranquillement au coin du feu quand il serait vieux. Ce n'était pas de sa faute. Il descendait de dix mille générations de chasseurs. Rien qu'un type qui fait son boulot. C'est ce que je me disais pour calmer cette envie folle que j'avais de le battre.

Avec précaution je ramassai le lapin et jetai son corps le plus loin possible au-dessus de la corniche. Otis le regarda tomber, il le vit traverser le dôme de verdure et atterrir sur le sol de la forêt, puis leva sur moi un regard d'une complète incrédulité. Il secoua sa tête fortement, comme s'il cherchait à comprendre. C'était évident, j'étais en dehors du coup, je ne connaissais rien aux règles du jeu.

Je lâchai son collier. Il se mit à trotter sur le bord de la corniche, le nez en l'air, reniflant, mais ne fit aucun mouvement pour rejoindre sa proie tombée. À la place, il fit le tour de la clairière, à la recherche d'un nouveau score à marquer, puis flâna de-ci de-là sur la route, le nez au sol, pistant la trace de Karen et de la femelle.

Je m'attardai un moment, admirant la vue qui s'étendait au-delà de la cime des arbres, j'essayai de me reprendre et de digérer ce que Karen m'avait dit. Pendant toutes ces années, je n'avais vu les choses qui m'étaient arrivées que sous un seul angle, à savoir que mon père n'avait rien compris et qu'il m'avait rejetée. Je ne savais pas la moitié de ce qui se passait alors. Et je me demandai si j'avais encore beaucoup de souvenirs qui, comme celui-là, étaient tronqués.

Même la vue sur la vallée me parut différente, magnifique, mais également dangereuse. Pourtant, je ne pouvais pas me leurrer : j'étais bien chez moi.

Ce grand lac, ces collines, c'était vraiment là que je demeurais. J'appartenais à cet endroit, et je voulais y rester. J'avais fui une fois. Je ne fuirais pas une autre fois. Non, pas une autre fois.

Je fermai les yeux pendant un moment, priant en silence pour mon père, et mon fils. Et pour Jud. Je fis aussi une petite prière pour le lapin. Nous en avions tous besoin.

Et puis je soupirai profondément et m'engageai sur les traces d'Otis.

CHAPITRE 19

JE FUS SAUVÉE PAR *SHEBA*. Pendant les semaines qui suivirent je passai par des moments qui auraient pu devenir vraiment difficiles. Il régnait au Nid une pagaille épouvantable. Les menuisiers, qui devaient construire la nouvelle terrasse et abattre le pan de mur où installer les portes battantes, faisaient un vacarme d'enfer avec leurs marteaux et leurs scies. Ma vie n'était pas plus ordonnée. Ce que j'avais cru sur mon passé et sur mon père s'était révélé faux. J'essayais bien de me dire que ça n'avait pas d'importance, que c'était passé et révolu. Mais bien sûr, ça ne l'était pas. Le passé pouvait être révolu, mais il n'était jamais réellement... fini.

Je n'eus plus aucune nouvelle de Jason Deveraux. Mais je savais que j'en aurais un jour ou l'autre. Il devait attendre qu'Alec arrive pour l'été. J'étais le problème d'Alec, après tout. Ou plus exactement, c'était Corey qui l'était.

Alec désirait-il suffisamment la garde de Corey pour engager un procès ? Rob m'avait assuré qu'Alec n'avait aucune chance de gagner. Et cependant, quand on se réveille à quatre heures du matin et qu'on se demande...

J'appelais Corey chaque dimanche, mais, pour la première fois de notre vie, nous avions des difficultés à communiquer. Je me demandais s'il m'en voulait de l'avoir laissé dans son école privée, loin derrière moi, tandis que je m'aventurais sur des terres connues de moi seule. Ou peut-être était-il parvenu à un âge où les garçons ont moins de choses à dire à leur maman, particulièrement au téléphone. La distance entre nous n'était pas qu'une question de kilomètres et nous ne parvenions pas, apparemment, à la surmonter. Trop de choses m'étaient arrivées, que je ne pouvais ni maîtriser, ni même comprendre. Heureusement, *Sheba* et moi, on se comprenait.

Je me faisais un devoir d'arriver chaque matin au Nid une ou deux heures plus tôt pour travailler à mon bateau. J'avançais lentement, le travail était dur et minutieux, mais c'était ce dont j'avais besoin, et *Sheba* ne se plaignait jamais. Je commençai par recouvrir de fibre de verre la coque sous sa ligne de flottaison. J'aurais pu me contenter de retouches ; personne ne l'aurait su, hormis les poissons. Mais elle et moi, on l'aurait su. Je pris donc mon temps et la ponçai complètement, puis je passai deux couches épaisses de peinture marine Epoxy. Ensuite, je la recalfatai, de la proue à la poupe, remplaçai une partie brisée de la lisse et polis ses cuivres. Et tout à coup, elle n'eut plus rien d'un vieux rafiot. Elle paraissait... mature, oui, mais toujours belle, et forte. Comme Katharine Hepburn.

Terry m'aida pour le moteur. C'est peut-être bizarre, mais on s'est bien amusés. Même si, de l'extérieur, on ne donnait pas du tout cette impression, tous les deux au fond de la cale, penchés sur un moteur noir de crasse, en train de pester contre toutes ces chevilles rouillées et ces marins d'eau douce qui n'avaient pas, saison après saison, vidangé le moteur. À la fin, cependant, on réussit à faire tourner le moulin, et le son, un peu cahotant au démarrage, devint, en chauffant, doux, doux comme le sont, c'est bien connu, les fesses de bébé. Un somptueux et sensuel ronflement.

Et Terry m'embrassa. Cela voulait dire quelque chose. Nous le savions tous les deux. Mais on n'en parla pas. Ce n'était pas nécessaire. De toute façon, essayer de parler à Terry quand il travaille revient à crier dans un puits de trente mètres de profondeur. Les réponses sont longues à venir, et sibyllines s'il répond. Il y a des gens qui ne changent pas.

D'autres, oui. Je me mis à voir Charlie Bauer et son adjoint Jackowski qui, deux ou trois fois par semaine, faisaient du jogging le matin sur la plage, le long du port. Ils formaient un drôle de couple ; Jackowski, musclé et svelte, avait de larges épaules, la taille étroite, il devait manifestement passer beaucoup de temps à sculpter son corps. Quelquefois ils s'arrêtaient. Charlie me complimentait sur la façon dont la *Sheba* se métamorphosait. Jackowski était habituellement trop essoufflé pour parler beaucoup. Sa musculature de salle de gym était visiblement plus faite pour le tape-à-l'œil que pour la course, et je me souvins de la plaisanterie de Red sur ses nerfs de bœuf gonflés aux hormones. Peut-être n'était-ce pas de l'ironie.

D'après les quelques commentaires acides déjà entendus, je me doutais bien qu'il ne devait pas apprécier beaucoup les femmes qui retapent des bateaux, ou qui font de la plongée. Ou qui ne tombent pas en pâmoison à la vue de ses puissants pectoraux. Il cessa de courir avec Charlie dès la première semaine, et j'en fus plutôt contente.

Charlie, lui, continua courageusement. Il s'arrêtait presque à chaque fois pour bavarder, il me racontait des histoires de flic ou m'informait sur ce qui se disait dans le coin. Il était étonnamment drôle, avec un sens de l'humour si pince-sans-rire que je ne savais pas toujours quand il blaguait. Il avait aussi des yeux merveilleux, profonds et rêveurs. Et je me surpris à penser à lui, de temps en temps, aux choses qu'il m'avait racontées.

Avec le temps, la ténacité de Charlie finit par porter ses fruits. Il avait fondu et rajeuni, il ne lui restait plus que du muscle et des os, et si la graisse avait disparu, il était toujours costaud, comme le joueur de défense qu'il avait été dans l'équipe de foot du Michigan. Il avait une chouette allure, élancé, osseux et fort, il fallait bien que je l'admette. Mais il restait courtois, et correct, toujours. Un homme intéressant, certainement, et intéressé, de toute évidence.

Je ne m'y attardai pas. Je connaissais mes limites, les sentais même très clairement. Mais au moins je n'étais plus entièrement seule. J'étais en train de me créer de nouveaux liens, avec Red, et Terry, et Charlie, et même avec Chien.

Depuis que le temps s'était réchauffé je la voyais plus souvent. Bien qu'elle ne veuille toujours pas m'approcher, elle avait néanmoins cessé de me regarder comme un hors-d'œuvre. Elle semblait avoir besoin d'une compagnie humaine, ou d'un simple voisinage.

Et puis, un matin, à la mi-mai, elle apporta dans le jardin un écureuil mort et le posa sur la première marche de la véranda. C'était un présent brutal, d'autant que l'incident avec les chiens de Karen avait eu lieu peu de temps auparavant, mais je l'acceptai pour ce qu'il signifiait : la paix. Nous étions, après tout, de la même famille. Nous avions partagé le même frère, ce qui, j'imagine, faisait de nous des sœurs. Ou de bonnes copines. En tout cas, le lien était réel : c'était le sang.

Karen faisait de son mieux pour entretenir avec moi

de bonnes relations. On se rencontra plusieurs fois autour d'un café pour parler. Elle me donnait des conseils sur la politique locale, la comptabilité et la fiabilité des commerçants de la région. Elle était d'un grand secours et on sympathisa sans devenir de vraies amies. Parfois on ne *peut* pas devenir amis, même si on s'y efforce de part et d'autre...

Les affaires du Nid se développaient au fur et à mesure que les chantiers du port se remplissaient. Je dus engager un cuisinier, et je laissai à Red le choix des deux nouvelles serveuses. Le jeune étudiant que Terry m'avait recommandé pour tenir la boutique de plongée passa, on discuta mais il me parut si condescendant que je ne l'engageai pas. Toute ma vie il m'avait fallu supporter dans le travail la prétention des hommes à la supériorité. Pas question de la subventionner. À la place, j'engageai une jeune fille simple des environs qui avait un peu d'expérience en plongée et une grande soif d'apprendre. Une jeune fille telle que je l'avais été un jour. Elle s'appelait Jeannette et était une vraie bénédiction. Elle ne ménageait pas ses efforts, était à l'écoute de la clientèle, et dès le second week-end elle avait mémorisé tout le stock.

Cela me dispensait d'avoir à surveiller de près les deux affaires et me laissait du temps pour ma première passion : la plongée.

Je me mis donc à sortir presque tous les jours sur la *Sheba* pour plonger avec les bouteilles, quelquefois juste avec le masque et le tuba. La plupart du temps, je plongeais seule, je redécouvrais les techniques de plongée en eau froide, et, tandis que je faisais à nouveau connaissance avec la grandeur solitaire et fantomatique du grand lac, je revisitais, en un sens, mon enfance.

Quand je n'étais pas dans l'eau, je passais tous mes

moments perdus penchée sur les livres de mon père qui traitaient de la navigation sur le lac, j'apprenais par cœur les noms des épaves, leurs routes, leurs chargements, et finalement leurs lieux de repos. Et de quelle façon elles avaient sombré.

Le Memorial Day approchait, les chantiers du port étaient à quatre-vingt-dix pour cent pleins, les affaires au Nid avaient presque doublé. Tout paraissait sous un jour plus lumineux. Et j'avais quasiment décidé que lorsque l'été européen de Corey serait terminé je le ramènerais... à la maison. Il était temps que nous vivions enfin ensemble, chez nous, et je travaillais comme un chien pour que cela soit possible — je m'y efforçais sans doute avec trop de fougue. Parce qu'à étudier la science des eaux profondes de la Dame du Lac, j'avais négligé la plus indiscutable de ses leçons : que la vie sur les Grands Lacs peut être terriblement risquée.

CHAPITRE 20

DANS LA NUIT DU TRENTE MAI, le Nid de Pie était comble, rempli par une foule de touristes et de gens du cru. Quelques clients audacieux s'étaient installés dehors sur la nouvelle terrasse, goûtant la vue sur le port et la brise fraîche du lac. J'étais dans mon bureau, penchée sur mes livres de comptes, je me sentais insupportablement fière de moi quant à la balance des profits et des pertes, quand je levai les yeux. Et la terre trembla sous moi comme lors d'un séisme.

Alec Deveraux était à l'intérieur du Nid avec sa sœur Andréa et un autre homme, un grand blond. J'essayais de ne pas les regarder fixement mais je n'y arrivais pas. Alec avait changé, et pas en mieux. Il avait toujours été élégamment décharné. Il paraissait hagard maintenant, et, dans sa veste de tweed sombre et son col roulé noir, il me faisait l'effet d'être devenu son propre fossoyeur. Il s'aidait d'une canne pour marcher, et ses cheveux noirs commençaient à grisonner.

Avec les années, il était devenu la réplique squelettique de son père, et il paraissait être le frère bien plus que le fils de Jason.

Le temps avait été plus tendre avec Andréa. Elle avait toujours été, d'une manière frappante, très séduisante.

Elle l'était encore plus aujourd'hui : petite, avec de larges épaules et une chevelure d'ébène qui brillait comme l'aile d'un corbeau. Les traits de son visage étaient trop anguleux pour qu'on la dise jolie, mais elle possédait, depuis toujours, le magnétisme d'un félin, ce qui faisait oublier tout le reste. Et Eau d'Argent est un parfum merveilleux, non ? Miaou !

Son chevalier servant était beau comme un top model, éclatant de santé et bronzé, avec une crinière touffue et décolorée par le soleil qui retombait sur sa nuque. Son blazer de lin blanc valait probablement aussi cher qu'un vol pour l'Australie. Andréa s'arrêta pour bavarder avec des amis ; son beau chevalier lui dit quelque chose mais elle l'envoya balader d'un geste de la main. Il haussa les épaules et se dirigea nonchalamment à travers la foule jusqu'à mon bureau, sur la porte duquel il frappa poliment avant d'entrer.

« Mademoiselle Mitchell ? dit-il en me tendant la main. Je suis Harvey Addison. J'ai entendu dire que vous étiez la personne qu'il fallait rencontrer dans la région si on s'intéressait à la plongée sous-marine. » Il avait un accent anglais prononcé, raffiné et élégant. Trop parfait pour être vrai.

« Il m'arrive d'accepter de me mouiller de temps à autre, dis-je. Que puis-je pour vous, Mr Addison ?

— J'aimerais faire quelques affaires avec vous, dit-il d'un ton sirupeux. Je suis déjà passé dans votre magasin. Du premier choix, mais je n'ai pas vu les nouvelles bouteilles d'oxygène Génésis. Est-ce que vous en avez ?

— Pas encore, avouai-je. J'ai repris ce magasin il y a quelques mois seulement, et mon père n'avait que du matériel américain. Il s'en faisait un point d'honneur. Ceci dit, j'utilise moi-même des bouteilles européennes et j'en ai plusieurs jeux en réserve, si vous êtes intéressé.

— J'en ai acheté une paire dans le sud de la France l'année dernière et j'ai rapidement vendu le reste de mon équipement », dit-il en laissant éclater un sourire de cinq mille watts. De près, je révisai ma première impression. Addison était somptueux, taillé dans la pierre, un morceau de bœuf de premier choix. Il avait de solides mâchoires, des yeux bleu acier. Je me surpris néanmoins à chercher Alec du regard.

« Me serait-il possible de louer vos services et votre bateau pour quelques semaines ? » dit-il en s'installant confortablement dans un des fauteuils qui se trouvaient de l'autre côté de mon bureau. « J'ai cru comprendre qu'il y avait quelques épaves intéressantes dans le coin.

— Quelques-unes, oui, dis-je. Il y a environ cent cinquante carcasses dans un rayon de quinze milles autour du port, plus de six mille grandes épaves ont été recensées dans les Grands Lacs. Et Dieu seul sait combien il y a de petits bateaux. Les Grands Lacs ne sont pas tendres, ni pour les bateaux, ni parfois même pour les gens.

— En fait, je veux plonger pour voir une épave particulière, celle du *Queen of Lorraine*. Est-ce que vous savez quelque chose en ce qui la concerne ?

— Le *Queen* ? Il a été construit en 1926, c'était le fleuron de la flotte des Deveraux, récitai-je en faisant étalage de mon savoir. Il faisait route pour Chicago depuis Érié, en Pennsylvanie, avec une cargaison d'acier laminé, en novembre 1972, quand un cargo suédois l'a heurté dans le brouillard, le ah... le *Halmstad*. Son capitaine, apparemment, ne s'est pas rendu compte qu'il était gravement endommagé et il a essayé d'atteindre la plage de North Point. Malheureusement, il n'y est pas parvenu. Il a chaviré et coulé. La plus grande partie de son équipage s'en est sorti, mais plusieurs officiers, dont le capitaine, n'ont pas eu cette chance.

— Vous êtes très érudite, m'dame, je suis très impressionné, dit Addison. Vous avez dû plonger pour la voir, alors ?

— Non, mais je connais quelqu'un qui l'a fait. » Terry était en train de jouer au billard dans la salle. Je lui fis signe de venir et fis les présentations. Ils se serrèrent la main en s'évaluant du regard mutuellement. Quel contraste ! Addison, le Wasp impeccablement mis, et Terry, avec son vieux jean et son T-shirt défraîchi, plein de santé, ébouriffé et tanné comme un Espagnol. Terry emporta mon suffrage, *of course.* Je lui dis qu'Addison était intéressé par le *Queen.*

« Je lui ai rendu visite l'année dernière », dit Terry qui s'appuya de la hanche contre le coin de mon bureau et posa le manche de sa queue de billard sur le sol. « C'est un vrai foutoir. Il est à six milles d'ici environ, et à soixante mètres de profondeur, en plein milieu de la réserve des Huron Bottomlands. Les récifs l'ont renversé quand il est venu s'y déposer, il est cul par-dessus tête, ses mâts et ses cheminées sont enterrés dans la vase. »

Une ombre passa sur le visage d'Addison. « Qu'est-ce que c'est que cette réserve ?

— L'État a interdit le pillage des épaves en 1980, lui expliquai-je. Vous avez besoin d'un permis pour plonger dans la réserve. Mais cette loi est difficile à mettre en application. Il y a un véritable marché noir des « trésors maritimes », feux de position, hublots, et autres. En fait, j'ai entendu dire que certaines pièces provenant du *Queen* étaient sur le marché tout dernièrement.

— Ouais, dit Terry, narquois. J'ai entendu ça, moi aussi. Pourquoi cet intérêt particulier pour le *Queen*,

Harvey ? Il y a des tas d'autres épaves un poil moins dangereuses à explorer.

— Le *Queen* a été construit par la famille de ma femme, les Deveraux ? Vous connaissez ?

— Bien sûr ! Andréa, Mitch et moi, on est allés en classe ensemble. On m'avait dit qu'elle s'était mariée. Félicitations. Vous êtes un type verni.

— Dans certains milieux, il y a des gens qui considèrent qu'elle aussi a de la chance, dit calmement Addison. Mais qu'importe, mon beau-père est absolument emballé par l'idée de récupérer pour le musée de l'Institut Deveraux la plaque de dédicace du *Queen*. Tenez, j'ai une photographie. »

Il sortit de la poche intérieure de sa veste une vieille photo du *Queen of Lorraine* et la passa à Terry. « La plaque est en bronze et relativement grande. Elle a été placée lors de la première mise à flot sur une des cloisons de la salle des passagers qui se trouve presque à la proue du bateau. D'après les plans, il semble que le seul moyen de pénétrer à l'intérieur soit par la coursive de l'entrée principale qui se trouve au milieu du bateau. Pensez-vous que nous pourrions y arriver ?

— J'en sais rien, dit Terry en examinant attentivement la photo. Je ne suis pas allé aussi loin à l'intérieur du bateau, mais l'avant ne touche pas le fond. Peut-être.

— Vous avez dit « nous », Mr Addison, dis-je. Avez-vous l'intention de descendre vous-même jusqu'au *Queen* ?

— Certainement, c'est même tout l'intérêt. Je veux ramener la plaque à mon beau-père en... présent de bon rétablissement. Je ne suis jamais descendu à soixante mètres de profondeur, mais je suis assez athlétique et j'ai déjà un peu plongé.

— Dans les Grands Lacs ? demandai-je.

— Plutôt aux Caraïbes, aux Bahamas, à la Jamaïque, dans ce genre d'endroit. Je ne crois pas que cela soit si différent.

— En fait, ça l'est plutôt, dis-je. Le fond des lacs est sombre, trouble et froid comme le baiser d'une sorcière. La visibilité est nulle à cause de la vase et les courants sont imprévisibles. D'un autre côté, comme les épaves se détériorent très lentement en eau froide, elles sont souvent dans un état remarquable. Ce qui peut parfois donner l'illusion qu'elles ne sont pas dangereuses. Alors qu'elles le sont.

— Et naturellement, il peut y avoir un corps ou deux, ajouta Terry. À mon avis, c'est même pour ça que Mitch, ici présente, n'est pas allée voir le *Queen* elle-même. Est-ce que les cadavres vous dérangent, Harvey ?

— Il y avait un squelette dans une des épaves à la Jamaïque, dit-il en se forçant à sourire. J'ai fait de mon mieux pour ne pas mouiller ma combinaison. Mais au fond de l'eau, c'est plutôt difficile à prouver.

— Je ne parle pas de squelettes, dit Terry en souriant. Je parle de corps.

— Mais le *Queen* est au fond de l'eau depuis trente ans, ils sont sûrement...

— À soixante mètres de profondeur, la température du lac varie seulement de un à trois degrés, avec une pression considérable, dit Terry. Si vous voulez conserver quelque chose de façon constante, vous ne pouvez trouver de meilleur endroit. Les poissons du lac ne vont pas fouiller à cette profondeur et les corps se décomposent lentement. Le *Griffin* a disparu en 1689, mais, s'il est à une bonne profondeur, quiconque a coulé avec lui peut se trouver encore à bord, et peut-être même en un seul morceau. Plus ou moins.

— Vous plaisantez ! dit Addison.

— Non, malheureusement, dis-je. Trois hommes ont disparu avec le *Queen*. Il est possible qu'ils soient encore à bord. Vous devriez peut-être songer à cette éventualité. »

Addison nous regardait avec une défiance évidente. « Ça ne m'étonnerait pas que, dans la région, on bizute les nouveaux venus à l'école, mais je suis très sérieux quand je parle de descendre jusqu'au *Queen*. Je ne suis pas un plongeur de flaques d'eau. Je suis descendu à près de trente mètres et je peux sans aucun doute parvenir à soixante mètres avec un peu d'entraînement. Alors, Mlle Mitchell, êtes-vous intéressée, oui ou non ?

— Ne laisse pas les gens du patelin te rendre chèvre, Harvey », dit Andréa en se penchant au-dessus du dossier de sa chaise et en effleurant sa joue du bout de ses lèvres dédaigneuses. « Particulièrement ces deux-là. Ils sont passés maîtres en l'art. Et surtout ne te lève pas pour me saluer, Fortier, même si l'idée t'en venait par hasard. » Elle s'assit gracieusement dans le fauteuil à côté d'Harvey, sortit une cigarette de son sac et marqua une pause juste assez longue pour qu'Harvey la lui allume.

« Mitch », dit-elle, et elle souffla la fumée de sa cigarette en direction de Terry. « Comment vas-tu ? Ça fait un bail.

— On ne le dirait pas en te voyant, dis-je sincèrement. Tu es splendide. » Et elle l'était... presque. Elle portait une robe de plage décolletée en mousseline écrue qui mettait en valeur son élégante silhouette, mais le verre de tequila qu'elle tenait dans sa main me sembla suspect, et je m'y connaissais maintenant, il devait bien contenir, à mon avis, une triple dose. Elle avait gardé ses lunettes de soleil alors que le Nid de Pie était sombre comme un donjon. Charlie m'avait dit que sa mère passait l'été en cure de désintoxication à la clinique de Betty Ford. Je me demandais si Andréa allait en faire une tradition familiale.

« Mon père m'a dit que tu étais de retour, Mitch, dit Andréa, et que tu tenais le Nid. Franchement, ça me surprend.

— Pourquoi ? dis-je. Quelques-uns de mes meilleurs amis tiennent des bars.

— Autant que je me souvienne, tu étais terriblement ambitieuse : à cause de toi le niveau de la classe s'élevait sans arrêt, et tout le monde devait suivre. Je pensais que tu ferais de plus grandes choses.

— C'est ce que je fais, d'un certain point de vue, dis-je en montrant la fenêtre.

— Tu veux parler du port ? demanda-t-elle, perplexe.

— Non. Du lac.

— Je ne te comprends pas, d'ailleurs je t'ai rarement comprise, dit-elle. Est-ce que ton, heu... fils est avec toi ?

— Non », dis-je.

Elle arqua un sourcil et attendit une explication. Je ne lui en donnai pas. « Quel dommage ! dit-elle. J'ai entendu dire qu'il y avait une grande ressemblance.

— C'est vrai, dis-je platement. Il me ressemble beaucoup.

— Alors ce doit être un très beau garçon... manqué ? » dit-elle.

Harvey se glissa précipitamment dans la conversation, il demanda à Terry s'il était difficile d'obtenir un permis de sauvetage de la DNR, mais je n'écoutais plus vraiment. Jason aurait pu se procurer un permis pour céder l'Ontario aux Bulgares si l'envie l'en avait pris. Andréa écoutait poliment, mais j'avais l'impression qu'elle était ailleurs. Comme moi.

Au lieu d'écouter, je venais d'allumer un projecteur imaginaire dans ma tête et je me passais des diapositives, essayant de comparer les images anciennes que j'avais d'Andréa, celles de ce dernier été chaotique, avec celle que m'offrait cette femme assise maintenant à côté d'Harvey.

Les images étaient différentes. Les changements étaient peu importants mais significatifs : la cigarette, la triple tequila, ces lignes que l'irritabilité avait gravées autour de sa bouche. Puis je remarquai que Terry la regardait, la tête dressée comme s'il la flairait, avec une insistance qu'il dissimulait. Et mon petit projecteur devint incontrôlable et les souvenirs se précipitèrent sur moi comme un torrent : Terry, dans son minuscule maillot de bain, somnolant au soleil sur le pont avant de son petit sloop, ou allongé sur une serviette de bain au crépuscule, son souffle chaud sur mon cou tandis qu'il dégrafait maladroitement le haut de mon maillot et l'enlevait... Il s'arrêtait toujours quand je le demandais. J'aurais dû cesser de le demander.

Et puis Andréa me l'avait enlevé, aussi désinvoltement que si elle avait emprunté un peu d'argent de poche. La soirée à la propriété, Andréa et Terry dansant dans l'obscurité sur le court de tennis, loin des autres. J'étais si furieuse alors que, délibérément, je m'étais enivrée et jetée sur Alec...

Ils avaient tous les trois le regard braqué sur moi, ils attendaient.

« Excusez-moi, dis-je, j'étais en train de... rêvasser. Que disiez-vous ?

— Harvey demandait s'il pouvait louer ta jolie petite frégate pour un mois environ, et compter sur tes services pour aller voir le *Queen*, dit Terry.

— Je suis désolée, mais j'ai d'autres engagements.

— Quelle sorte d'engagements ?

— Je vais donner des cours de plongée sous-marine à des débutants, des jeunes filles pour la plupart.

— Si vous pouviez vous organiser autrement, je peux de mon côté vous faire une offre avantageuse, dit Addison.

— La réponse est encore non. Merci quand même. »

Harvey parut visiblement contrarié. « Puisque Fortier a déjà rendu visite au *Queen*, je crois que c'est bien mieux d'y aller avec lui. À moins que vous ne soyez occupé, vous aussi ?

— J'ai quelques petites choses en cours, dit Terry, mais retourner à l'intérieur du *Queen* est bien plus excitant. Okay, je suis partant. »

J'avais du mal à respirer. Je sentais sur ma poitrine le poids d'une douleur que j'avais depuis trop longtemps enfouie.

« Très bien, dit Harvey en se levant. Affaire conclue. Passez demain à la propriété, Fortier, nous réglerons tous les détails. J'ai été content de vous rencontrer, Mlle Mitchell. »

Le regard d'Andréa se posa un moment sur Terry, revint sur moi, puis elle sourit et sortit d'un pas rapide, sans un mot. Harvey se dépêcha de la rejoindre.

Je les regardai se frayer un chemin à travers la foule, j'eus l'impression qu'Andy titubait légèrement. Terry se dirigea vers mon bar personnel, prit deux petits verres et les remplit de Courvoisier.

« Tiens, dit-il en me tendant un des verres, on dirait que tu en as besoin.

— Ça se voit tant que ça ?

— Non. Je suis sans doute le seul à le voir. Qu'est-ce qui t'embête ? D'avoir revu Alec ?

— Non. C'est... Je ne sais pas. Tout ça. C'est comme

si tout recommençait. Dans le genre mauvais karma, tu vois ce que je veux dire ?

— C'est normal. Tu as eu des moments difficiles. Mais putain, tu n'étais qu'une gamine ! Les choses sont différentes maintenant. Enfin, certaines d'entre elles le sont, dit-il distraitement en réchauffant le cognac dans la paume de sa main. Elle n'a pas beaucoup changé, n'est-ce pas ?

— Tout le monde change.

— Pas Andy. Elle est comme ces femmes des eaux profondes. Elle ne changera jamais. »

Pas de doute, Terry devait avoir des souvenirs très personnels à déguster, aussi je me tus et bus mon cognac à petites gorgées, espérant que la chaleur des vapeurs de l'alcool viendrait à bout du froid qui m'avait envahie. Mais ça ne marcha pas. Je me sentais régresser, la souffrance de ces années noires déferlait sur moi comme une vague mauvaise. Et la honte. Et la colère. La colère surtout.

CHAPITRE 21

TERRY RETOURNA FLÂNER au bar et moi je me replongeai dans mes livres de comptes, avec tant d'acharnement que je ne vis pas Alec entrer. Pendant dix ans j'avais attendu ce moment, et je l'avais raté. Quand je levai la tête, il était dans l'encadrement de la porte, l'air épuisé, plus gris qu'une ombre.

« Bonjour, Mitch, dit-il. Comment vas-tu ? Peut-on, hum, peut-on se parler ? »

Je ne répondis pas immédiatement. Je ne pouvais pas. Puis je réussis à faire oui de la tête. Il s'avança d'un pas raide jusqu'à la chaise qu'avait utilisée Harvey Addison et s'y assit avec précaution en s'appuyant sur le pommeau d'argent de sa canne. À l'exception de ses yeux, il ne restait presque plus rien du garçon que j'avais connu.

« Tu as un air épouvantable, Alec. Qu'est-il arrivé ?

— Le cheval, dit-il tranquillement. Celui qui m'a brisé la jambe quand j'étais môme. Son fantôme ne cesse de me donner encore maintenant des coups de sabot. Je voulais laisser mon empreinte sur le monde. Au lieu de cela, c'est lui qui l'a mise sur moi.

— Je suis vraiment navrée, dis-je d'une voix neutre.

— Tu n'as aucune raison de l'être. Toi, par contre, tu es resplendissante, Mitch. Papa me l'avait dit. Il m'a dit aussi que tu étais devenue... redoutable. Comme ton père. Alors avant que tu ne te jettes sur moi, laisse-moi au moins te dire que... je suis désolé. Je suis désolé de... d'avoir été si peu à la hauteur. Je, hum... » Il respira profondément et regarda au loin.

« C'est tout ? dis-je. C'est tout ce que tu as à me dire ?

— C'était il y a si longtemps. Nous étions des enfants, Mitch. Les enfants font des erreurs.

— C'est comme ça que tu vois les choses ? Un viol, pour du beurre ?

— Non, bien sûr que non. Nous avions tous les deux un peu trop bu. Et puis c'est... arrivé. Parfois, on n'y peut rien.

— C'est un peu difficile de prendre ça pour une réponse. Mais je te crois, Alec. Comme un frère. Enfin quoi, j'étais vierge ! Étais-tu trop ivre pour t'en apercevoir ? Est-ce que tu as la moindre idée de ce que l'on peut ressentir quand on se réveille dans un lit étranger ? Sans savoir ce qui... » J'avalai péniblement ma salive et me repris. « C'est drôle, pendant des années, après que je suis partie, je me suis imaginé cette scène des milliers de fois, me demandant ce que tu dirais, ce que je dirais. L'occasion de te dire enfin quel beau salaud tu... Au diable tout ça ! Ça n'a plus d'importance maintenant. Et toi non plus. Qu'est-ce que tu veux, Alec ?

— La possibilité de revenir sur une erreur. D'arranger les choses.

— C'est un peu tard. Pourquoi maintenant ?

— Ce n'est que récemment que j'ai appris que tu avais eu cet enfant, dit-il simplement. À l'époque je croyais que tu... t'en étais débarrassée.

— Ce qui est précisément ce que tu voulais à ce moment-là.

— Je ne savais pas ce que je voulais. Je regrette... la

situation dans laquelle tu te trouves, Mitch. Je t'aurais aidée si tu me l'avais demandé. Mais pour être sincère, je n'avais pas de véritable raison de croire que c'était le mien. Tu étais bien plus proche de Fortier que de moi.

— Bien sûr, ça va de soi !

— Non, dit-il en secouant lentement la tête. J'ai vu sa photo, Mitch. La, heu... la ressemblance est frappante. Écoute, je comprends que tu sois en colère. Et comme tout ce que je pourrais dire n'aurait pas vraiment de sens après tout ce temps, je serai direct. S'il y a quoi que ce soit que je puisse faire pour réparer ce qui s'est passé, dis-le. Je le ferai. N'importe quoi.

— Et ça te suffit ?

— Mitch, tu travailles maintenant, tu assumes des responsabilités. Et moi, je suis un homme d'affaires. Ce qui fait de nous des gens pragmatiques par nécessité. De professionnel à professionnelle, qu'est-ce que je peux faire de plus ? Je ne peux pas changer le passé.

— Non, j'imagine que non. D'accord, il y a une chose que tu peux faire. Rédiger sur-le-champ un compte rendu, exposant ce qui s'est passé. Si le mot *viol* te gêne, utilise *droit du seigneur*. Tourne-le comme tu veux. Mais, à la fin, précise que tu abandonnes tous les droits que tu penses avoir sur mon fils. J'irai chercher quelqu'un qui servira de témoin pour authentifier nos signatures et on n'en parlera plus. Qu'est-ce que tu en penses ?

— *Droit du seigneur* ?

— Mon accent est certainement mauvais, mais je peux lire Cousteau en français. Est-ce que tu le peux ?

— Je crois que non. Et malheureusement, je ne pense pas non plus pouvoir faire ce que tu me demandes.

— Pourquoi ?

— Pour une raison, nos souvenirs des... événements

différent. Désolé, mais ce n'est pas ainsi que je m'en souviens. Ma mémoire est sans doute sélective, je ne sais pas. Et puis mon père m'a dit que tu avais déjà donné ton accord pour...

— Alec, je te donne ma parole, je n'ai absolument rien à voir avec le marché que Jason et mon père ont concocté. Je n'ai jamais été au courant de toute cette histoire, et je ne veux rien en savoir. La seule chose que je demande, c'est que tu nous laisses en paix. Je renoncerai par écrit aux droits, à la pension, à tout ce que tu voudras.

— Mais si j'ai envie d'apporter ma contribution ? Je ne vois pas pourquoi nous ne pourrions pas trouver un accord ?

— J'espère que tu n'es pas sérieux ?

— Écoute-moi, je t'en prie. Est-ce qu'octroyer un droit de visite minimum serait si terrible ? D'autant qu'avec l'argent tu pourrais faire beaucoup plus pour toi et pour le garçon. Tu n'aurais pas à travailler si durement.

— Mais putain, c'est pas croyable ! Si, au lieu de me violer dans ton lit, tu m'avais violée dans une allée, est-ce que tu t'attendrais à ce que je t'accorde un droit de visite ? Je ne veux pas de ton foutu fric, pas le moindre centime ! Je veux simplement faire ma vie comme je l'entends. Laisse-nous tranquilles, Alec.

— Ce n'est pas si simple, dit-il en se servant de sa canne pour se lever de sa chaise. J'aimerais que ce le soit. Mais ça ne l'est pas. Parce que mon père est impliqué. Mes... filles ne lui suffisent pas. Il veut un petit-fils. Et tu sais comment il peut être quand il tient à quelque chose. Penses-y, Mitch. Ça vaudrait mieux pour tout le monde si, toi et moi, on pouvait se mettre d'accord.

— N'y compte pas, dis-je. Il n'y a pas la moindre chance.

— Comme tu veux. Harvey m'a dit que tu avais refusé sa proposition ?

— Ça aussi, il faut que je revienne dessus ?

— Non, tu as très bien fait. Addison n'est en réalité rien d'autre qu'un play-boy doté d'un pedigree. Il a épousé ma sœur pour son argent. Jusqu'à la crise cardiaque de mon père il s'était contenté d'être un brillant cavalier, mais, depuis, il est devenu beaucoup plus vorace et il cherche à impressionner le vieux. Il vaut mieux que tu l'évites pour le moment, lui comme tous ceux qui sont liés d'une façon ou d'une autre à mon père.

— C'est bien mon intention. Et toi, tout particulièrement.

— Je ne suis pas ton ennemi, Mitch, que tu le croies ou non. Si jamais tu veux me parler, tu peux me joindre à la propriété. Il se dirigea vers la porte en boitant. « Pour tout ce que cela te coûte, je regrette tout ce qui est arrivé. Vraiment tout.

— Je suppose que tu en connais le prix.

— Oui. » Il acquiesça en ébauchant un sourire. « Malheureusement. Prends soin de toi. » Il rejoignit le bar en traînant la jambe et je compris, à ses épaules courbées, que marcher le faisait souffrir. J'aurais dû en être heureuse. Mais je n'y parvins pas. Je ne cessais de voir Corey dans la couleur de ses yeux, sa carrure, et même son sourire. Je voulais le haïr, j'en avais besoin. Mais rien n'est jamais simple.

Le téléphone sonna sur mon bureau. Je le pris.

« Retournez-vous, dit une voix. Regardez par la fenêtre. »

Je fis pivoter ma chaise face au port. Les appontements étaient remplis de voiliers et de bateaux à moteur. Les gens se promenaient sur les quais, des boissons à la main, se rendant visite. Je pouvais sentir le battement sourd de la musique courir sur l'eau. La scène de la fête estivale battait son plein. Mais, même au sein de ce tohu-bohu, le *Mai Tai* de Ken Robinette se détachait, avec ses guirlandes de Noël entrelacées à ses étais jusqu'en haut du mât, pleines d'ampoules blanches qui clignotaient. Rob se tenait sur le pont avant, un téléphone portable à l'oreille. Il me salua. Je le saluai en retour.

« J'organise un dîner très privé ce soir, dit-il. Pouvez-vous venir ?

— Navrée, je travaille.

— Ça ne fait rien. À quelle heure pensez-vous arrêter ?

— Pas avant deux heures et demie, mais...

— Parfait. Comme ça le vin pourra respirer.

— Quel genre de dîner peut donc durer jusqu'à deux heures et demie du matin ?

— Oh, il ne *s'éternisera* pas jusque-là ! C'est plutôt l'heure à laquelle il risque de commencer. En fait, ce dîner est si privé que si vous ne venez pas, je dînerai tout seul. »

J'hésitai. « Je ne suis pas sûre d'être de bonne compagnie.

— Alors j'essaierai d'être gai pour deux. Voulez-vous y réfléchir ?

— Non, dis-je. Gardez-moi une place. »

CHAPITRE 22

QUAND JE MIS UN PIED À BORD du *Mai Tai,* que le clapotis de l'eau berçait doucement dans la brise nocture, j'eus un délicieux avant-goût de la fête à laquelle j'étais conviée. Briqué et lustré, paré de ces guirlandes de Noël clignotantes qui scintillaient comme autant d'étoiles le long de ses étais, le *Mai Tai* étincelait comme un prince en tenue de gala. De l'autre côté de la jetée, le balancement muet de quelques bateaux indiquait que des fêtes se poursuivaient ici et là, mais de ce côté-ci, parmi ses semblables qui dormaient le long du ponton, seul le *Mai Tai* restait éveillé. Averti par le bruit de mes pas, Rob surgit de l'échelle de la cabine. Il portait un tablier sur une chemise de sport en coutil, un jean blanc et des chaussures bateau. Un séduisant emballage, et il ne devait pas l'ignorer.

« Bonjour, Madame. Bienvenue à bord de mon humble bateau.

— *Humble* n'est certainement pas un mot qui vous convient, Mr Robinette, dis-je en le suivant jusqu'à la cabine avant. Et il convient encore moins à ce voilier. Il est exceptionnellement beau. » Et c'était vrai. Ses ponts et sa cabine étaient en bois de teck laqué, ses coffres et ses armoires étaient marquetés de bois de rose. La cloison à tribord était constituée par une bibliothèque en ronce de noyer recouvrant toute la vaigre. Les rangées du haut étaient remplies de livres de droit, le reste était un mélange éclectique de récits de voyage et de romans. La cuisine était ravissante et, bien sûr, en pleine activité. Les quatre brûleurs rougeoyaient sous les fonds en cuivre rouge des cocottes et des casseroles. Des odeurs exotiques de coriandre, de gingembre et de cannelle flottaient dans l'air. « *Come wiz me to ze Casbah.*

— Je ne sais pas ce que vous préparez, mais cela sent merveilleusement bon, dis-je. De la cuisine chinoise ?

— De Mongolie, plus exactement, via Motown, dit-il. Je fais aussi des plats afro-américains à réveiller les morts et des plats italiens à peu près corrects. Je vous offre un verre de vin ? Ou quelque chose de plus fort ? » Il ouvrit la porte d'un coffre hollandais sur un bar entièrement garni.

« Très impressionnant, dis-je en acceptant sa proposition. Avez-vous du Courvoisier ?

— Bien sûr », dit-il, et d'une main exercée il en versa deux généreuses doses dans des verres à cognac en cristal, les maintenant dans ses paumes pour les chauffer. « Le dîner sera prêt dans quelques minutes.

— Si vous pouviez capturer les arômes dans des flacons, vous pourriez vous retirer des affaires. Vous êtes un homme aux talents surprenants, dis-je en m'installant confortablement dans le canapé en face de la cuisine. Un avocat *et* un chef cinq étoiles. Que savez-vous faire d'autre ?

— Je fais pas mal de gymnastique, dit-il, pour compenser le fait scandaleux que je suis un cuisinier hors pair. La salle de gym est superbe. Son seul défaut, c'est que je ne vous y vois jamais.

— Qu'insinuez-vous ?

— Rien du tout. Vous avez un corps magnifique, et je suis persuadé que vous le savez. Mais c'est aussi un bon endroit pour se faire des relations.

— Le seul véritable obsédé de la gonflette que je connaisse, c'est Jackowski, l'adjoint de Charlie Bauer, et, franchement, je le vois déjà un peu trop souvent.

— Jack y vient tous les soirs, admit Rob en souriant, mais ce n'est pas le seul. Vous pouvez y croiser un bel échantillon de la société, du médecin à l'ouvrier. Et des femmes aussi, votre serveuse, Big Red, par exemple, elle vient deux fois par semaine. Et votre proche belle-mère, Karen Stepaniak.

— Vous connaissez Karen ?

— Dans une ville de cette taille, tout le monde se connaît.

— C'est une petite ville, c'est vrai, et qui se trouve bien loin de Detroit. Comment avez-vous fait pour échouer ici ?

— Commerce de cocaïne, dit-il en me regardant franchement au-dessus de son verre de cognac. Le shérif Bauer ne vous a donc pas raconté ma triste histoire ?

— Non, bien que j'avoue le lui avoir demandé. Il a aussitôt changé de sujet, avec tact.

— Vraiment ? Alors vous êtes une des rares personnes à qui il n'ait rien dit. Ce brave shérif n'est pas un de mes fans, sans doute parce que j'ai gagné contre lui un ou deux procès. Eh bien, si ça vous intéresse, j'étais un jeune avocat très prometteur qui avait la bonne fortune douteuse de gagner quelques procès impliquant des drogués ; c'est comme ça que je me suis retrouvé avec un travail très lucratif et une clientèle pour le moins glauque. Avez-vous déjà, hum, pris des drogues ?

— Jamais. J'ai besoin des quelques cellules de matière grise que je possède.

— C'est la sagesse même. Mais vous seriez étonnée de savoir combien de gens apparemment respectables en prennent aujourd'hui. J'ai plaidé pour des juges, des pilotes, des athlètes. Et, bien sûr, pour toute une petite armada de la racaille des rues. Le rêve américain. Vive la chimie si elle nous aide à supporter la vie ! En réalité, je préfère défendre la racaille. Même si c'est le rebut de la société, ces gens-là ne sont pas des hypocrites.

— Si les affaires marchaient si bien, pourquoi avez-vous arrêté ?

— Question de santé. Être l'avocat de toxicomanes a son mauvais côté : si vous perdez un procès, vos clients le prennent parfois très personnellement. J'en ai perdu quelques-uns que j'aurais dû gagner. Le cœur sans doute n'y était plus. Alors j'ai tout laissé tomber, je suis venu ici mener une vie plus simple. Plus pauvre, et plus sage. Voulez-vous un autre verre ? »

Je regardai celui-ci, surprise. Je l'avais bu jusqu'à la dernière goutte sans m'en apercevoir.

Comme un sentiment de « déjà vu ».

Un sentiment qui m'avait hantée toute la nuit, et qui revint, mais cette fois-ci beaucoup plus clairement. « Déjà vu ». Une roue qui se retrouve au même point après avoir fait un tour complet. Terry de nouveau avec Andréa, Alec, meurtri mais toujours... impressionnant. Et quelle était ma réponse instinctive ? Étouffer ma peine. Dans l'alcool.

« Je préférerais une boisson non-alcoolisée, dis-je prudemment. Et avant que les choses n'aillent plus loin, juste une question. Pourquoi m'avez-vous invitée ce soir ? Spécialement ce soir, je veux dire.

— Vous voulez savoir si quelqu'un m'a demandé de vous offrir un dîner copieusement arrosé, c'est ça ? Ma réponse est oui et non. Hoffman m'a dit qu'Alec avait l'intention de vous parler et que je serais généreusement récompensé si je pouvais apporter une aide quelconque. J'ai poliment refusé.

— Pas possible ! Et pourquoi donc ?

— Peut-être parce que je deviens difficile dans le choix de mes clients. Mais comme les jeunes avocats ne peuvent pas s'en sortir avec des clients hostiles, montrez-vous un tout petit peu reconnaissante, soyez mon hôte.

— Je suis votre hôte. Si vous avez refusé cette offre, pourquoi alors m'avez-vous invitée ?

— C'est peut-être naïf, mais j'ai pensé que cela vous ferait plaisir de dîner avec un ami après avoir durement travaillé toute la soirée. Et puis je me suis dit que la discussion avec Alec risquait de vous avoir suffisamment abattue pour que, malgré votre caractère de cochon, vous ayez besoin d'un peu de réconfort. Sans vouloir vous offenser, ce sont des choses qui arrivent parfois.

— Alors pourquoi vous inquiétiez-vous ?

— Parce que, naïf comme je suis, j'aimerais beaucoup que nous devenions amis. Nous avons beaucoup en commun. Nous avons tous les deux fait le tour du coin, et ni l'un ni l'autre n'appartenons vraiment à ce trou perdu.

— Vous peut-être. Quant à moi, je ne sais pas. J'aime être ici. La vie n'est pas toujours rose dans cette région, mais on s'y attache peu à peu.

— C'est possible. Depuis que vous êtes arrivée, je m'y sens de mieux en mieux. En parlant de rendre la vie plus douce », dit-il, et il baissa les lumières, plaça un chandelier en argent sur la table de la cabine avant et l'alluma, « que la lumière soit. Ça vous plaît ?

— C'est... adorable. » J'inclinai lentement la tête et respirai profondément. « Écoutez, je regrette d'avoir été si... méfiante. Vous vous êtes donné beaucoup de mal, et vraiment, j'apprécie.

— Ne vous en faites pas. La méfiance est la première des conditions nécessaires à un esprit sain. Particulièrement dans mon travail. On fait la paix ?

— On fait la paix. Avec un sujet neutre. Est-ce que vous avez réellement lu tous ces livres ou votre bibliothèque n'est-elle là que pour impressionner vos petites amies ?

— Non, m'dame, je les ai tous lus. Et vous, lisez-vous ?

— De façon compulsive.

— Il y a des dépendances bien pires, et je parle en connaissance de cause. J'en ai essayé pas mal. Qu'est-ce que vous lisez ?

— Tout, n'importe quoi. Aussi bien des romans que Rousseau. Mais surtout des livres d'histoire maritime. Tout ce qu'il y a dans la bibliothèque de mon père.

— Votre père avait une bibliothèque ? Il ne donnait pas l'impression de faire partie de la catégorie des lecteurs assidus.

— Il l'était cependant. C'est une habitude qu'il avait prise quand il était marin : à bord d'un bateau il n'y a pas grand-chose d'autre à faire, et il l'a gardée.

— Alors au lieu de traîner à la cafétéria vous passiez vos soirées, couchée avec un bon livre ?

— Parfois. Parfois je lisais dans les arbres.

— Allons donc !

— Quand j'étais petite et que mon père partait convoyer des bateaux, je grimpais en haut de mon pin solitaire favori, avec un livre et un Pepsi, j'y restais toute la journée, lisant et guettant le retour de mon père.

— Vous deviez vous sentir bien seule », dit-il. Ses

yeux rencontrèrent les miens et s'y accrochèrent un instant.

« Non, pas vraiment. La vue sur le lac était incroyable, et l'arbre me berçait dans ses bras comme... eh bien, comme le *Mai Tai* vous berce pour vous endormir, j'imagine.

— Exactement. En tout cas, ce soir nous ne serons seuls ni l'un ni l'autre, ni morts de faim non plus. Le dîner, "madame", est servi. »

Le bœuf sauté à la façon mongole, aux poivrons et à la ciboulette, était délicieux. Je faisais tout ce que je pouvais pour que la conversation reste sur un terrain neutre, mais petit à petit je me sentis fondre. C'était un homme très séduisant, brillant et plein d'esprit, et un excellent cuisinier. Après le dîner on se mit à danser, très convenablement, sur des airs de Sinatra. Bientôt il allait m'embrasser, et j'étais en train de décider si j'allais en rester là ou non, quand il s'arrêta au milieu d'un pas de danse et me repoussa.

« Qu'est-ce qu'il y a ?

— Je ne suis pas certain, dit-il en se dirigeant vers le hublot. Avez-vous laissé une lumière rouge allumée au Nid ? »

Je le bousculai pour passer. Il avait raison : une faible lueur vacillait à travers les rideaux des portes battantes. « Appelez les pompiers, dis-je. Je vais... » Je fus interrompue par l'éclair aveuglant d'une flamme, quelque chose venait d'exploser sous la nouvelle terrasse du Nid.

« Attendez, n'y allez pas seule ! » cria Rob, mais j'étais déjà en train de dévaler quatre à quatre l'échelle qui menait dehors.

CHAPITRE 23

DU PONT ARRIÈRE du *Mai Tai* je sautai à quai et courus sur la jetée jusqu'au Nid. Un nuage graisseux de fumée s'échappait de sous la nouvelle terrasse, mais visiblement aucun feu ne brûlait, et l'explosion semblait n'avoir causé aucun dégât. Risquant le coup, je fonçai à travers la fumée jusqu'aux portes à double battant, tâtonnai pour trouver le trou de la serrure, puis les ouvris d'une secousse. L'air qui s'engouffra par la porte activa le foyer et des flammes s'élevèrent, mais la pièce, au-delà, semblait plongée dans l'obscurité... Je ne réfléchis même pas ; comme un cheval bien dressé je bondis à travers les flammes.

Et j'atterris durement sur le sol, commotionnée, un peu roussie, mais à part cela entière. J'examinai rapidement la pièce malgré la fumée qui piquait mes yeux, qui tout de suite se mirent à pleurer. Tout semblait normal, il n'y avait pas d'autres foyers en vue. Rien que des journaux. Quelqu'un avait entassé des piles de journaux froissés contre les portes vitrées à double battant et y avait mis le feu. Je me précipitai sur le bar, empoignai un seau à glace, le remplis d'eau et la jetai sur le feu.

Et sur Ken Robinette aussi, le mouillant jusqu'à la ceinture alors qu'il sautait à travers la porte au-dessus des flammes ; il me heurta de plein fouet et nous envoya rouler tous les deux loin du feu.

« Merde alors ! » bredouilla-t-il en se redressant sur ses genoux, puis il frotta ses yeux mouillés. « Ça va ?

— Oui. Avez-vous appelé les pompiers ?

— Ils arrivent, dit-il alors qu'il se relevait et examinait la pièce. Ça va leur prendre quand même quelques minutes. Écoutez, ce n'est pas prudent de rester là ; vous feriez mieux de prendre ce dont vous avez besoin et de sortir.

— Je reste, dis-je en attrapant le seau. Je peux très bien m'en occuper.

— Vous êtes folle ? Il y a à peine une minute une putain de bombe vient d'exploser. Il peut y en avoir une autre ! »

Je n'avais pas pensé à cela, et maintenant j'étais trop en colère pour m'en préoccuper. « Passez devant, je vous suis, mais je règle d'abord cette histoire.

— Ne soyez pas... d'accord, d'accord ! Mais laissez-moi m'occuper du feu, dit-il en s'emparant du seau. Allez jeter un coup d'œil, regardez si vous en voyez d'autres. Prenez ce que vous voulez et, pour l'amour du ciel, foutons le camp d'ici ! »

C'était plein de bon sens. Rob s'attaqua au feu et je fis en vitesse le tour du bar. Rien. Aucun signe montrant que quelque chose avait été dérangé. La porte de mon bureau était toujours fermée, je l'ouvris quand même et jetai un coup d'œil à l'intérieur. Tout semblait normal. Je refermais la porte quand Rob arriva en courant.

« Voilà un feu d'éteint. On ferait mieux de partir. Je peux vous aider ?

— Non, tout va bien. Allons-nous-en.

— Et le coffre-fort ? S'il y a une autre explosion...

— Il est vide. Red fait chaque soir un dépôt de nuit à la banque quand elle rentre chez elle. »

Tout à coup la pièce fut envahie par le hurlement des sirènes et balayée par des lumières bleues et rouges alors que la voiture des pompiers entrait sur le parking. J'allai vers la porte d'entrée mais elle fut ouverte violemment avant que je ne l'atteigne. Charlie Bauer, suivi de deux pompiers en imperméable, coiffés de leur casque à visière en Plexiglas, prenait d'assaut le lieu.

« Mitch ? » dit Charlie en saisissant mes épaules ; il plongea son regard dans le mien. « Ça va ?

— Ça va bien, dis-je.

— Bon, bon », dit-il en jetant un regard circulaire dans la pièce. Il se figea momentanément quand il reconnut Rob et desserra vivement son étreinte. « Qu'est-ce qui se passe ?

— Incendie criminel, dis-je. Quelqu'un a allumé un feu derrière la porte et a fait exploser une sorte de bombe sous la terrasse. On l'a éteint avant qu'il ne se répande.

— C'est bon, dit Charlie en acquiesçant. Je veux tout le monde dehors, loin du bâtiment. Sur-le-champ ! » Personne ne répliqua.

On sortit l'un derrière l'autre et on resta silencieux au milieu du tourbillon des girophares de la voiture de pompiers pendant une bonne vingtaine de minutes, à attendre. Tout à coup, le Nid s'éclaira et je reculai. Mais ce n'était que Charlie qui venait d'allumer la lumière. Il sortit quelques instants plus tard, le cheveu en bataille, son visage et son uniforme tachés de suie. Il se dirigea d'un pas rapide jusqu'à sa voiture afin d'utiliser la radio. Rob et moi, on le suivit.

« Alors ?

— La porte de devant a été fracturée ; c'est par là

certainement qu'on est entré. En dehors de cela, tout semble plus ou moins en place, Mitch. Je vais aller repérer les lieux maintenant et demain je regarderai d'un peu plus près avec le capitaine des pompiers. Qu'est-ce qui s'est passé exactement ?

— Tout ce que je peux dire, c'est que Rob et moi étions en train de dîner sur son bateau quand l'explosion a eu lieu, apparemment sous ma nouvelle terrasse. On a appelé les pompiers, puis on est venus éteindre le feu.

— Et vous l'avez laissée entrer, Robinette ? demanda Charlie en s'adressant d'un ton cassant à Rob. Merde, avec tout ce qui aurait pu arriver.

— Il ne m'a rien *laissé* faire, dis-je en l'interrompant, j'y suis allée toute seule, comme une grande. Qu'est-ce que tu as trouvé sous la terrasse ?

— Pas grand-chose, admit-il en continuant à regarder Rob de travers. D'après ce que j'ai pu voir, la structure du bâtiment n'a pas été endommagée. On y verra plus clair demain à la lumière du jour.

— C'est-à-dire dans deux heures, dis-je en regardant ma montre. Je te retrouve ici à six heures.

— Je te raccompagne, dit Charlie.

— Pas besoin, shérif, surenchérit Rob, puisque madame était mon invitée.

— Merci de l'intérêt que vous me portez, messieurs, mais je suis parfaitement capable de retrouver toute seule mon chemin, dis-je sèchement, coupant court à la discussion.

— Ce n'est pas ce que je voulais dire, intervint Charlie. Je me fais simplement du souci, c'est tout. Ça ne me paraît pas être un acte de vandalisme ordinaire.

— À moi non plus, dis-je. On a certainement allumé cet incendie dans l'intention de m'intimider, et c'est exactement la raison pour laquelle ça ne marche pas... Je te retrouve ici à la première heure, Charlie.

— Mitch, attendez, appela Rob en me rattrapant à ma camionnette. Écoutez, je suis absolument désolé pour tout ce qui est arrivé. J'espère que nous aurons l'occasion de nous revoir.

— Peut-être, monsieur l'avocat, mais pas tout de suite. Je pense que je risque d'être de mauvaise humeur tant que cette histoire ne sera pas éclaircie.

— Je comprends. Si je peux faire quelque chose...

— Oui, il y a une chose. Est-ce que vous pouvez vous charger de cas d'homicide ?

— Je... ne l'ai pas fait depuis longtemps. Pourquoi ?

— Vous feriez mieux alors d'aller un peu réviser. Parce que si je trouve celui qui a fait ça, je risque d'avoir besoin d'un bon avocat. »

CHAPITRE 24

JE PENSAIS QUE ROB ne serait pas d'accord, qu'il insisterait pour que je passe les quelques heures à venir à bord du *Mai Tai*, ou bien qu'il me proposerait de rester avec moi au cottage. Il n'en fit rien — ce qui me déçut un peu, mais c'était certainement mieux comme ça. Rob était plein d'esprit, séduisant, très agréable. Mais j'avais besoin d'un peu d'espace et de solitude pour faire baisser la pression et réfléchir.

Réfléchir, surtout. Le feu : on n'avait pas sérieusement tenté d'incendier le Nid. Celui qui avait pénétré par effraction aurait très facilement pu arroser les lieux d'essence et... *boum*. Il y avait plus de chances pour que ce soit ou un avertissement quelconque, ou bien quelqu'un qui cherchait à m'effrayer. Habash ? Joe Carney, peut-être ? Il était toujours déterminé à acheter le Nid, mais il ne pouvait revenir sur sa proposition initiale. Plus probablement, il devait s'agir d'Alec, ou d'Hoffman, le gorille de Jason, l'ancien de la CIA, on voulait me faire comprendre que c'était sérieux.

Et d'une certaine façon, je leur en fus reconnaissante. Parce que, jusqu'à cette nuit, j'avais conservé pour Alec et sa famille cette crainte respectueuse qui remontait à mon enfance. Sois raisonnable, me disait-elle. Après tout, ce qu'ils te demandent n'est pas si terrible. Le feu, radicalement, venait de faire taire cette voix. Elle gisait dans la cendre.

Je n'étais plus cette naïve jeune fille qui s'était enfuie dix ans plus tôt. Je m'étais battue, j'avais travaillé et subvenu à mes besoins et à ceux de mon fils. Je pouvais choisir de m'en aller, mais on ne me mettrait pas à la porte une seconde fois. Et s'ils croyaient qu'un ridicule petit feu...

Le feu. Bon Dieu, le feu m'obsédait à nouveau. Il y avait quelque chose, à propos du feu, qui m'échappait.

Je ne sais pas ce que c'était, mais ça ne cessait de danser au fond de mon esprit, comme un papillon autour de la flamme d'une bougie, à portée de main. En roulant vers la maison, j'y revenais sans cesse, sans parvenir ni à le saisir, ni à le nommer.

Je garai ma nouvelle camionnette dans le jardin et accélérai le pas jusqu'à la maison. La porte d'entrée ne portait pas la moindre trace qui aurait pu indiquer qu'elle avait été forcée. Je l'ouvris, puis cherchai délicatement, du bout des doigts, la carabine de mon grand-père. Elle était toujours accrochée au mur, là où je l'avais laissée. Si ça n'avait pas été le cas, j'aurais brisé le record des vingt mètres pour rejoindre ma voiture.

J'entrai, décrochai la carabine et vérifiai le magasin. Il était toujours chargé. Je restai un instant plantée là, puis allumai les lumières et allai inspecter rapidement la maison, fusil en main. Je ne m'attendais pas à trouver quoi que ce soit, et je ne trouvai rien. Tout était comme je l'avais laissé.

Il était trop tard pour que j'aille me coucher, pourtant j'étais complètement épuisée. Je me dis qu'une douche rapide me ferait du bien, mais je ne trouvai pas la force de la prendre. À la place, je fermai la porte à double tour, remis la carabine sur le râtelier et m'assis sur le canapé du sofa pour essayer d'y voir un peu plus clair...

Rapidement je sombrai dans le sommeil, d'abord assise. Je dus, à un moment donné, me renverser sur le sofa et me pelotonner sous mon manteau.

Et je rêvai que je revenais à bord du *Mai Tai*... que je dansais avec Rob à la lueur des chandelles. On entendait la voix de Sinatra... Rob approchait ses lèvres des miennes... Et soudainement, j'entendis l'explosion au Nid de Pie.

J'ouvris brusquement les yeux. J'étais assommée, abrutie, je n'arrivais pas à sortir de mon rêve. Puis il y eut une seconde explosion qui me réveilla, cette fois-ci, complètement. Bordel ! Ça ne se passait pas dans mon rêve, mais bien dans la réalité ! Des coups de feu ! Quelqu'un tirait sur la maison !

Je me laissai tomber sur le sol à côté du canapé, me plaquant au sol, essayant de disparaître sous le tapis. J'entendis un autre coup de feu. Mais il n'y avait pas de bruit d'impact sur la maison, pas de fracas de verre qui se brise ou de bois qui vole en éclats. Peut-être qu'on ne me tirait pas dessus, que c'était encore une tactique pour m'effrayer ? Des coups de feu dans la nuit, pour m'obliger à me cacher dans mon propre salon ? Je sentis que ma peur se volatilisait, consumée par une rage qui s'élevait en moi comme une puissante flamme rouge. Qu'ils aillent se faire foutre !

Je rampai tout doucement jusqu'à l'angle de la pièce, me relevai et m'aplatis contre le mur. L'aube se lèverait d'ici une demi-heure, mais il y avait déjà suffisamment de pâleur dans le ciel pour que je voie le jardin et même les petites dunes, derrière, qui bordaient la plage sur toute sa longueur. Une armée aurait pu s'y cacher, mais j'avais joué enfant dans ces dunes et j'en connaissais chaque centimètre carré. Il n'y avait personne de ce côté-là, j'en étais sûre.

Je me dirigeai rapidement vers le râtelier, pris la Winchester 30-30, fourrai dans ma poche une poignée de cartouches supplémentaires. Si celui qui était dehors aimait le bruit...

Toujours en longeant les murs, j'avançai rapidement de la cuisine à la porte d'entrée, l'atteignis et restai clouée sur place. Un grognement terrifiant, que je reconnus immédiatement, surgit de la rangée d'arbres qui bordaient le jardin. Chien était là. Puis une série de coups de feu éclata rapidement. *Bing ! Bang !*

« BON DIEU DE BORDEL DE MEEEERDE ! ! ! » C'était une voix d'homme, qui n'avait presque plus rien d'humain. Puis j'entendis le bruit d'un nouveau coup de feu. Celui d'une portière qui claque, d'un moteur qu'on allume, d'une voiture qui démarre en rugissant dans l'obscurité. Puis plus rien. Seulement les battements de mon cœur. Le silence. J'attendis bien une vingtaine de minutes, jusqu'à ce que les premières lueurs de l'aube commencent à balayer l'obscurité. Alors j'ouvris calmement la porte.

L'air était vif, la brise perçante qui venait du lac faisait ondoyer les pins qui encerclaient le jardin. Je restai quelques minutes dans l'encadrement de la porte, regardant attentivement la rangée des arbres, guettant tout mouvement suspect. Puis je descendis sans bruit les marches et obliquai avec prudence en direction des arbres.

Et elle sortit. Chien. Elle me regardait avec une férocité que je ne lui avais encore jamais vue, ses yeux brillaient d'une intense folie meurtrière. Elle s'aplatit à terre, disparaissant presque dans les broussailles. Tapie, elle attendait.

« Chien ? Oh ! la bonne fille. » Elle ne donna pas le

moindre signe qu'elle avait entendu. Je fis un pas en avant, puis un autre, lui parlant à mi-voix tandis que j'avançais, d'une voix douce et rassurante, du moins je l'espérais. Elle me laissa approcher d'une dizaine de mètres, puis elle se mit à grogner, un grognement profond et sourd qui roulait des menaces évidentes. Ça voulait dire : *Stop. Arrête-toi là.*

Et c'est ce que je fis. On se regarda fixement dans les yeux pendant ce qui me parut être une éternité, séparées par une vingtaine de mètres en terrain découvert. Et soudainement elle cligna des yeux et dressa la tête, elle écoutait. Quelques instants plus tard, j'entendis, moi aussi, la voiture qui revenait.

CHAPITRE 25

JE M'ÉLOIGNAI DE CHIEN à reculons, le plus rapidement possible, sans me retourner. Je ne savais pas comment elle aurait réagi si j'avais couru, et j'avais peur de l'apprendre. Je m'arrangeai pour atteindre la remise où se trouvait le générateur avant que la voiture n'apparaisse sur le chemin. Je passai derrière la remise et attendis, la voiture s'arrêta dans un crissement de pneus, la porte s'ouvrit, alors je surgis avec la Winchester braquée... sur Charlie Bauer. À moitié sorti de sa voiture de patrouille, il se figea net.

« Mitch ? Mais qu'est-ce qu'il se passe, bordel ?

— Qu'est-ce que tu fais ici ? demandai-je.

— Qu'est-ce que je... Tu m'as dit que tu viendrais à la première heure. Comme je ne t'ai pas vue, je me suis dit qu'il valait mieux que j'aille aux nouvelles. Tu te sens bien ?

— Ça va, dis-je. Éloigne-toi un peu de ta voiture, tu veux bien ?

— Quoi ?

— S'il te plaît, Charlie, fais-moi plaisir, d'accord ? J'ai passé une très mauvaise nuit. »

Il haussa les épaules et sortit de la voiture. Il s'était rasé et avait changé d'uniforme depuis qu'on s'était vus.

Son uniforme reluisait comme un sou neuf, sans un faux pli et sans une tache de graisse. J'abaissai la carabine et relâchai le chien.

« Mais enfin de quoi s'agit-il, Mitch ? Qu'est-il arrivé ?

— Juste avant l'aube, Chien a attaqué quelqu'un qui se trouvait dans les arbres qui bordent le jardin. Je ne sais pas qui c'était, mais il a tiré plusieurs coups de feu et a hurlé comme un fou. Je l'ai entendu se précipiter à travers les broussailles jusqu'à sa voiture.

— Et tu as pensé que c'était peut-être moi ?

— Je... me le demandais. Tu es arrivé si incroyablement vite.

— C'est le moins qu'on puisse dire, dit-il. J'ai sans doute fait sortir de la route une demi-douzaine de citoyens en venant. Des citoyens qui votent, je précise. Tu as dit Chien ? Tu veux parler de ce putain de chien-loup qui appartenait à Jud Radowicz ? Elle est à toi, maintenant ?

— Pas vraiment. Elle est son propre maître. Je la nourris de temps en temps.

— Est-ce qu'elle viendrait jusqu'à toi ?

— Je ne crois pas, non.

— Alors, ça ne va pas être facile, dit-il en sortant son pistolet. Tu ferais mieux de rentrer à la maison.

— Je ne vais nulle part. Et il n'est pas question que tu tires sur ce chien.

— Mitch, arrête de déconner. C'est sûrement plus un loup qu'un chien. Tu viens de dire qu'elle était quasiment sauvage, et elle vient de mordre quelqu'un...

— Elle ne m'attaquera pas, dis-je, avec plus de conviction que je n'en ressentais. Tu as le choix, Charlie, ou tu rengaines ton arme, ou tu t'en vas. »

Il détourna son regard un moment, puis le ramena sur

moi. « C'est bon. Tu as une carabine. Est-ce que tu sais t'en servir au moins ?

— Mieux que la plupart des gens, oui.

— C'est parfait alors, je te suis, dit-il en rengainant son pistolet. Mais si elle nous attaque, Mitch, je ferai ce que j'ai à faire. D'où venaient les coups de feu ?

— De là, de cette rangée d'arbres. Chien se dissimule dans l'ombre, à gauche de ce grand pin.

— Okay. Reste derrière moi, d'accord ? Il faut que je jette un coup d'œil sur les lieux. Et fais attention à l'angle de ton fusil. » Je suivis Charlie jusqu'à la rangée d'arbres. Chien nous observait attentivement, ses yeux rivés sur nous comme un radar. Charlie se déplaçait lentement, examinant le sol à chaque pas. Il s'arrêta, s'agenouilla précautionneusement, il inspectait un morceau de terre qui avait été retourné. Chien se redressa de quelques centimètres, un grondement sourd montait de sa gorge. « Mitch, dit Charlie doucement. On est dans la merde. Faut qu'on fasse marche arrière... lentement. Garde l'œil sur elle.

— Pourquoi ? Qu'est-ce qu'il...

— Elle a été touchée, Mitch. Regarde son pelage, en haut, juste derrière son épaule. Elle est blessée. Je ne sais pas si c'est sérieux, mais il y a beaucoup de sang par terre. Et jusque-là, les seules empreintes que j'ai trouvées, ce sont les siennes. Maintenant elle est dangereuse, Mitch. Il faut que je l'abatte. Je suis désolé. C'est... »

Je passai devant lui et me dirigeai droit sur Chien en me tenant dans la ligne de tir de Charlie. « Viens, ma belle, viens, dis-je d'une voix calme, ou qui essayait de l'être. Viens. » Elle me laissa approcher d'une dizaine de mètres, puis se leva de toute sa hauteur, montrant ses crocs.

« Mitch ! » Charlie, derrière, m'appelait. « Pour

l'amour de Dieu ! » Je voulais m'arrêter, donner à Chien une chance de reconnaître mon odeur, mais Charlie se déplaça sur la gauche, je changeai donc de direction, afin de lui boucher la vue — et elle fila. Elle pivota et s'évanouit dans les broussailles comme de la fumée dans du vent. Ça s'était passé en une fraction de seconde. Si elle avait chargé au lieu de s'enfuir, je n'aurais eu aucune chance de pointer mon fusil...

« Bordel ! dit Charlie, c'était la chose la plus stupide à... Ça va ?

— Pourquoi ça n'irait pas ?

— Parce que tu trembles, voilà pourquoi. Ou peut-être que c'est moi qui tremble. Merde, Mitch, cette enfant de putain aurait pu nous bouffer tous les deux.

— Je t'avais dit qu'elle ne m'attaquerait pas. Et elle s'appelle Chien.

— Je vais essayer de m'en souvenir, dit-il d'un ton sinistre, en secouant sa tête. On pourrait en avoir besoin pour ma notice nécrologique. Viens donc un peu par ici, et regarde-moi ça ! »

Charlie était agenouillé au bord de la rangée d'arbres. Tout d'abord je ne réussis pas à voir ce qu'il examinait. Et pour cause. C'était un camouflage. Quelqu'un avait soigneusement entrelacé des branches de pin et les avait attachées ensemble pour dissimuler une planque parfaite au-dessous des arbres. Elle paraissait presque confortable : il y avait à l'intérieur un sac de couchage en toile de camouflage, une Thermos Aladin et une paire de jumelles 10x50.

« Tu as déjà vu cette planque ? demanda Charlie.

— Non. Mais je crois savoir qui l'a construite.

— Qui ?

— Mr Hoffman, le secrétaire de Jason Deveraux. Ou quelqu'un qui travaille pour lui.

— Pourquoi aurait-il fait ça ?

— Alec est venu me voir hier soir pour discuter d'un... » J'avalai ma salive. « D'un arrangement, il veut une sorte de droit de visite auprès de mon fils.

— Je ne comprends pas.

— J'ai refusé. Et, tout de suite après, il y a eu cette explosion au Nid. Et maintenant cette histoire. Tu penses que c'est une coïncidence ?

— Qu'est-ce qu'il peut espérer en tirer ?

— M'effrayer, pour me pousser à coopérer. Quoi d'autre ?

— C'est possible, dit Charlie pensivement. Il se trouve que la, euh... la bombe que tu as entendue exploser au Nid n'était qu'une grenade fumigène. J'ai trouvé quelques fragments sous la terrasse après que tu es partie.

— Une quoi ?

— Une grenade fumigène. Elle ne cause pas vraiment de dégâts matériels, mais fait du bruit et des éclairs ; si tu la jettes dans une pièce elle désoriente les gens. Celui qui s'en est servi n'avait pas l'intention de nuire réellement.

— C'est exactement ce que je pense. »

Il sortit un stylo à bille de sa poche, fouilla l'herbe pendant un moment, et revint avec une douille de cartouche en laiton brillant qu'il avait pêchée avec le bout de son stylo. « Du neuf millimètres, dit-il. Un automatique. Combien de coups ont été tirés ?

— Au moins six, je crois.

— C'est bon. » Il acquiesça et se releva. « Je vais faire appel à l'équipe de la police scientifique, pour qu'elle vienne relever les empreintes. Ils ont du matériel plus performant. Mais ça risque de poser un problème.

— Quel problème ?

— Le sang. Ils vont avoir besoin de savoir d'où il vient et s'ils trouvent le chien...

— Alors ne les appelle pas.

— Il n'en est pas question, dit-il catégoriquement. C'est une affaire criminelle, Mitch, dans mon comté. Je suis obligé de faire une enquête. Et puis j'ai au moins autant que toi envie de savoir ce qui se cache là-dessous. Quand ils verront le sang...

— Dis-leur qu'elle est morte.

— Quoi ?

— Tu peux dire que j'ai déclaré l'avoir trouvée et que je l'ai enterrée. Ils ne vont pas se casser la tête à la chercher, et tu seras couvert. Sinon, je ne les laisserai pas mettre un pied ici, Charlie, un point c'est tout. Pas s'il y a la moindre chance qu'ils la tuent.

— Okay, okay, dit-il en levant les bras au ciel. À en juger par le sang qu'elle a perdu, elle pourrait réellement *être* morte. J'ai besoin que l'équipe scientifique vienne sur place. Ils pourront peut-être relever des empreintes sur les douilles des cartouches ou les jumelles. Celles d'Hoffman, l'ex-agent de la CIA par exemple, comme ça ses empreintes seront fichées !

— Tu as l'air de douter ?

— En effet. Premièrement, ces jumelles, qui viennent de K Mart, sont vraiment bas de gamme. À mon avis, un ancien de la CIA utilise un matériel plus professionnel. Secondement, Hoffman est très exactement un REMF, pas une barbouze.

— Un quoi ?

— Un REMF. C'est de l'argot militaire. Ça veut dire un de ces en... planqués de haut gradés, pour être poli. Quoi qu'il en soit, je l'imagine mal marchant à quatre pattes dans les broussailles. Ça froisserait son beau costume.

— Tu ne crois pas qu'il soit impliqué, c'est ça ?

— Ce n'est pas ce que j'ai dit. Mais je me pose la question. D'après ce que je sais, Joe Carney guigne toujours le Nid de Pie. On m'a dit qu'il avait même filé du fric à ton copain Fortier pour qu'il te flanque une raclée. S'il avait l'intention de te rosser, le feu n'est peut-être que l'étape suivante ?

— Le feu ? Et ça ? dis-je en retournant le sac de couchage avec mon pied. Quelqu'un s'est organisé pour m'avoir à l'œil... et pas seulement ici. C'est ce qui m'a tracassé à propos du feu. On ne voulait pas qu'il cause des dégâts ; seulement qu'il soit vu. Et on l'a allumé à la porte du fond. On n'avait pas l'intention que des passants le voient. C'est donc que le message était pour moi, personnellement. Et celui qui l'a allumé savait où je me trouvais. Quelqu'un me surveille, Charlie.

— On le dirait, dit Charlie, visiblement inquiet. Et Robinette ? Il savait où tu étais.

— Rob n'aurait aucune raison de faire ça.

— Ha non ? Il a pourtant travaillé pour les Deveraux. Il continue peut-être.

— Ça m'étonnerait qu'ils l'aient engagé pour ce genre de boulot.

— Qu'en sais-tu ? Il n'a jamais eu les mains très propres.

— Mais c'est un avocat, pas un voyou ! Tu ne l'aimes pas beaucoup, n'est-ce pas ?

— Il s'est acheté ce luxueux bateau avec l'argent de la dope, Mitch. Et ce n'est pas parce qu'il l'a gagné légalement que cet argent n'est pas sale. Mais, tout de même, c'est vrai que ça ne lui ressemble pas beaucoup. Et ces types avec qui Shan trafiquait à propos de la cargaison de porcelaine de Chine, s'ils cherchaient à te bousculer un peu ?

— Je ne vois pas pourquoi. Tout ce qui pouvait les intéresser a été saisi par la DNR.

— Ils ne sont peut-être pas au courant. Pourquoi tu ne me laisses pas leur demander ?

— Écoute, tout ce que je sais, c'est qu'Alec est venu discuter avec moi à propos de ces droits de visite, et que, dès que j'ai refusé, tout ce boxon a éclaté. D'après toi, ce serait une coïncidence ?

— Je n'ai pas dit ça, mais au bout du compte, si Alec tient à revendiquer des droits, ou je ne sais quoi, le plus simple pour lui serait d'engager une armée d'avocats pour te faire tourner en bourrique jusqu'à ce qu'il trouve le juge qui accepte de rouler pour lui.

— Ce ne serait pas si simple, dis-je, je me battrais jusqu'au bout. Ça pourrait prendre des années. Et Alec n'a jamais été du genre patient.

— C'est vrai, mais ce n'est pas non plus un mauvais bougre. Vous ne pourriez pas trouver un accord ?

— Pas la moindre chance. Non.

— Pourquoi ?

— Ça ne te regarde pas, Charlie.

— Je t'ai dit, très clairement, que l'incendie et tout ce qui s'était passé ici, c'était mon affaire, Mitch. Et je serais bien content si tu acceptais de me parler... comme à un ami. De quoi s'agit-il donc ?

— Laisse-moi d'abord te poser une question, Charlie. Est-ce que, dans ce comté, quelqu'un a jamais été condamné pour le viol d'une petite amie ?

— Le viol d'une petite amie ? Pas à ma connaissance, non. Ce n'est pas facile à prouver. Est-ce que, hum, est-ce que c'est ce qui s'est passé ?

— C'est exactement ce qui s'est passé. Alec et moi, nous n'étions même pas amoureux l'un de l'autre, Charlie. Je pensais que nous étions des amis. Je me trompais sacrément. Supposons que je l'aie alors accusé de viol ? Que serait-il arrivé ?

— Je pense que tu connais la réponse, dit-il d'un ton sinistre. C'est désolant, mais les choses sont ainsi.

— Et tu continues de penser que je devrais accepter un arrangement ?

— Je ne sais pas. C'est à toi de décider.

— C'est déjà fait. Alec est comme son père. Il ne peut pas se contenter de la moitié d'une chose. Si je lui donne un doigt, il prendra tout mon bras. Et il n'en est pas question ! Dis-le-lui quand tu le verras. Et dis aussi à son gorille, Hoffman, et à Carney, et à qui tu le juges bon, que la Pointe, à partir de maintenant, n'est plus sûre, que ça peut être dangereux de venir se promener par ici. Mon tir est un peu rouillé, je vais m'exercer. Le plus souvent possible. Pendant mes heures de loisirs.

— Mon Dieu, dit-il en secouant la tête, je te vois parler, et tu sais qui j'entends ? Shan. J'ai dû l'arrêter une demi-douzaine de fois au cours de ces années, pour ivresse ou désordre sur la voie publique, en général après qu'il avait flanqué une dérouillée à deux ou trois types. Personne ne venait jamais à bout de lui. Pas parce qu'il était fort, je suis plus fort que lui. Mais parce qu'il ne laissait jamais tomber. C'est comme si ça ne lui venait même pas à l'idée. Et tu lui ressembles beaucoup, Mitch. Trop, peut-être.

— Merci, dis-je.

— Mais bordel, ça n'a rien d'un compliment !

— Qu'est-ce que tu me conseilles, Charlie ? Est-ce que je dois passer l'éponge ? Abandonner ? C'est ce que tu ferais ?

— Je n'aime pas te savoir seule ici avec un fusil, c'est tout. Il y a sûrement un meilleur moyen de régler cette histoire.

— Si tu penses à quelque chose, dis-le-moi. J'aimerais te poser une question, Charlie. Si les choses en arrivaient au point qu'il faille choisir son camp, de quel côté serais-tu ?

— J'espère que je tâcherais d'être impartial, Mitch, quoi qu'il m'en coûte.

— Je l'espère aussi, Charlie. En attendant, je vais m'exercer. Au cas où. »

CHAPITRE 26

PENDANT LES SEMAINES QUI SUIVIRENT, je m'exerçai presque chaque jour. Aller à la Pointe, marcher dans les dunes, y planter quelques morceaux de bois mort ramassés sur le rivage, reculer de cinquante ou soixante pas, faire mouche. Un dérivatif idéal.

Et curieusement, comme un tableau qui aurait été recouvert par une autre peinture, cela fit revenir à la surface une succession de souvenirs, des images de mon père m'enseignant patiemment ses talents, son bateau, son matériel de plongée. Et ses fusils.

Il m'avait enseigné le tir au cours du premier été que j'avais passé avec lui, le plus beau des étés. Et pas dans un stand de tir sur des cibles en carton placées à distance précise. Mais sur la plage, à l'instinct. Un fusil n'est qu'un outil, un outil dangereux, mais pas plus qu'une tronçonneuse ou une lampe à acétylène. Tenir l'arme en main, l'arme non chargée, jusqu'à ce que cela devienne aussi naturel que si c'était un marteau ou une brosse à cheveux. Apprendre à voir la cible, pas les guidons, tirer ! À la fin, on commence à avoir une vision précise à travers le guidon, une vision intuitive, instantanée. Si on peut voir la cible nettement, on peut l'atteindre.

Après quelques jours d'entraînement, je m'aperçus

que je le pouvais toujours. C'est comme la bicyclette, c'est bien connu, ça ne s'oublie pas. Je continuais cependant, pour le plaisir de renouer avec une pratique oubliée, pour faire descendre la pression aussi. Mais plus que tout, pour le plaisir du compagnonnage.

Chien était attirée par le bruit des coups de feu.

Dès le second jour de mon entraînement, elle se montra. J'avais placé un morceau de bois mort contre une dune de sable le long du rivage et je tirai plusieurs balles quand je me rendis compte que, d'une dune située à quelque trente mètres sur ma droite, Chien m'observait attentivement. Sans trop savoir, j'abaissai ma carabine et l'appelai. Alors elle se leva, descendit la dune en boitant, et vint. Pas à moi, mais à la cible. Elle la renifla un moment, puis me regarda, manifestement troublée. Elle attendait.

Que voulait-elle ? Certainement pas de l'affection, elle n'en avait jamais manifesté le moindre désir. Alors quoi ? De la nourriture, bien sûr ! Jud avait dû chasser dans le coin, pour eux deux. Le bruit des coups de feu, pour Chien, ne recelait aucun danger. Il signifiait : nourriture. Tentant ma chance, je fis demi-tour et me dirigeai droit sur le cottage. Et, pour la première fois, elle me suivit. La veille, à côté de la remise, je lui avais laissé de quoi se nourrir. Elle trotta directement jusqu'à la gamelle et n'en fit qu'une bouchée.

« Ne dévore pas ton plat », dis-je en ouvrant une autre boîte. Comme j'approchais, elle recula puis s'assit, elle attendait. Je vidai la boîte dans son plat. Cette fois, elle se conduisit de façon un peu plus civilisée, s'y reprenant à trois fois pour avaler le tout. Puis elle se mit à plat ventre à côté de la gamelle pour se reposer.

Je m'approchai, et jetai un coup d'œil à la blessure de son épaule. Ça ne devait pas être bien grave, ça ressemblait plus à une profonde entaille qu'à une perforation. Elle l'avait apparemment nettoyée ; il ne restait qu'un peu de sang coagulé dans son poil sombre. Elle me laissa approcher de quelques mètres. Puis elle se leva, d'un seul mouvement, avec la prestance d'un fauve, et me regarda avec prudence. Mais elle ne grogna pas. Alors je fis un autre pas, puis encore un autre, jusqu'à ce que je sois suffisamment près pour étendre ma main afin qu'elle sente mon odeur, priant Dieu qu'elle ne me prenne pas pour le dessert.

Elle renifla la paume de ma main, sans me lâcher des yeux, puis s'en alla en trottant, la patte raide. Je l'appelai, mais elle ne daigna pas se retourner. Une demoiselle vraiment très indépendante, Chien.

Les semaines passaient, elle arrivait presque toujours dès qu'elle entendait le bruit de ma carabine, elle acceptait la nourriture que je lui donnais, et tolérait mes longs monologues avant de retourner à ses propres affaires. Mais je ne pus jamais la toucher. Elle avait accepté de renifler ma main mais ne montrait aucun désir que je la caresse, et jamais je ne pris cette liberté.

Nous n'étions pas devenues exactement des amies, c'est le sang qui nous liait, comme des cousines éloignées, qui ont quelque chose en commun. Mais parfois, quand nos yeux se croisaient, je savais que nous nous comprenions. D'une louve solitaire à une autre...

À force d'aller m'exercer, avant tout pour améliorer mes relations avec Chien, je devins un assez bon tireur, peut-être pas aussi bonne qu'Annie Oakley, mais tout de même bien au-dessus de la moyenne. Ceci dit, Charlie avait raison. Me promener avec un fusil n'était pas le meilleur moyen de régler le problème.

CHAPITRE 27

ON TAMBOURINAIT sur la porte. Je clignai des yeux, à moitié réveillée, à la recherche de ma lampe de chevet. Elle n'était pas là, ce qui me réveilla complètement. J'étais dans l'appartement de Red. J'avais travaillé tard la veille, au Nid, et plutôt que de conduire jusqu'à la Pointe, je m'étais écroulée sur le canapé de Red.

Les lumières du salon s'allumèrent, et je vis Red sortir de sa chambre et se diriger vers la porte d'entrée. Elle portait une culotte et un T-shirt trop grand, avait les cheveux ébouriffés et semblait abrutie comme moi.

« Qui est-ce ?

— Ta "love machine", ma beauté. Ton rêve devenu réalité.

— Jackowski ? Bordel, il est quatre heures du matin.

— Tu crois que je le sais pas ! Ouvre. C'est pour le boulot. »

Red me lança un coup d'œil, haussa les épaules et s'empara de la batte de base-ball en aluminium toujours posée derrière la porte. « Une seconde. » Elle entrouvrit la porte de quelques dizaines de centimètres, tenant la batte cachée derrière son dos.

« Qu'est-ce que tu veux, Jack ?

— C'est pas pour toi. Est-ce que ta patronne est là ? Faut que je lui parle.

— Je suis là », dis-je en m'enveloppant dans un plaid, et je rejoignis Red en trébuchant jusqu'à la porte. Jackowski portait un uniforme d'été de couleur beige, ses biceps saillaient sous ses manches courtes. Dans ses yeux brillait une lueur étrange qui éclairait le reste de son visage, et je me rendis compte que je ne l'avais jamais vu sans les verres fumés de ses lunettes de soleil.

« Ça vous dérange si j'entre ?

— Ouais, ça dérange, dit Red d'un ton tranchant. On n'est pas habillées, et bon Dieu, avec un morceau de choix comme toi, on risque de ne pas pouvoir se contenir.

— Ça m'étonnerait pas qu'un de ces quatre matins ton joli petit caquet de gouine t'amène plus d'emmerdes que t'en rêves. Vous êtes seules ?

— Jusqu'à présent, ouais, dit Red. Qu'est-ce que tu veux ?

— Y a eu encore des ennuis au Nid : un autre incendie. On a mis le feu à votre jolie petite frégate, Mitch. »

Nom de Dieu ! Je me détournai, faisant un effort pour avaler. Perdre *Sheba*, c'était pour moi comme voir disparaître quelqu'un de la famille. « Dans quel état est-elle ?

— Envolée, dit-il, brûlée jusqu'à la ligne de flottaison. Avec une pareille coque en bois, elle s'est enflammée comme une allumette. » Le ton de sa voix était neutre, mais je compris qu'annoncer des mauvaises nouvelles faisait partie de ces avantages divers que lui octroyait son boulot.

« Et ce n'est pas tout, hein ?

— Non, c'est pas tout. Des témoins ont vu le type qui a fait le coup.

— Alors ? dit Red avec impatience. Qui c'est ?

— Face de Rat, dit-il. C'est Jud Radowicz. Faut croire que finalement vous l'avez pas tué, ce salaud, Mitch.

— Non, dis-je, frappée de stupeur. Ce n'est pas Jud, c'est pas lui !

— Y a pas de doute là-dessus, dit Jackowski en s'énervant. Une demi-douzaine de personnes l'ont vu, et avec la sale gueule qu'il a, difficile de se tromper. C'est bien Rat. Ils ont dit qu'il boitait méchamment, qu'il avait perdu la boule. Qu'il a arrosé votre bateau d'essence, mis le feu et foutu le camp. Qu'il a enfoncé à coups de pied la porte du magasin de plongée, mais là, on a pas vraiment vu de dégâts. Charlie l'a pris en chasse et m'a envoyé vous prévenir.

— Je ne comprends pas. Pourquoi Jud aurait-il fait cela ?

— Le diable si je sais ! Il a toujours été cinglé, maintenant on dirait qu'il a totalement déraillé. Et comme manifestement il en pince pour vous, Charlie préfère prendre des précautions. J'ai reçu l'ordre de passer la nuit avec vous.

— Je ne pense pas que Charlie ait présenté les choses comme ça, Jackowski, dit Red. De toute façon, Mitch et moi, on peut prendre soin de nous, et même bien plus. Si tu veux garder un œil sur nous, fais-le depuis le parking, d'accord ? Y a quelque chose d'autre ?

— Non, dit Jackowski en me regardant. C'est tout. Pour l'instant.

— Alors merci pour la mauvaise nouvelle, et bonne nuit. » Red poussa résolument la porte, la ferma à clé, puis s'appuya contre elle, me faisant face. « Quel sale type. Je crois que ce serait mieux si je tentais ma chance avec Jud. Est-ce que ça va ?

— Non, dis-je. Comment tu veux que ça aille ?

— En tout cas, il y a au moins un point qui vient d'être éclairci.

— C'est-à-dire ?

— Ça explique l'incendie au Nid et cette planque dans ton jardin.

— Non, dis-je avec lenteur, en reprenant mes esprits. Je ne crois pas. Ça ne peut pas être Jud. Chien ne l'aurait jamais attaqué.

— Peut-être pas. Pourtant, Jackowski a raison sur un point. Si Rat t'a dans son collimateur, tu risques d'avoir de sérieux ennuis. Il vaut mieux que tu restes ici pendant quelques jours.

— Merci, dis-je, mais je ne peux pas. Il faut que j'aille à la maison.

— Qu'est-ce que tu racontes ? Tu ne peux pas rester seule là-bas ! Dieu seul sait où Jud peut se trouver, et ce qu'il peut bien avoir en tête. La dernière fois que tu l'as vu, il marchait sur toi avec une hache.

— Je sais, dis-je en soupirant. C'est pour ça qu'il faut que j'y aille. Bon Dieu ! Red, c'est comme si une seconde chance m'était donnée. Il finira bien par aller rôder du côté de la Pointe. C'est là qu'il vivait. Et je veux y être quand il se montrera.

— Mais putain, Mitch, il vient de brûler ton bateau !

— Alors, c'est qu'il me hait vraiment. Il pense sûrement que je l'ai laissé mourir. Il faut que je le voie, pour mettre les choses au clair, quoi qu'il arrive. Est-ce que tu peux le comprendre ?

— Ce que je sais, c'est qu'il est fou, qu'il l'a toujours été. Mais je ne vois pas pourquoi je discute avec toi. Si jamais, pour une fois, j'arrivais à avoir raison, la surprise serait si grande que j'en aurais une crise cardiaque. Promets-moi une chose quand même. S'il se montre, prends pas de risques inutiles. Sois sur tes gardes.

— D'accord. Et maintenant, comment je fais pour éviter Jackowski ? Je n'ai pas envie qu'il me suive jusqu'à la Pointe. Si Jud voit une voiture de police, ça peut l'effrayer.

— Ce qui serait certainement mieux pour tout le monde.

— Non, il faut que je le voie. Et je suis sûre que je peux en venir à bout.

— Ouais, dit-elle. Bien sûr ! Si quelqu'un le peut. »

CHAPITRE 28

CE FUT PEINE PERDUE. Je passai ce qui restait de la nuit au cottage, mais Jud ne s'y montra pas, pas plus furieux que dans un autre état d'esprit. Aux premières lueurs du jour, je pris par la plage pour aller jusqu'à sa cahute. Je n'y trouvai aucun signe de son passage, j'utilisai donc les heures suivantes à parcourir la Pointe en l'appelant. La seule réponse que j'obtins fut celle de Chien. Je la vis, non loin de là, embusquée dans les broussailles. La tête levée, elle me jetait un regard furibond, manifestement dérangée par le vacarme que je faisais. Je me le tins pour dit. Si Jud était dans le coin, ça fait un moment qu'il aurait dû m'entendre. J'abandonnai donc mes recherches et retournai en ville pour aller sur la tombe d'une amie.

Le soleil de midi étincelait sur l'eau du port qui clapotait, la brise qui venait du lac était fraîche et pure, et je faisais tout ce que je pouvais pour ne pas pleurer. Pauvre *Sheba*. Sa carcasse carbonisée ressemblait plus à un cercueil sortant d'une crémation qu'à la coque d'un bateau. Deux câbles d'amarrage passés sous sa quille la retenait encore, l'empêchant de sombrer dans les eaux troubles du port. J'étais perdue dans mes pensées, les yeux fixés sur elle, lorsque je sentis une tendre pression sur mon épaule. Je ne me retournai pas. Je savais qui c'était.

« Je n'ai pas réussi à ce que son moulin ronronne comme je voulais, dit Terry doucement. À part ça, elle était superbe, surtout après toutes les heures de travail que tu as passées dessus. C'est sacrément dommage ! Tu vas bien ? »

Je fis un signe de la tête, je n'avais aucune confiance dans le son de ma voix.

« Bon. Bien sûr que ça va. Regarde, je t'ai apporté quelque chose. »

Il me tendit un objet enveloppé dans du papier journal. Je le pris et réussis enfin à poser mes yeux sur lui. Il avait l'air fatigué. Ses cheveux en bataille étaient en partie décolorés par le soleil et l'éclat sombre et inquiet de ses yeux s'accordait à mon humeur. Je retirai le papier. C'était un feu de position d'un bateau datant du dix-neuvième siècle. Son cuivre poli resplendissait comme si on avait utilisé la lumière du soleil pour le fabriquer. « Il est... réellement magnifique, dis-je.

— Ouais, bon, ça peut aussi un peu brûler les doigts, dit Terry en jetant un coup d'œil à la ronde. Si j'étais toi, je ne l'exhiberais pas.

— Quoi ? Tu veux dire que c'est de la contrebande ?

— Ce que c'est, c'est un cadeau, dit-il tranquillement. Un cadeau d'un ami qui a risqué sa peau pour l'avoir. Si tu veux l'expédier à Lansing pour qu'un de ces bureaucrates de la DNR le consigne dans un entrepôt, vas-y. Simplement ne leur dis pas d'où il vient. De toute façon, c'est l'intention qui compte, t'es d'accord ? Et j'ai pensé qu'il te plairait.

— Il me plaît, beaucoup. Seulement... ça ne fait rien. Merci.

— De rien. J'ai entendu dire que Rat avait brûlé ton bateau.

— On dirait. Il a réveillé la moitié du port en hurlant vers trois heures du matin. Une demi-douzaine de personnes l'ont vu. Pourtant, pas une seule ne l'a arrêté et... je ne sais pas. Il y a quelque chose qui me dit que ça cloche, là, dis-je en touchant mon cœur. J'ai parcouru la Pointe dans tous les sens ce matin. Je n'ai trouvé aucune trace de lui, ni à sa cabane ni ailleurs.

— Je ne pense pas qu'il se trouve à la Pointe, dit Terry.

— Pourquoi ?

— Je l'ai vu, Mitch, avant-hier, il marchait sur le rivage, à onze ou douze kilomètres au nord de la ville.

— Quoi ? Il y a deux jours ? Et tu ne me l'as pas dit ?

— On avait mis le cap sur Cheboygan pour mettre au point la plongée avant d'essayer le *Queen*, dit Terry. Addison me suivait péniblement sur le yacht de Jason, le *Lady D*. Si je m'étais rapproché du rivage pour y voir de plus près, il aurait pu s'échouer sur un des bancs de sable. Je ne pouvais tout simplement pas prendre ce risque. Mais je suis sûr que c'était Rat. Malgré la chaleur, il portait sa vieille pelisse écossaise. Peut-être que j'aurais dû t'appeler de Cheboygan, mais ce n'est pas le genre de nouvelles que tu as envie de communiquer de si loin, non ? Jamais je n'aurais pu imaginer qu'il ferait une chose pareille. Je suis désolé.

— Moi aussi. Pourquoi es-tu rentré si tôt ? Je croyais que vous deviez rester là-bas une semaine pour plonger ?

— La météo marine a annoncé qu'une tempête allait se lever dans quelques jours, et Mr Harvey veut descendre sur le *Queen* avant qu'elle éclate. Il pense qu'il est prêt pour plonger à soixante mètres. Il ne l'est pas. Au point où on en est, il ne me reste plus qu'à aller lui chercher cette foutue plaque et après, qu'il se tire de ma vie, une fois pour toutes ! Argent ou pas, c'est un affrètement d'enfer, Mitch.

— Pourquoi ?

— Il boit, il se prend pour Bligh, le capitaine du *Bounty*, en plus il a emmené Andréa avec lui, parce qu'il ne lui fait pas confiance quand elle est seule, je suppose. Elle se venge en prenant des bains de soleil sur le pont avant du *Lady D*, les seins nus. Rien de suggestif, à ce qu'il paraît. Tu comprends, sur la Riviera, les filles des meilleures familles sont toutes seins nus. En attendant, Baggers n'arrête pas de baver devant mon matériel.

— Baggers ? C'est tout ?

— Bien élevée comme elle est, la jeune dame ne peut pas en montrer beaucoup plus que ce que j'ai déjà vu. Non, ce qui me gêne, c'est la situation. Ça tape sur les nerfs d'Harvey qui s'agite comme un insecte prisonnier d'une toile d'araignée, et lui, il se défoule sur moi.

— Va savoir, certaines rumeurs sont peut-être arrivées jusqu'à ses oreilles. J'en ai bien entendu quelques-unes, moi, au sujet de toi et d'Andréa.

— Je me fous des rumeurs, je préfère les faits, et en voilà un. Addison est un plongeur minable. Il sait que dalle et veut rien écouter. En plus, son équipement européen high-tech n'est pas compatible avec nos bouteilles de réserve. Baggers est obligé de passer son temps à recharger ses bouteilles pendant que moi, je dois subir ses sarcasmes à propos de mon matériel qui est, bien sûr, complètement obsolète.

— Il n'a peut-être pas tort. Je peux te prêter un de mes jeux si tu veux. Je te garantis que tu ne voudras plus rien utiliser d'autre.

— Mon vieux matériel américain me va bien, merci.

Je n'aime pas ce qui est trop sophistiqué, et, de toute façon, je n'ai pas les moyens de m'acheter un nouvel équipement. Mais il y a quelque chose que tu peux faire pour moi. J'ai l'intention de louer une caméra de plongée et tes services. Je veux que tu filmes pour moi la plongée sur le *Queen*, Mitch.

— Filmer, je peux le faire, mais je donne des cours chaque jour maintenant. Je ne peux pas m'absenter.

— J'ai besoin de toi seulement pour quelques heures. Il faut deux plongées pour prendre la plaque : une pour la localiser et la déboulonner, l'autre pour la sortir et la remonter. Baggers peut filmer la première plongée, mais j'ai besoin de toute la force de ses bras pour la seconde. Ça m'étonnerait qu'on puisse compter sur ceux d'Harvey à une telle profondeur.

— Tu ne peux pas trouver quelqu'un d'autre ?

— Je préférerais que ce soit toi. Tu connais beaucoup de gens à qui on peut faire confiance par soixante mètres de fond, avec un connard dans les pattes par-dessus le marché ? Écoute, ce n'est pas comme si je te demandais de le faire pour rien. Tu peux taxer suffisamment Addison pour avoir l'acompte nécessaire pour t'acheter un nouveau bateau et en même temps tu donnes un coup de main à un ami. C'est pas formidable ?

— Bon, dis-je en jetant un dernier regard sur la dépouille de *Sheba*. Je vais absolument avoir besoin d'un autre bateau. Quand est-ce que tu veux le faire ?

— Hier. Mais je me contenterai de demain.

— Je donne un cours le matin.

— C'est pas grave. Quand je viendrai chercher la caméra, je prendrai en même temps tes bouteilles de réserve et j'enverrai Baggers sur le *Lady D* te prendre vers midi. Comme ça, tu n'auras plus que ton matériel de plongée à prendre, et ton maillot de bain. Juste la moitié de ton maillot, si tu veux bien.

— Je préfère le porter en entier. À soixante mètres de profondeur, le chic de la Riviera risque d'être inutile.

— C'est vrai, dit Terry avec un large sourire. Mais quel dommage ! »

CHAPITRE 29

LE RESTE DE LA JOURNÉE fut nébuleux et passa vite. J'expédiai mon cours pour plongeurs débutants sans noyer personne et filai immédiatement après au cottage. Je pris le temps de faire honneur au cadeau de Terry en le plaçant sur le manteau de la cheminée, puis j'allai de nouveau arpenter la Pointe à la recherche de Jud.

Rien. Aucun signe de lui dans sa cahute, pas d'autres traces que les miennes. J'aperçus Chien rapidement. Elle traquait quelque chose, le nez au sol, les épaules voûtées, totalement obnubilée par la quête de sa proie. Une autre bosseuse qui prenait soin de ses affaires.

Et cela me mit mal à l'aise : pas qu'elle chasse, mais qu'elle soit seule. Ces dernières semaines, je l'avais vue souvent, au cottage, ou sur la plage, quand elle venait au bruit de mes coups de feu. Si Jud se trouvait quelque part dans les environs, c'était évident qu'elle l'aurait rejoint. Ils étaient quasiment inséparables avant... avant cette nuit sur le lac gelé.

Du coup, mes propres recherches me parurent absurdes. C'était comme si je frappais à la porte d'une maison abandonnée. Je continuai de marcher et d'appeler, mais je savais que je n'aurais pas de réponse.

Et je n'en eus pas. Cette nuit-là, je dormis mal, je n'arrêtais pas de me tourner et me retourner, de me réveiller et d'écouter. J'espérais que Jud viendrait, et je le redoutais. J'avais à portée de main la carabine, mais je n'étais pas rassurée pour autant...

À l'aube j'étais debout, mon regard était vaseux et j'étais énervée. Je m'habillai et repris mes recherches, mais sans presque plus y croire.

Ensuite, je fonçai au Nid, espérant attraper Terry avant qu'il ne soit parti. Trop tard. Jeannette me dit que, quand elle avait ouvert la boutique, il était déjà là en train d'attendre devant la porte. Il avait pris une caméra de plongée et un jeu de mes bouteilles de réserve et lui avait demandé de me rappeler que Baggers passerait me prendre vers midi.

J'aurais dû être en train de ronger mon frein. Filmer une plongée sur une épave en eau profonde avec Terry et être payée pour ça, est-ce que ce n'était pas une chance formidable ? C'était la meilleure chose qui m'était arrivée depuis mon retour. Et pourtant, je n'arrivais pas à me concentrer, j'étais obsédée par l'image de Jud, je le voyais marcher le long du rivage en boitant, complètement délirant. Où avait-il été pendant tout ce temps ? Pourquoi avait-il brûlé mon bateau ? S'il avait l'intention de me faire du mal, ce n'était pas difficile de me trouver. À moins que la *Sheba* ne soit qu'un début.

Pour racheter ma hâte de la veille, je fis durer mon cours de plongée plus longtemps. Et ça me fit du bien. Pendant plusieurs heures je pus oublier enfin tous mes problèmes ; transmettre à un groupe de jeunes passionnés les moyens de survivre sous l'eau, d'apprécier la beauté sans qu'elle vous hypnotise, d'être conscient du danger sans qu'il vous paralyse, tout cela m'absorba complètement.

Après le cours, en attendant Baggers, j'allai donner

un coup de main au Nid pour servir la foule venue déjeuner. J'étais dans la cuisine en train de préparer des salades quand Red passa la tête à travers la porte.

« Tu es une vraie cachottière, hein ? dit-elle en arquant un sourcil. Pourquoi tu ne m'as pas dit que t'avais des goûts bizarres en amour ?

— Pourquoi ? Qu'est-ce qu'il y a ?

— Un Monsieur qui t'attend dehors, sur la nouvelle terrasse.

— Quel Monsieur ?

— Pas un de ceux que je fréquente, dit-elle en me regardant avec curiosité. Mais je parie que toi, tu le connais. C'est pas le genre de type que tu risques d'oublier. Vas-y. Je prends la suite.

— Très bien, dis-je en jetant mon tablier. Où est-il assis ?

— Nulle part. Il est accoudé sur la rambarde, à droite. Crois-moi, tu ne peux pas le rater. »

Elle avait raison. Il était accoudé sur la rambarde, il regardait le port. Un géant d'ébène, impeccablement vêtu d'un costume sombre, d'un nœud papillon rouge et d'une calotte rouge. Plus colossal encore que dans mon souvenir.

« Mr Bass, dis-je en m'installant à côté de lui. Vous avez fait un long trajet.

— Pas tant qu'ça », dit-il, et le roulement de sa voix me fut aussitôt familier. « Deux heures par la route. Moins d'une minute par téléphone.

— Et c'est comme ça que vous êtes venu, par téléphone ?

— Non, m'dame. J'ai pris l'bus, et j'repartirai de même. Avec un physique comme le mien, les gens s'souviennent de vous. J'espère que la plupart des guignols qui sont attablés ici s'souviendront que j'vous ai causé.

J'veux aussi qu'les gens qui prennent le bus, y s'souviennent que je l'ai pris pour le retour. Au cas où que'que chose arriverait.

— Qu'est-ce qui pourrait arriver ? Que voulez-vous ?

— Parler... de la vie. Vous faire comprendre comment qu'les choses, elles marchent, dit-il en se tournant vers moi. Vous nous avez donné du fil à retordre, à la boutique de Johnno, vous et c'grand taré avec cette tache sur l'visage. Merde alors, j'ai cru qu'il allait balancer Johnno par-d'ssus la rampe ! C'est la vérité. Ce type est complètement cinglé. » Son petit sourire n'arrivait pas jusqu'à ses yeux.

« C'est un peu tard pour s'en soucier maintenant, non ?

— Peut-être, acquiesça-t-il, mais Johnno l'a pas oublié, lui. Il oublie jamais rien. Vous savez c'que c'est, une vente aux enchères de lots de contrebande ?

— Vous voulez dire quand l'État brade des lots qu'il a saisis ?... C'est de ça dont il est question, de la cargaison ?

— Il y avait de la porcelaine de Chine de contrebande à la dernière : Rookwood. Elle est partie à bas prix, c'qui a coûté pas mal de fric à Johnno, parce qu'il a dû détruire tout le lot qu'il avait acheté à votre vieux pour que personne y puisse le soupçonner d'trafic. Et plus personne le peut. 'cepté vous.

— Si j'avais voulu le donner, j'aurais pu le faire à l'époque.

— Peut-être que c'est c'que vous avez fait. » Bass haussa les épaules. « Parfois, les flics y prennent pas mal de temps pour réunir des preuves contre des gens comme Mr Habash. Des années. Aussi, il s'inquiète. Faut comprendre, il est pas costaud comme moi. Et pas très courageux, pas très intelligent non plus. C'qu'il est ?

Extrêmement prudent. Et il s'demande si faudrait pas qu'on fasse que'que chose à votre sujet.

— Comme quoi ? Un incendie ? Des coups de feu peut-être ?

— J'comprends pas. D'quoi vous parlez ? Un incendie ?

— J'ai eu des ennuis, Mr Bass, une bombe fumigène, un incendie, des coups de feu près de ma maison. Vous n'êtes pas au courant ?

— À première vue, non. Quand c'est arrivé, tout ça ?

— Il y a quelques semaines. Pourquoi ?

— Ben, j' peux pas jurer sur la tête de maman que Johnno a pas arrangé que'que chose. Mais ça m'étonnerait. Parce que z'êtes toujours là à m'en causer. Si Johnno avait voulu faire que'que chose de sérieux, vous seriez plus là. En plus, on savait pas qu'vous aviez rendu le reste de la cargaison aux autorités jusqu'à c'qu'on la voie à la vente. Jusque-là, i' faisait d'son mieux pour oublier qu'il vous avait croisée. Vous lui avez fait passer un sale quart d'heure, vous savez !

— Eh bien, si c'est un sale quart d'heure qu'il veut passer, vous vous adressez à la bonne personne. Habash n'est pas le seul à avoir un téléphone.

— Oui, m'dame, c'est bien pour ça que j'suis là. Pour vous demander d'rien faire d'idiot. S'il vous plaît.

— S'il vous plaît ? répétai-je, surprise.

— À dire vrai, c'est pas comme ça que Mr Habash m'a dit d'faire. Mais, vu comment que j'vous devine, j'crois bien qu'le meilleur moyen pour qu'vous alliez parler à la police, c'est d'vous dire de pas l'faire. Aussi, je vous l'dis pas. Je vous l'demande. Vous m'paraissez une femme sympathique, et vous avez du cran. Faire du mal à une femme, c'est pas mon genre, mais ça dérangerait pas beaucoup Johnno. Vous croisez le chemin d'cet homme et les choses, elles peuvent tourner mal.

— C'est peut-être déjà le cas.

— Pensez c'que vous voulez. Tâchez seulement d'comprendre qu'y aura pas d'autre avertissement. Johnno m'envoie pour discuter avec les gens parce que j'suis un gars sympa. S'il envoie quelqu'un d'autre, ce s'ra pas pour parler.

— Je vois, dis-je en sentant le sang affluer à mon visage et en essayant de maîtriser ma colère. Merci de m'avoir expliqué clairement les choses, Bass. Et pour votre rapport, vous pouvez dire à votre patron que je n'ai pas l'intention de lui causer le moindre ennui. Pas parce que j'ai peur de lui, ou de vous, ou des grenades. Mais parce que je ne peux pas traîner Johnno dans la merde sans éclabousser en même temps mes amis et moi-même. Mon père est mort ; je n'ai plus de marchandise. Il me semble qu'on est quittes. J'espère que les choses en resteront là. J'ai assez de problèmes comme ça.

— Oui, m'dame, qui en a pas, hein ? C'est bon, j'lui dirai.

— Et la suite, ça donne quoi ?

— J'en sais rien. Cet homme est pas arrivé là où il est en jouant cartes sur table. Peut-être qu'il va laisser tomber. Z'êtes pas un gros problème pour nous.

— Je ne suis pas un problème du tout, à moins que vous me le fassiez devenir. Mais pour être sûre qu'on se soit bien compris, je préfère que vous sachiez que je suis ici sur mon territoire, et bon Dieu, ce n'est pas mon genre d'avoir peur !

— Comme vot' vieux, d'après c'que j'ai entendu. Et il est mort, c'est ça ?

— Est-ce que vous êtes en train de dire que Habash a quelque chose à voir avec cette histoire ?

— Non, m'dame. J'dis juste : faites pas d'vagues si vous voulez. » Il s'arrêta pour écouter. Le hurlement d'une sirène retentissait et devenait de plus en plus fort à mesure qu'il se rapprochait. Il y eut un crissement de pneus devant le Nid alors qu'une voiture de police se garait sur le parking. Bass m'observa avec une expression neutre.

« Mon petit ami, lui expliquai-je. La police locale. Il surgit toujours aux moments les plus inattendus. Est-ce que vous voulez le rencontrer ?

— J'crois pas, non, dit-il calmement. En fait, j'crois qu'j'vais m'en aller. Souvenez-vous de c'que je vous ai dit, Mlle.

— Je m'en souviendrai, dis-je. Mais si vous revenez, apportez votre déjeuner. La journée risque d'être longue.

— J'reviendrai pas, dit-il. Pas personnellement. Mais si vous parlez à la mauvaise personne, y aura quelqu'un pour s'en charger. Peut-être même quelqu'un qu'vous connaissez. Soyez prudente, vous comprenez ? » Il descendit tranquillement les marches et déambula le long du quai. Un simple touriste qui jouissait de la vue.

Je le regardai un moment, essayant de prendre la mesure de ce qu'il m'avait dit. Puis je me dépêchai de rentrer pour savoir quelle était la cause de toute cette agitation.

CHAPITRE 30

JE POUSSAI les portes battantes juste au moment où Charlie Bauer et Jackowski entrèrent en coup de vent par la porte de devant, l'air extrêmement inquiet. Charlie m'entraîna dans mon bureau. Jackowski nous suivait et il ferma la porte derrière nous.

« Désolé de te bousculer ainsi, Mitch, dit Charlie, mais j'ai une urgence. J'ai besoin que tu m'indiques le nom d'un plongeur qui peut travailler en eau profonde, sur-le-champ.

— Pourquoi ? Que se passe-t-il ?

— On vient de nous signaler qu'il y avait un noyé au fond. Ça vient du *Kidd.* »

Mon cœur s'arrêta net. « Qui ? réussis-je à dire.

— Addison, il s'appelle Harvey Addison. Le mari d'Andréa Deveraux.

— Merde alors, dis-je d'une voix faible en me détournant pour qu'il ne puisse pas lire dans mes yeux. C'est arrivé comment ?

— Je ne sais pas trop ; ça n'est pas clair. Tout ce que je peux te dire, c'est qu'Addison, Terry Fortier et Baggers Gant ont plongé jusqu'à l'épave du *Queen of Lorraine.* Baggers était en train de filmer la plongée à l'extérieur de la carcasse. Terry et Addison sont entrés à l'intérieur ; Terry en est ressorti, mais pas Addison. J'ai besoin que tu me trouves quelqu'un qui puisse descendre et ramener le corps.

— Et les plongeurs de la police ?

— On n'a pas le temps. Ils sont allés tous les deux à Saginaw Bay pour une affaire d'avion privé, et la météo annonce trois jours de tempête. J'ai besoin de quelqu'un immédiatement. »

Je regardai par la fenêtre de mon bureau. Le ciel s'obscurcissait à l'horizon, la surface du lac Huron était déjà houleuse, le vent s'était levé et rasait la crête des vagues, hautes de un mètre à peu près. « Alors je pense que je suis toute désignée. Mes bouteilles sont déjà là-bas. Je prends ma combinaison de plongée et...

— Ça va pas la tête ! dit Jackowski. Bordel, s'il y a personne d'autre, j'y vais moi-même.

— Vous ? dis-je. Je sais que vous avez votre diplôme de plongée, mais avez-vous déjà bossé à cette profondeur ?

— Pas tout à fait, admit Jackowski. Ça m'est arrivé à dix-huit, vingt mètres. Je sais ce que je fais.

— Vous faites de l'haltérophilie, c'est bien ça ? demandai-je. Quel poids pouvez-vous soulever ?

— Allongé sur le banc, je peux lever au moins cent quatre-vingts kilos, dit-il, perplexe. Pourquoi ? Vous croyez que vous pouvez soulever plus ?

— Ce n'est pas la question. Si vous aviez essayé de soulever cent quatre-vingts kilos lors de votre premier jour d'entraînement, ça vous aurait cassé en deux, non ? La plongée en profondeur, c'est pareil. Le *Queen* est à soixante mètres. Si vous essayez de passer de vingt mètres à soixante d'un seul coup, je serai de toute façon obligée d'y aller. Pour aller chercher deux corps au lieu d'un.

— Elle a raison, Jack, dit Charlie. Je ne connais pas grand-chose à la plongée, mais ça, je le sais déjà trop. Par contre, Mitch, je ne veux pas que tu y ailles. Trouve-moi quelqu'un d'autre.

— Il n'y a pas beaucoup de gens qui peuvent plonger à cette profondeur, Charlie. J'ai passé plus de temps à soixante mètres que quiconque ici, et le temps presse. Je ne vois pas d'autre solution.

— Merde, dit Jackowski d'une voix cassante. Si vous pouvez le faire, je peux aussi.

— Je vous en prie, faites, dis-je. Mais avant, prévenez votre famille. Addison s'est entraîné pendant des semaines avant de tenter la descente.

— Ouais, mais il est decendu avec son rival. J'irais pas faire ce genre de connerie.

— Qu'est-ce que vous insinuez, espèce de...

— Allons, mademoiselle, dit Jackowski avec une satisfaction non dissimulée. Vous avez bien dû entendre raconter, dans votre foutu bar, que Fortier rejouait à Andréa les bons vieux airs d'autrefois.

— Mets un bémol, Jack, tu veux ? dit sèchement Charlie. Bon Dieu ! Mitch, il doit bien y avoir quelqu'un d'autre qui peut le faire, non ?

— Absolument, dis-je. Terry, et Baggers, et ils sont déjà sur place.

— Non, dit Charlie en évitant mon regard. Il n'est pas question qu'ils redescendent, ni l'un ni l'autre. En fait, je leur ai donné l'ordre de rester hors de l'eau. C'est sûrement un accident, mais Terry et Addison sont descendus ensemble et Addison n'est pas remonté. Que ça te plaise ou pas, Jack a raison. On a entendu des rumeurs.

— C'est du pipi de chat et tu le sais, Charlie ! dis-je d'une voix sèche. Écoute, l'orage sera là avant la nuit. Il faut y aller maintenant, à moins que tu ne préfères attendre que la tempête passe. Mettons les choses au clair : tu crois que si je remarque quelque chose de suspect au fond, je ne le dirai pas, c'est ça ? »

Il hésita. « Non, bien sûr que non.

— Alors, qu'est-ce qui ne va pas ? Tu ne me crois pas capable de le faire ?

— Bien sûr que si !

— Alors quoi ?

— C'est trop dangereux, Mitch », dit Charlie en me regardant enfin vraiment. Et ce que je lus dans son regard, c'était bien plus que l'inquiétude normale d'un shérif. « Un homme est mort déjà. Je... je ne veux pas que tu y ailles, c'est tout.

— Incroyable ! dis-je en souriant malgré moi. Je ne sais pas si c'est une prière ou un ordre. On pourra peut-être en discuter autour d'une bière un de ces jours, mais pas maintenant. Tu as un bateau ?

— La vedette de la police attend le long de la jetée.

— C'est bon, je prends mon équipement et je vous rejoins là-bas dans dix minutes.

— Ouais. » Il soupira. « D'accord.

— Tu fais une erreur, Charlie, dit Jackowski.

— C'est possible, dit Charlie en acquiesçant. J'en fais tout le temps. Parfois je me dis que la plus grosse que j'ai faite, c'est de t'avoir engagé. Allons-y. »

CHAPITRE 31

CHARLIE ÉTAIT À BORD de la vedette de la police maritime quand je garai ma voiture à côté de la sienne, au bout du quai. Il l'avait déjà mise en marche, le moteur ronflait et une fumée grise sortait du pot d'échappement qui crachotait à l'arrière. La vedette était moche comme un pou, avec sa signalisation noir et blanc et son numéro à la place du nom sur le tableau arrière. Elle était dotée d'un équipement grossier et rudimentaire, construite pour être malmenée, ce qui était plutôt appréciable vu l'état de la baie.

« Je viens d'attraper le dernier bulletin météo à l'instant, dit-il en sautant sur le quai. L'orage arrive plus vite que prévu. Il va éclater en fin d'après-midi. Ça nous laisse assez de temps ?

— Il faudra bien.

— Quel manque de bol ! Je déteste naviguer sur le Grand Lac par mauvais temps. Même si je sais nager, je me sens bien mieux quand j'ai les deux pieds sur la terre ferme. Ça doit sembler stupide à ceux qui font le même genre de travail que toi.

— Non. On n'est pas parano quand on redoute la mer, Charlie, au contraire. Ton copain Jackowski devrait prendre exemple sur toi. Mais où est-il ?

— Je l'ai envoyé au bureau. Quelqu'un doit assurer la permanence, et si tu descends, je veux être là. Ça t'embête ?

— Pas du tout. Nous allons avoir suffisamment de raisons de nous inquiéter sur place sans avoir en plus un abruti de l'âge de Neandertal dans les pattes.

— Je suis désolé. Il n'a pas toujours été aussi taré. Mais depuis qu'il a entrepris de se transformer en Schwarzenegger des forêts du Nord, c'est vrai que, parfois, c'est une vraie calamité.

— Tout ce qu'il dit, je l'ai déjà entendu avant. Des milliers de fois.

— À qui tu le dis ! Allez, c'est à toi de jouer. Qu'est-ce que tu veux que je fasse ?

— Que tu prennes dans ma camionnette mon gilet et mes bouteilles. Tout est déjà prêt. Je m'habillerai pendant le trajet. Je veux plonger dès qu'on arrivera.

— Tu n'as amené qu'un jeu de bouteilles ?

— Mes bouteilles de réserve sont déjà sur le *Kidd*. De toute façon, vu le temps, je ne pourrai effectuer qu'une seule plongée. »

Je jetai mon sac de marin à l'intérieur du bateau, et Charlie me suivit, portant sans difficulté, d'une seule main, les cinquante-cinq kilos de mon jeu de bouteilles. Il fit une rapide vérification des jauges de la vedette et de la radio pendant que, de mon côté, je vérifiais mon matériel.

« On a de l'essence et tout semble normal, dit-il. Tu es prête ?

— Non, mais ça ne fait rien, allons-y. »

Je larguai les amarres, Charlie enclencha la marche avant et la vedette quitta le quai. Dès qu'on eut franchi l'entrée du port, il mit les gaz et la vedette s'élança comme un bolide dans la baie, rebondissant sur la crête des vagues qui devaient bien faire un mètre cinquante maintenant. Dans quelques heures, les creux pourraient atteindre neuf mètres, de ceux qui engloutissent les bateaux. Des vagues s'étaient brisées de cette hauteur sur d'innombrables vaisseaux importants, les faisant éclater et sombrer. *Tashmoo*, *Cedarville*, le *Lucia A. Simpson*. Je me souvenais des noms d'une centaine d'entre eux. Ce n'était pas vraiment rassurant.

« Est-ce que tu sais où ils sont exactement ? demanda Charlie en hurlant pour couvrir le rugissement du moteur.

— Le *Queen* est à peu près à six milles au nord. Tu pourras les apercevoir quand on aura dépassé la Pointe. Je vais me préparer. »

Je me déplaçai avec précaution jusqu'à l'arrière, ouvris la fermeture Éclair de mon sac de marin, et me déshabillai, ne gardant que mon maillot de bain. Je sortis de mon sac ma sous-combinaison de plush et l'enfilai. Je ressemblais à un ours en peluche avec ce tissu duveteux qui me recouvrait des pieds jusqu'à la tête, ce qui pouvait paraître ridicule en cet après-midi d'été, mais, dans les profondeurs du lac où je m'apprêtais à aller, il fait toujours nuit, une nuit noire et froide de décembre.

Dessus, je passai ma combinaison étanche viking en Néoprène, matelassée et si volumineuse que, cette fois-ci, c'était à un morse attendant des petits que j'avais l'impression de ressembler. Comme je finissais de boucler le harnais de mes bouteilles, je sentis la vedette ralentir : Charlie venait de couper les gaz.

Le *William Kidd* de Terry, un Bayliner blanc de huit mètres, se trouvait à bâbord, à une cinquantaine de mètres de nous, il dansait au milieu des vagues comme un cerf-volant dans le ciel. Le *Lady D*, un yacht à moteur beaucoup plus grand, était juste à côté. Andréa se tenait au bastingage, elle nous regardait, derrière le masque de ses lunettes de soleil. Elle portait une sortie de bain couleur or, si longue qu'elle traînait sur le pont. Je me demandai si dessous elle portait un haut.

Charlie amena doucement la vedette le long du *Kidd*. Venu de l'Indiana, avec ses cheveux blond filasse, Baggers Gant, qui servait d'homme à tout faire et de plongeur de sécurité à Terry, nous lança une corde. On amarra la vedette au *Kidd*, à trois mètres l'un de l'autre. Terry était toujours dans sa combinaison Néoprène noire et luisante, il avait les pieds nus, les cheveux ébouriffés, et ses yeux assassins et féroces étincelaient d'une rage sauvage.

« Qu'est-ce qui s'est passé ? criai-je.

— Je ne sais pas, hurla Terry. On est entrés dans le salon principal, on a trouvé cette foutue plaque qu'Addison voulait, on a retiré la moitié des boulons. J'ai compris qu'il faudrait une autre plongée pour finir de les enlever tous. J'ai donc fait signe à Harvey qu'il était temps de remonter et j'ai pris le chemin de la sortie. Il y a tellement de vase dans cette putain de coursive que c'est seulement arrivé à la moitié que je me suis rendu compte qu'Harvey n'était pas derrière moi, et je n'avais plus assez d'air pour faire demi-tour. Baggers nous filmait à travers le hublot, mais Harvey avait dû complètement troubler l'eau. On n'y voyait que dalle, et il fallait qu'on remonte.

— Pourquoi ne t'a-t-il pas suivi quand tu lui as fait signe ?

— Qu'est-ce que tu veux que je te réponde, bordel ! cria Terry, en colère. Peut-être qu'il voulait être sûr qu'on le voit sur le film en train de faire sauter les derniers boulons, tout seul comme un grand ! Je ne sais pas.

Ce que je peux te dire en tout cas, c'est qu'il n'aimait pas tellement qu'on lui donne des ordres.

— Ça ressemble à quoi au fond ?

L'horreur, hurla Terry. Le récif a fait basculer le bateau quand il a coulé. Il est cul par-dessus tête, et le poids de la cargaison dans les cales est en train d'écraser petit à petit les superstructures. Les parois de la coursive et du salon principal sont pleines de rouille, et toute cette saloperie qui ressemble à des tranches de pain d'épice est en train de se détacher parce que les cloisons sont gondolées. Tout est recouvert par une épaisseur d'au moins cinq centimètres de vase et rien que de regarder de côté suffit à faire jaillir des nuages de purée ! C'est un boxon comme j'en ai jamais vu, Mitch.

— Comment est-ce que je fais pour atteindre la coursive ?

— Le câble de sécurité est amarré au bastingage à côté de l'entrée du pont supérieur. On a fait courir un fil d'Ariane à partir de là.

— Okay », dis-je en faisant entrer ma tête dans ma cagoule de Néoprène, et je glissai sur celle-ci le bandeau frontal de ma lampe de plongée.

« Je descends. Tu t'occupes de ma remontée ?

— Putain, illico ! dit Terry. Je prends mes bouteilles.

— Non, dit Bauer. Baggers peut le faire.

— Écoutez-moi bien, Charlie, commença Terry.

— Réglez ça quand je serai partie, aboyai-je. Assurez-vous quand même que quelqu'un soit là avec un câble quand je sortirai. Si jamais on est pris dans la tempête, il faudra tous qu'on rentre à la nage. » Pour clore le débat, j'abaissai sur mon visage mon masque de plongée, enjambai le rebord, pris l'échelle de poupe et me laissai descendre.

CHAPITRE 32

L'EAU SOMBRE de Thunder Bay se referma sur moi en un léger remous vert. Le poids de mes bouteilles disparut dans l'eau, et alors que je vérifiais le réglage de mon détendeur, je ne sentis plus que la douce résistance de ma ceinture de plomb ; puis je trouvai le câble d'amarrage en Nylon d'un centimètre et demi de diamètre qui, depuis le *Kidd*, s'enfonçait dans cet infini couleur d'émeraude qui s'étendait au-dessous de moi.

Je nageai tout d'abord lentement en suivant le câble, pénétrant doucement dans cette brume aqueuse et verte, je faisais une pause tous les cinq mètres environ pour déglutir et pincer les ailes de mon nez pris dans mon masque afin d'habituer mes oreilles au changement de pression. À cause du mauvais temps, la visibilité était très faible, et après les premiers quinze mètres, je ne pus même plus apercevoir les bateaux flottant au-dessus de ma tête, ni rien en dessous, rien si ce n'est, fin comme un fils, le câble de Nylon qui plongeait dans les ténèbres. De rares poissons passaient devant moi de temps à autre, comme des éclairs d'argent filant dans le brouillard, la plupart d'entre eux descendaient vers le fond comme moi, signe évident qu'une tempête sérieuse menaçait à la surface.

À trente mètres, je m'arrêtai à la hauteur de la chambre à air dégonflée que Terry avait fixée au câble et qui servait d'amortisseur. Je débouchai mes oreilles puis je fis une double vérification de mon matériel, par sécurité mais aussi pour que je n'oublie pas que je me trouvais désormais dans un élément étranger et hostile, aussi enchanteur soit-il. C'est un rite auquel tous les plongeurs s'adonnent. Comme la Dame du Lac, comme les sirènes des anciens, les eaux profondes peuvent vous entraîner vers le fond d'une multitude de façons, elles peuvent vous bercer jusqu'à ce que vous fassiez cette minuscule erreur de jugement qui vous donnera envie de rester dans ses grandes salles d'eau glacée. Mais il n'y a qu'un seul moyen d'y demeurer réellement : celui du *Queen*. Et désormais celui d'Harvey.

Je lâchai le pneu et repris ma descente. À cette profondeur, la température avait déjà chuté de dix degrés et elle continuait à baisser. Ma combinaison de plongée, si boursouflée à la surface, était maintenant lisse, plaquée sur moi comme une seconde peau sous l'effet de la pression. Une combinaison semi-étanche aurait été si comprimée qu'elle serait devenue aussi mince qu'un sac poubelle en plastique, ne servant plus à grand-chose. Tout à coup, je m'agrippai instinctivement au câble, effrayée par une forme sombre qui venait de surgir des ténèbres, immense et indéfinie, et qui s'étendait au-dessous de moi aussi loin que je pouvais voir. Un énorme poisson apparut : la quille du *Queen of Lorraine*.

Il était sens dessus dessous, sa poupe enterrée dans la vase du fond. Sa proue, qui était soutenue par les cheminées à moitié écrasées, s'élevait au-dessus du lit du lac, comme une montagne. Des taches de mousse, collée à sa peau de métal, lui donnaient un aspect scrofuleux et maladif, mais en dehors de cela, il n'y avait ni rouille, ni détérioration. Le temps l'avait épargné, il était resté inchangé depuis cette terrible nuit de novembre pendant laquelle il avait été mortellement blessé par l'étrave du *Halmstad*, ce qui l'avait fait couler à quelques minutes seulement du havre du rivage nord de la baie.

J'allumai ma lampe frontale, et l'énorme vaisseau disparut instantanément derrière le halo de lumière éclairant l'eau trouble autour de moi, la visibilité était limitée à trois ou quatre mètres. Quelques instants plus tard, le *Queen* réapparut alors que, suivant le câble, je passais devant la déchirure ouverte dans son flanc. Difficile de croire que cette petite déchirure, pas plus d'une quarantaine de centimètres pour sa partie la plus large, ait pu tuer un tel géant, mais l'angle de collision était tel que, lorsque son capitaine s'était lancé dans cette dernière course désespérée vers la plage, la vitesse même du bateau avait propulsé l'eau comme un torrent dans la brèche. Et il avait chaviré. Et il était mort. Il était cependant si intact qu'il semblait qu'un coup de roulis venait de le précipiter au fond du lac il y a quelques heures à peine, non qu'il y gisait depuis des dizaines d'années.

Je trouvai les palmes d'Harvey Addison soigneusement attachées au bastingage du pont principal, à quelques mètres du grappin qui se trouvait au bout du câble d'amarrage du *Kidd*. Un second câble, encore plus ténu, partait du bastingage, courait à travers le pont et disparaissait dans l'ouverture d'une porte à cloison étanche. C'était étrange de regarder *vers le bas*, à partir du pont principal, la passerelle et la timonerie. Les mâts du *Queen* étaient enterrés dans la boue et ses cheminées étaient écrasées, mais ses superstructures étaient entières, avec peu de dégâts visibles pour l'instant, toujours suspendues à cinq ou six mètres au-dessus du lit du lac.

Le mouvement d'un battement attira mon regard vers

le bas. La porte de la timonerie allait et venait dans le courant. La partie de la porte qui se trouvait autour du loquet était bosselée et sur le métal des éraflures brillaient encore. Ces marques n'avaient pas été faites des années auparavant. Elles étaient fraîches.

Je retirai mes palmes et les attachai à côté de celles d'Harvey, une des techniques de plongée dans les grottes sous-marines qui aurait averti n'importe qui descendant à ma suite que j'étais à l'intérieur du bateau. De toute façon, les palmes auraient été inutiles. Il faut se déplacer très lentement à l'intérieur d'une épave. Le moindre accroc au tuyau d'air, le moindre coup sur la tête peuvent vous tuer, et les palmes ne font que secouer la vase, rendant la visibilité plus mauvaise encore.

Je nouai le bout de mon fil d'Ariane à côté de celui de Terry. Il allait se dérouler automatiquement de mon moulinet de sécurité situé sur ma ceinture. Je devais suivre le fil de Terry, sans savoir ce qu'il y avait à l'autre bout. On ne peut pas dire qu'il avait été d'un grand secours pour Harvey.

Gardant une main sur le fil d'Ariane, je nageai prudemment jusqu'à la porte étanche qui était ouverte. Le poids de cet énorme vaisseau et de sa cargaison d'acier qui s'élevait au-dessus de moi me rendait encore plus consciente de la pression à cette profondeur. Chaque couture de ma combinaison, chaque pli, laisserait sur ma peau une marque qui ne disparaîtrait qu'après plusieurs heures. Même les sons sont comprimés en eau profonde. Le grondement d'un cargo qui passe ressemble à la plainte d'une scie circulaire, et le murmure normal et réconfortant de votre détendeur est réduit à un grincement. Ou à un cri.

La porte bougeait. Des roussettes. Il y en avait par douzaines, ce sont d'horribles monstres d'un mètre, leurs têtes aplaties de squale sont trop larges pour leurs longs corps couverts d'une peau visqueuse et épaisse comme du cuir. À cause de l'orage, l'épave en serait bientôt infestée. Elles sont inoffensives ; leurs rangées de dents fines comme des aiguilles sont dangereuses uniquement pour les écrevisses, mais elles vous suivent dans la boue comme des zombies sous-marins et maladroits, elles aspirent la vase dans votre sillage. Ce sont les rats d'égout des épaves des grands fonds. Je hais ces foutues bêtes.

Une flambée de colère monta en moi comme un courant électrique, colère contre Charlie qui s'était laissé persuader par mes arguments, colère contre Harvey qui avait trouvé la mort en cet endroit, colère contre le capitaine du cargo suédois qui, le premier, avait heurté le *Queen*.

Ignorant les roussettes qui me heurtaient ou me frôlaient alors qu'elles s'écartaient maladroitement de mon chemin, je poussai la porte. J'étais entrée dans une sorte d'antichambre. Un escalier en métal montait, ou plutôt descendait maintenant, menant à la passerelle et à la chambre des machines, le poids de la cargaison dans les cales étaient bien au-dessus de ma tête ! Je suivis le fil d'Ariane, passai une deuxième porte étanche. Et restai figée sur place.

Nom de Dieu ! Quel boxon épouvantable !

J'étais dans la coursive centrale du bateau, un couloir long et étroit qui courait sur toute la longueur du navire. Le *Queen* était le fleuron de la flotte des Deveraux, un cargo avec des couchettes somptueuses pour les officiers et leurs invités ; heureusement, la nuit où il chavira, il n'y avait pas de passagers à son bord. Ses cloisons étanches en acier étaient recouvertes de bois laqué, avec, tous les cinq mètres environ, des appliques de cuivre ouvragé, mais le poids de la cargaison qui pesait dessus avait tellement déformé les murs que tout était démantelé.

Les appliques lumineuses pendaient le long des murs comme des grappins. Des panneaux déchiquetés et des plaques de bois faisaient saillie selon des angles étranges, comme dans une mêlée de bâtonnets de mikado, chacun avec sa rangée de clous saillants. La plupart des portes des cabines étaient elles aussi sorties de leurs gonds ou avaient été brisées en deux. Au-dessus, de longues lames de plancher en bois s'étaient détachées et elles pendaient comme des tentacules pointus. Et dans ce dédale invraisemblable passaient les roussettes qui aspiraient de leur bouche avide la fange que Terry et Harvey avaient soulevée peu de temps auparavant.

Terry ne m'avait pas menti. Je n'avais jamais rien vu d'aussi effroyable. Et si Addison ne s'était pas trouvé quelque part, quasiment au bout de ce fil d'Ariane, je n'aurais pas fait un pas de plus. Mais il y était. Et Terry était sorti de là sans dommage, aussi terrifiant que l'endroit me paraisse. Et s'il avait pu...

Je vérifiai l'heure. Il me restait dix minutes pour ma première bouteille, quinze minutes pleines pour l'autre. J'avais largement le temps. Pas d'excuse donc. Jurant et maudissant en silence, je me mis à avancer le long du couloir en suivant le fil de Terry, me promettant que si j'en sortais vivante je chercherais un autre genre de travail. Parachutiste. Dompteuse de lion. Quelque chose de normal, quoi !

Avancer le long de ce couloir fut plus aisé que je ne l'avais pensé. Les obstacles, aussi vicieux qu'ils soient, étaient plus éloignés les uns des autres que ce qu'il m'avait semblé voir depuis la porte. Tant que je me déplaçai lentement et prudemment, je fus capable de me faufiler à travers eux sans réelle difficulté. Et puis tout se mit à disparaître.

Il y avait un nuage épais de vase en suspension là où j'imaginais que se trouvait la fin de la coursive. Des roussettes y nageaient, mangeant, et le fil d'Ariane de Terry y pénétrait, donc il devait y avoir quelque chose derrière, probablement le salon. Mais, à travers cette purée de pois, je ne pouvais plus rien voir. Absolument plus rien.

Je ralentis ma progression, et pénétrai à l'intérieur du nuage en avançant centimètre par centimètre le long du fil. La visibilité diminua rapidement, bientôt je ne fus plus capable de voir au-delà de la longueur d'un de mes bras, puis moins encore. Je ne vis plus que quelques centimètres de fil, et çà et là un morceau de bois éclaté ou une lame de plancher, et ces maudites roussettes quand elles surgissaient et me heurtaient à l'aveuglette. Et puis j'atteignis le bout du fil d'Ariane.

Il était noué autour d'une poignée de porte à l'extrémité de la coursive, retenant la porte ouverte. Je fus envahie par un sentiment de soulagement incroyable, et d'un, d'avoir trouvé la porte, et de deux, de l'avoir trouvée ouverte. Il faut croire que les soupçons de Charlie étaient contagieux. J'avais presque eu peur de la trouver fermée.

L'eau, à l'intérieur du salon, était encore plus troublée par la vase que dans la coursive. Impossible d'y voir quoi que ce soit. Ça commençait à ressembler à l'erreur de base qu'un plongeur de flaque d'eau comme Harvey peut commettre : il n'avait pas retrouvé la porte. L'ennui, c'est que le salon était une grande pièce et que plusieurs autres petites pièces y débouchaient. Il pouvait se trouver dans n'importe laquelle de celles-ci.

Il fallait d'abord revenir à l'essentiel. Ils avaient travaillé sur la plaque de dédicace, et celle-ci se trouvait en face, directement à l'opposé de la porte. J'attachai mon fil d'Ariane à celui de Terry à la poignée de porte pour retendre le mou et m'avançai lentement dans le salon.

C'était un vrai cauchemar : les meubles, le plancher, les bibliothèques, tout ce fatras était planté ou écrasé sur le plafond au-dessous de moi, et recouvert d'une fine couche de sédiment vert-de-gris qui s'éleva et se mit à tourbillonner autour de moi alors que je passais en nageant doucement au-dessus. Un lustre en cristal fracassé, qui reflétait en la brisant la lumière de ma lampe frontale, scintilla un moment follement, comme une cascade de diamants.

Quand je l'atteignis enfin, je fus impressionnée par la plaque de dédicace, un mètre carré de cuivre repoussé comportant la liste des officiers et des capitaines de la flotte des Deveraux et un bas-relief qui représentait le *Queen*. Même en 1926, ça avait dû coûter un paquet d'argent. Elle avait été fixée à la cloison avec une douzaine de boulons de cuivre. Huit d'entre eux avaient été retirés et placés avec soin dans un sac sur le plafond en dessous. Un neuvième était à moitié sorti.

Mais pas d'Harvey. Pas la moindre trace de lui. Je vérifiai le temps à nouveau. Ça m'avait pris quatre minutes pour descendre jusqu'au *Queen*, quatre autres pour me faufiler d'un bout à l'autre de la coursive, donc seize minutes au total pour l'aller et le retour, au minimum, sur trente minutes d'air. Ça ne me laissait pas une grande marge de manœuvre. Il fallait que je le trouve rapidement ou que je remonte sans lui.

J'essayai de me concentrer, mais ce n'est pas facile quand on est en train de flotter dans le ventre d'une épave, à mi-chemin du centre de la terre. Pourtant je fis de mon mieux pour me mettre à sa place. Je ne retrouvais plus le chemin de la porte. Je n'avais presque plus d'air. Je...

Sa lampe. Il y avait longtemps qu'il n'avait plus d'air, mais sa lampe frontale devait continuer à fonctionner. Je dévidai quelques centimètres de fil et me tirai fort en arrière, jusqu'au milieu de la pièce, au-dessus du lustre. Puis j'éteignis ma lampe. Et attendis. Une éternité.

Après un millier de battements de cœur environ, les murs commencèrent à luire timidement, et je vis apparaître petit à petit les yeux vert pâle des hublots, quatre de chaque côté de la pièce. Et vers la droite, un rayon de lumière plus brillant, jaunâtre. Je le repérai du mieux que je pus, rallumai ma lampe et nageai avec mille précautions vers la lumière. Et je trouvai Harvey.

Il était agenouillé contre le mur extérieur, son masque collé à la vitre du hublot. Il avait peut-être essayé de l'ouvrir, bien que trop petit pour pouvoir passer au travers, même sans ses bouteilles. Ou peut-être avait-il regardé les lumières de Terry et Baggers s'éloigner alors qu'ils remontaient le long du câble d'amarrage, l'abandonnant derrière, ou...

Ça n'avait plus d'importance maintenant. Je le tirai doucement de côté. Il me fixait de ses yeux éteints à travers son masque, mais il n'y avait pas de vie dans son regard, pas d'expression non plus. Une fixité d'aveugle. J'eus un petit mouvement de panique, mais je le réprimai. Il était mort. Son énergie vitale, quel que soit le nom qu'on lui donne, était partie. Pour une vie après la mort ? Pour l'oubli ? Je n'en sais rien. Par contre, je savais que je n'avais rien à craindre du corps qu'il laissait derrière lui. Mais, au cœur des profondeurs sous-marines, je le redoutais quand même un peu. Je ne pouvais pas m'en empêcher.

Je tentai de me le représenter tel qu'il était le soir où

je l'avais rencontré dans mon bureau : charmant, aimable, un morceau de choix, attirant et sensuel. Un tombeur de femmes. Mais cette fois-ci, il s'était frotté à une femme redoutable.

Je vérifiai son équipement : son détendeur, sa montre, sa jauge de pression, ses bouteilles. Tout semblait normal, pas le moindre signe de violence ou de sabotage. Je n'en attendais aucun, mais je savais que Charlie me questionnerait, aussi...

Non.

Quelque chose n'allait pas. Je ne savais pas quoi, mais il y avait quelque chose... Je regardai ma montre. Dans trois minutes j'aurais dépassé ma marge de sécurité.

Bordel ! Je passai à nouveau en revue son équipement. Rien. Même quand mes yeux s'étaient arrêtés dessus, ça m'avait semblé si normal que je n'y avais pas fait attention. C'était mon nom, inscrit clairement sur le côté de ses bouteilles ! C'était mes bouteilles ! Harvey portait mon jeu de bouteilles de réserve, celles que Terry était venu chercher le matin de bonne heure.

Il n'y avait rien de sinistre là-dedans ; les plongeurs empruntent tout le temps des bouteilles. Mais de voir mes bouteilles sur son cadavre me fit froid dans le dos. Pendant un instant, je fus terrifiée à l'idée que si je regardais à l'intérieur de son masque maintenant, c'est mon propre visage que j'y verrais. Il était temps de s'en aller. Avant que la mort qui l'avait emporté ne revienne. Pour moi.

CHAPITRE 33

JE PINÇAI LA VALVE du gilet stabilisateur d'Harvey et le regonflai juste assez pour qu'il puisse flotter, puis je dévidai une longueur de fil de son moulinet, ce fil d'Ariane dont il n'avait pas cru bon de se servir, et l'utilisai pour attacher son corps à ma ceinture de plomb. J'essayai de repérer la porte mais, dans cette purée de vase en suspension, il m'était impossible de voir à plus de quelques dizaines de centimètres. Je débloquai mon fil et commençai à le rembobiner en le suivant jusqu'à la porte.

On avançait lentement. Le corps d'Addison me retenait vers l'arrière comme une ancre, il se heurtait aux débris, freinait ma progression à des moments inattendus. Un poids mort. Deux fois, sa combinaison fut happée par les clous rouillés qui sortaient des lames de plancher qui pendaient au-dessus de nos têtes. Je réussis à le libérer à chaque fois en tirant doucement sur le fil. Mais alors que nous approchions de la porte, son tuyau d'air se trouva pris dans un enchevêtrement de fils métalliques et je dus m'arrêter pour le dégager, le temps filait et je m'ouvris la paume de la main droite dans l'opération.

Tout en maudissant ma bonne fortune, et Harvey, et

ce foutu piège mortel d'épave, je repris ma nage en direction de la porte — quand, soudainement, j'écarquillai les yeux devant un visage mort, tout droit sorti de l'enfer !

Sa peau était boursouflée et grise, ses yeux aveugles d'un blanc laiteux, un rictus d'agonie découvrait entièrement ses dents. La veste de son uniforme, presque arrachée, révélait une blessure effroyable pleine de sang coagulé et d'éclats d'os saillants.

Alors je paniquai. Et m'enfuis. Du moins j'essayai.

Étranglant un cri dans mon masque, je reculai très vite. Je poussai Harvey de côté et détalai, l'esprit égaré, au milieu des débris du plafond, si ébranlée par l'horreur que j'en oubliai de nager. J'avais dû m'éloigner car le cadavre de Harvey se prit à nouveau dans l'enchevêtrement des fils métalliques, je fus propulsée d'un coup sec sur le côté au milieu d'un fatras de meubles. Je sentis une douleur cuisante éclater au-dessus de mon cœur alors que quelque chose venait de déchirer ma combinaison et de s'enfoncer profondément dans ma poitrine. Jusqu'aux os.

Instantanément, instinctivement, je cessai tout mouvement, paralysée sur place par la douleur et la peur. J'étais salement touchée. Peut-être mortellement. L'eau glacée s'engouffra par la déchirure et se répandit sous ma combinaison, elle étouffait comme une main de fer le petit souffle qui s'échappait de moi. Ma raison était en déroute, affolée comme une carpe hors de l'eau. *Prise au piège !* criait ma conscience. *C'est la mort qui approche, c'est la mort ! Cours ! Tire-toi de là !*

Mais je ne pouvais pas m'enfuir. J'étais empalée, épinglée comme un papillon sur une planche. Je rassemblai le peu de force qu'il me restait, empoignai de mes deux mains la lance enfoncée dans ma poitrine et l'arrachai.

Un pied de table ! Un pied de table éclaté ! Je le fixai sans comprendre, hébétée, alors que mon sang commençait à se répandre par l'ouverture de ma combinaison dans l'eau répugnante. J'étais tombée sur une table brisée et je m'étais empalée toute seule. Sur un putain de pied de table. Et j'allais mourir. J'avais vu le corps d'un noyé. Et j'avais paniqué. Un corps. Rien de plus. Il était mort. Comme Harvey. Un mort, c'est un mort. Et maintenant il m'avait tuée, moi aussi.

Non. C'est moi qui m'étais tuée. J'avais paniqué. Et je m'étais blessée toute seule. Et j'avais déchiré ma combinaison étanche. Mais bien pire encore, j'avais lâché mon fil d'Ariane. J'allais mourir là, tout au fond. Comme Harvey. Comme... cet autre. Parce que j'avais perdu mon sang-froid. Et perdu la porte. Comme un amateur. Comme un putain de plongeur de flaque d'eau ! J'étais venue chercher Harvey, et maintenant quelqu'un allait descendre pour venir me chercher. Peut-être que ce serait Jackowski. Ça aurait dû me mettre en colère, mais plus rien ne me semblait vraiment très important. Ce que je parvenais à voir du salon se mit à vaciller et à pâlir tandis que le sang suintait de ma poitrine et que ma conscience s'obscurcissait. Alors je me mis à tomber, emportée de plus en plus profondément au cœur de cette nuit noire et froide de décembre...

Quelqu'un me frappa l'épaule.

Un frisson de pure horreur me secoua des pieds jusqu'à la tête, ce qui me fit revenir à la réalité alors que j'essayais de me sauver — mais ce n'était pas *lui*. C'était une roussette. Rien qu'une roussette. Et je n'étais pas encore morte. Pas tout à fait morte, encore. Pas tout à fait.

La blessure de ma poitrine, engourdie par l'eau glacée, était moins douloureuse. Je ne ressentais plus grand-chose, tant mieux. Mourir ne serait peut-être pas si dur, seulement...

Je ne voulais pas mourir ici. Pas dans cet horrible lieu qui avait tué Harvey, au milieu de ces nuages de vase où passaient les roussettes, et où se trouvait cette *chose*. Je préférais la coursive. Si seulement je pouvais atteindre la coursive ils sauraient que j'avais tenté le tout pour le tout. J'étais descendue pour venir chercher Harvey. Il fallait au moins que je sorte de là.

J'entrepris de dénouer le fil d'Harvey de ma ceinture, puis j'hésitai. Je savais qu'il me serait plus facile de nager sans lui, mais si j'avais peur de mourir ici, lui aussi avait dû avoir peur. Ce serait une erreur de l'abandonner derrière moi. Une lâcheté. Non. Nous partirions tous les deux. Ou nous resterions. Ensemble. Je ne pouvais pas l'abandonner maintenant. Et il semblait vouloir m'aider. Il s'était libéré tout seul de ce magma de fils de fer.

Je vérifiai le temps, mais je ne comprenais plus rien aux chiffres que je lisais. Je m'en moquais. C'était foutu, de toute façon. Il fallait cependant que je trouve la porte. Je pouvais chercher un mur et le suivre, mais je ne savais pas de quelle taille était ce salon, et il y avait d'autres portes. Si nous entrions dans une autre pièce...

Le mieux, peut-être, était de trouver un hublot, comme Harvey l'avait fait, pour regarder le monde une dernière fois. Les hublots. C'était une idée ! Si je pouvais trouver les hublots...

Éteindre ma lampe frontale me parut d'une difficulté inouïe, sans doute la chose la plus difficile que j'aie jamais accomplie dans ma vie. Mais je réussis. Il fallait attendre, dans le noir. Après quelques instants, j'aperçus de nouveau la pâle lueur provenant des hublots. Je me déplaçai jusqu'à ce qu'il y ait quatre hublots à ma droite et quatre autres à ma gauche. Avec, droit devant, un espace noir.

Je mémorisai mentalement cet espace noir, rallumai ma lampe et nageai lentement en avant, avec Harvey qui traînait toujours patiemment derrière moi. Et on trouva la plaque. Et la plaque se trouvait directement en face de la porte, à l'opposé.

J'essayai d'expliquer la situation à Harvey. Nous devions nager droit sur la porte. J'étais en train de perdre plus ou moins connaissance. Ma poitrine me faisait terriblement mal et mon bras droit était quasiment inutilisable. Il fallait qu'il m'aide. Et si par hasard nous rencontrions encore cette chose, il n'était pas question de paniquer. Elle ne pouvait plus rien nous faire maintenant. Elle était morte, c'est tout. Et un mort, c'est un mort. Mais nous devions nager tout droit. Si nous rations la porte, on ne pourrait plus jamais la retrouver. Et il faudrait rester ici. Nous devions nager tout droit.

On plaça nos pieds contre la plaque et on poussa dessus, nageant vers la porte. Et on rencontra à nouveau la chose — deux fois je crois. Mais elle ne nous sembla plus aussi horrible. Simplement elle avait l'air si... affreusement triste. Il nous demanda d'attendre. Lui non plus n'aimait pas cet endroit. Il n'y était pas chez lui. Prenez-moi avec vous, dit-il. Mais je ne pouvais pas. Je suis désolée. Je reviendrai vous chercher. Je vous le promets. Mais nous ne pouvons pas nous arrêter maintenant. Nous devons nager tout droit.

Et c'est ce que nous fîmes — ou plutôt ce qu'Harvey fit. Je me cognai contre le chambranle d'une cloison et mon esprit se brouilla, mais Harvey dériva devant moi, et il me tira à travers la porte ouverte dans le couloir.

La coursive était dans un état pire qu'avant. Harvey ne cessait de stopper notre progression, il se heurtait aux boiseries brisées, s'accrochait aux clous. Je lui disais d'arrêter. Mais il n'écoutait pas. Alors je le tirai brutalement pour le libérer et le traînai derrière moi comme un chien en laisse.

Nous avancions beaucoup trop lentement. Mon détendeur était déjà bloqué quand on arriva dans l'antichambre. Je m'efforçai de retenir ma respiration, de la faire durer encore quelques secondes. Mais c'était trop tard. Trop tard !

Je hurlai à Harvey que nous n'avions plus d'air. Qu'il fallait qu'on remonte maintenant. Dès qu'on fut à l'extérieur de la porte, je l'attirai à moi et ouvris la valve de son gilet stabilisateur, il se mit à monter, il filait vers la surface, c'est lui qui me traînait derrière lui maintenant, vers la lumière. De plus en plus vite, vers la lumière...

CHAPITRE 34

TERRY ÉTAIT LÀ. Il me tournait le dos mais je savais que c'était lui. Je l'aurais reconnu n'importe où. Il portait un cuir bombardier, ses cheveux ébouriffés tombaient sur ses épaules. Il regardait la nuit à travers la fenêtre. Je tentai de lui demander si Harvey allait bien mais le bandage de ma poitrine était tellement serré que jamais je ne pourrais prendre assez d'air pour...

Et puis ce fut l'après-midi. Une infirmière était là, dodue, les cheveux argentés, une vraie mamie. Elle me demanda comment je me sentais. J'avais la bouche trop sèche pour répondre, elle me donna une gorgée d'eau. Elle prit mon pouls et me demanda à nouveau comment j'allais.

« Comme si j'avais été dévorée par un ours et qu'il m'avait chiée du haut d'une falaise », dis-je avec la voix de quelqu'un d'autre. Elle sourit et disparut.

Peu de temps après, ce fut au tour de Charlie Bauer d'être là. Il semblait hagard, épuisé, mais l'intérêt qu'on lisait sur son visage creusé le faisait paraître incroyablement doux. Il s'inquiétait, et ça se voyait. Ça lui allait bien.

« Salut, Mitch ! dit-il en s'asseyant maladroitement sur une chaise en plastique à côté du lit. Comment ça va ? La vie repart ?

— Je n'en sais rien, dis-je sincèrement. Que s'est-il passé ?

— Qu'est-ce qui s'est passé ! Ce qui s'est passé, c'est que tu m'as fait tellement peur que j'ai pris dix ans d'un coup. Tu as crevé la surface de l'eau à la suite du corps d'Addison comme si tu étais un missile téléguidé, et tu saignais comme... » Il passa dans ses cheveux sa patte pleine de taches de rousseur. « Bon Dieu, Mitch ! Que s'est-il donc passé en dessous ? Tu te rends compte qu'il a fallu plus de douze points de suture pour te recoudre ! et tu es remontée tellement vite que tu as eu le mal des caissons... Putain, tu as bien failli y passer ! Qu'est-il arrivé ?

— C'était... un vrai bordel en bas, dis-je lentement. Terry m'avait dit que ça l'était, mais... c'était vraiment l'horreur. Je me suis débrouillée pour trouver Harvey, et puis j'ai... été blessée. Je me suis empalée moi-même. Sur un pied de table, je crois. Et je n'ai pas retrouvé la porte. Trop con. Vraiment trop con... » Ma voix se perdit. Il y avait autre chose. Quelque chose d'important. « Les bouteilles, dis-je. Addison portait mes bouteilles.

— Ouais, dit Charlie en acquiesçant. Il les portait. Fortier m'a dit qu'Addison avait fait remplir ses bouteilles à Cheboygan. Ils ont dû se planter. La pression était trop basse, où je ne sais quoi.

— Si on les remplit trop vite, les bouteilles chauffent et se dilatent, dis-je en essayant de me concentrer, de retrouver tous mes esprits. Quand elles refroidissent, la pression chute. Ça arrive parfois.

— C'est certainement ce qui est arrivé. La pression ne montait pas dans les bouteilles d'Addison, il a donc emprunté un de tes jeux. Et, hum, il a eu un accident. Un qui t'était destiné.

— Comment ça ?

— J'ai fait faire une analyse spectographique de tes bouteilles par le laboratoire criminel. C'est une procédure habituelle en cas d'accident de plongée. Ce n'était pas un accident, Mitch. Dans les bouteilles qu'Addison portait, l'air était contaminé, mélangé à du dioxyde de carbone. Le technicien du labo m'a dit qu'elles avaient dû être contaminées quand elles ont été remplies pour la dernière fois. Mitch, est-ce que Jud Radowicz sait se servir du compresseur de ton magasin ?

— Je pense. Il aidait mon père quelquefois. Tu crois que c'est Jud qui l'a fait ?

— Qui d'autre ? La nuit où il a mis le feu à ton bateau, il a enfoncé la porte du magasin, mais il n'a rien pris, ni fait aucun dégât. Ça me semblait bizarre, jusqu'à maintenant.

— Mais, putain, Charlie, si Jud veut ma peau, c'est si simple de venir me trouver ! Il sait que je vis seule.

— Mitch, ne me demande pas de t'expliquer comment fonctionne la tête de Jud. Il voulait peut-être que tu meures dans l'eau, comme il a failli lui-même mourir. Comme il se peut aussi qu'il ne voulait pas du tout que tu meures. D'après ce qu'on m'a dit, Addison pouvait utiliser presque la totalité de l'air contenu dans les bouteilles avant que le dioxyde ne s'accroisse suffisamment pour le tuer. Mais que Jud ait eu ou non l'intention de te tuer, il veut ta peau. Et de toute façon, ça fait de la mort d'Addison un meurtre.

— Non, dis-je d'une voix engourdie. Ce n'est pas possible !

— Bien sûr, ce n'est pas facile pour toi de l'accepter. dit Charlie en acquiesçant. Mais ça ne peut être que lui. Le technicien du labo m'a dit qu'on ne pouvait pas contaminer des bouteilles qui sont déjà pleines parce qu'elles sont sous pression. Il faut le faire quand elles sont vides. Jud a dû vider un de tes jeux, mettre un peu de dioxyde de carbone avec la cartouche d'un bateau pneumatique, puis faire le plein d'air avant de les replacer sur le portant. Tu vois une autre solution ?

— Non, dis-je à contrecœur. Le technicien a raison. On ne peut le faire que lorsque les bouteilles sont vides.

— J'ai dû envisager d'autres possibilités, entre autres à cause des histoires entre ton copain Fortier et Addison. Je me suis dit que Jud et Fortier pouvaient avoir combiné quelque chose ensemble. Mais d'après ce que m'a dit la fille du magasin, il y avait quatre jeux de bouteilles à ton nom et c'est elle qui a choisi celui que Fortier a pris ; pas lui. Et il l'a embarqué directement sur son bateau.

— Tu fais fausse route, Charlie. Pour commencer, ce n'est pas le genre de Terry. Mais s'il voulait la mort d'Addison, ce n'est pas compliqué de tuer quelqu'un à soixante mètres de profondeur. Tu tournes la valve d'une bouteille, tu coupes un fil d'Ariane, ou simplement tu fermes une porte derrière toi. L'équipement d'Addison et son matériel fonctionnaient. J'ai vérifié tout cela, et... » Je fermai très fort mes yeux, je voulais refouler le souvenir qui venait de surgir de mon subconscient.

« Et quoi ?

— Il y avait quelqu'un d'autre dans le bateau, dis-je.

— Comment ça ?

— Quelqu'un d'autre. Un autre... corps.

— Dans l'ambulance, tu n'as pas arrêté de répéter qu'au fond il y avait un autre type, dit Charlie. Qu'il fallait qu'on aille le chercher. Mais tu étais dans un très sale état, Mitch. Tu en es sûre ?

— Absolument, dis-je. C'était un des membres de

l'équipage du *Queen*. Non, pas un membre de l'équipage. Un officier.

— Un officier ?

— Il portait un uniforme, dis-je songeuse. Il était... Ô Charlie ! Il était blessé d'une manière si horrible ! » Et tout à coup j'éclatai en sanglots. Des sanglots irrépressibles. Je ne pouvais tout simplement pas m'arrêter. Charlie me prit dans ses bras. Et je me rendis compte que, lui aussi, il tremblait. De voir Charlie perdre ses moyens me parut si inouï que, sans trop savoir comment, je cessai de pleurer et trouvai la force de renouer les fils de ma marionnette brisée.

« Ça va, dis-je doucement. Laisse-moi, s'il te plaît.

— Bien sûr », dit-il en me lâchant. Il regarda au loin, la gorge serrée. « C'est de ma faute. Je n'aurais jamais dû te laisser descendre. Je...

— Tu ne m'as pas *laissée* descendre, dis-je prudemment. C'était mon idée, et ma responsabilité. Et il faut que j'y retourne.

— Tu ne peux pas.

— Il le faut. Il y a quelque chose que j'ai besoin de voir à nouveau, quelque chose d'important. Et puis j'ai promis que je le ferais.

— Dans l'ambulance, tu murmurais quelque chose au sujet d'une promesse. Mais tu as dit aussi que ce type t'avait parlé.

— C'est vrai ? Eh bien, peut-être qu'il l'a fait. De toute façon, quand la tempête sera passée, on pourra... » Ma voix s'estompa, je regardai par la fenêtre, inquiète. C'était la fin de l'après-midi, le soleil brillait. Charlie m'observait attentivement. « Combien, hum, combien de temps ai-je été hors circuit ? demandai-je.

— Trois jours. Tu as perdu beaucoup de sang, et tu es restée dans le caisson de décompression plus de vingt heures. Merde, Mitch, un peu plus et tu passais l'arme à gauche ! La tempête a éclaté hier. J'ai envoyé ce matin une équipe auxiliaire de gardes-côtes. Ils sont descendus jusqu'au *Queen*. Terry ne te l'a pas dit ?

— Je ne lui ai pas parlé. Il était là, mais...

— Il est resté près de toi quasiment tout le temps, dit Charlie à contrecœur. Il était à moitié fou. Il m'a dit que si tu mourrais, il me tuerait parce que c'était moi qui t'avais envoyée au fond. Il le pensait vraiment. Même Jackowski était furieux contre moi. Tu as plus de fans que tu ne le crois.

— Est-ce que Jackowski est descendu avec l'équipe de plongeurs des garde-côtes ?

— Non, ce qui t'est arrivé l'a fait réfléchir. C'est aussi bien. De toute façon, il n'y avait plus rien à voir. La tempête a détruit le *Queen*. Sa cargaison a bougé et s'est écrasée en fracassant les ponts. Il ne reste plus rien que la carcasse de sa coque et vingt mille tonnes d'acier laminé.

— Non, dis-je, l'esprit embrouillé. Ça n'est pas juste. Je lui ai dit que j'irais le chercher. Il ne peut pas rester au fond. Ce n'est pas chez lui, tu comprends ?

— Tu, heu, tu ferais mieux de te reposer un peu », dit Charlie en se levant. De mon lit il me parut grand et solide comme un chêne. « Je veux juste que tu saches que je suis vraiment désolé de... tout ce qui est arrivé. Je voudrais pouvoir... Qu'importe, j'ai une dette envers toi, Mitch. Une grosse dette. Je ne l'oublierai pas.

— Moi non plus, dis-je. Je ne peux pas. J'ai promis. »

Terry arriva peu après le départ de Charlie. Il me prit tendrement dans ses bras et son regard s'embua. Il me dit qu'il était heureux de voir que j'allais bien. Il me dit aussi qu'il devait partir pour quelques jours, à cause d'Harvey. J'avais du mal à comprendre. J'étais en train de sombrer à nouveau dans la nuit de ma conscience. Et tout s'embrouillait.

Plus tard, dans la soirée, j'ai cru voir Alec qui, du seuil de la porte, me regardait en silence, appuyé sur sa canne. Mais ce n'était peut-être qu'un rêve.

CHAPITRE 35

GERALD HOFFMAN, lui, était bien réel. Le matin suivant, j'étais sur pied, je clopinais dans la chambre, vêtue d'une de ces ridicules blouses d'hôpital, branlante comme un château de cartes, mais debout. Et bien décidée à rentrer chez moi. J'en avais marre de cette chambre d'hôpital. Marre aussi sans doute de ce coin perdu du Nord.

J'étais en train de ramasser mes affaires, je jetais ma brosse à dents et mon maquillage dans le petit sac de voyage que Red m'avait apporté. Quand je levai les yeux, je vis dans la chambre, comme s'il venait de se matérialiser à l'instant, Gerald Hoffman, tel un oiseau de proie. Il portait une veste de sport en tweed kaki munie de coudières aux manches, une chemise western gris souris et une cravate-lacet en cuir, mais son look décontracté ne faisait qu'accentuer la pâleur maladive de son teint et le regard chassieux de ses yeux. Il ressemblait bien plus à un malade que moi.

« Déjà sur pied, dit-il avec une pointe de cet accent patricien qu'ont les gens du Sud. C'est bien. Ça me fait plaisir.

— Je m'habille. Allez-vous-en !

— Je ne reste qu'un moment. Je vous ai apporté un cadeau.

— Vous pouvez le garder. Comme tout ce qui vient de vous.

— Ce n'est pas une bombe, mademoiselle. Je l'ai acheté dans la boutique de cadeaux qui se trouve en bas. Je vais l'ouvrir, vous me paraissez un peu chancelante. » Il arracha le papier cadeau rouge et ouvrit la boîte. Elle contenait une plaque de bois laqué sur laquelle était inscrit : PENSEZ-Y. Il la déposa avec soin sur le lit défait.

« Pensez-y ? Et à quoi ?

— À votre avenir, et à celui de votre fils. Si vous honorez le contrat que votre père a passé avec l'Institut Deveraux, ils seront assurés, c'est aussi simple que ça.

— Je n'ai accepté aucun accord. Et ce qui est sûr, c'est que ce putain de contrat n'a rien d'honorable !

— Ha oui ? Personnellement, je suis convaincu que vous êtes mêlée à cette histoire depuis le début, mais ça n'a plus guère d'importance aujourd'hui. Les choses ont changé.

— Quelles choses ?

— Quelqu'un a essayé de vous tuer. Un demi-frère illégitime, m'a-t-on dit. Jusqu'ici, il a réussi à échapper à la police pantouflarde du coin, ce qui ne m'étonne pas. Vous avez besoin de moi. Je peux vous offrir ma protection.

— Votre protection ? Je serais plus en sûreté si je dansais le *Lac des Cygnes* au milieu d'un troupeau de buffles affolés !

— Ne soyez pas aussi catégorique. Ce dernier incident a failli vous coûter la vie. Addison s'est trouvé là, à votre place, par hasard. Pensez-y. Vous êtes une jeune femme un peu trop prédisposée aux accidents. Comme votre père l'était, si je me souviens bien. Faites attention, vous pourriez mettre vos pieds dans des empreintes qu'il a laissées.

— C'est une menace ?

— Pas du tout. Les menaces, c'est bon pour les amateurs, et je suis un professionnel. Et c'est en tant que professionnel que je vous conseille de vous entendre avec moi. On a fait appel à moi pour régler cette histoire, et j'y compte bien. Je peux faire de vous une femme riche, mademoiselle Mitchell. L'argent que votre père a escroqué au vieux, ce n'était que de la vulgaire ferraille. Il est disposé à payer.

— Espèce de beau salopard ! Mon père ne vous a pas escroqué d'un centime, et même si j'étais en train de brûler dans le feu de l'enfer je n'accepterais pas une goutte d'eau venant de vous ! Vous ne me faites pas peur. Ancien agent de la CIA ou pas, vous n'arrivez pas à la cheville de mon père, même au jour le plus glorieux de votre carrière vous n'y seriez pas arrivé. Mettre le feu ou espionner, c'est plus dans vos cordes. Vous avez fait votre petit discours. Il n'y a rien à vendre. Maintenant foutez le camp ! Et emportez votre cadeau ! » Je lui lançai son morceau de bois. Il passa au-dessus de son épaule et atterrit par terre.

On frappa à la porte et Ken Robinette montra sa tête. « Mitch, tout va bien ? Qu'est-ce que c'est que tout ce bruit ?

— Ça va, dis-je. Mr Hoffman est sur le point de partir. À moins qu'il n'ait l'intention de répéter son petit couplet sur le chemin que m'a tracé mon père ?

— Je suis persuadé qu'une fille intelligente comme vous peut s'en souvenir, dit Hoffman avec un sourire crispé. Vous courez après les clients ces temps-ci, Robinette ?

— Non, Monsieur, je rends simplement visite à une amie », dit Rob en ajustant sa cravate. Il portait un costume trois-pièces foncé, était d'une politesse onctueuse et paraissait à l'aise et sûr de lui. Et très heureux de me voir.

« Une amie ? dit Hoffman en nous regardant tour à tour. Changer de camp dans les affaires est une pratique minable.

— Je suis toujours du même côté, dit Rob d'un ton dégagé. Le mien. Quant au business, vous auriez négocié avec Hitler si votre patron vous avait demandé un abat-jour en peau tatouée ! Vous aurez encore certainement besoin de moi un jour ou l'autre.

— Ça m'étonnerait. J'ai l'intention d'en finir avec cette affaire très prochainement. En me plaçant sur le terrain de la légalité, bien sûr. Mais les frontières de la légalité sont parfois floues. Vous devriez, à mon avis, l'expliquer à votre amie.

— Elle n'a pas besoin de mes conseils. Un étudiant de seconde année gagnerait cette affaire. En l'état actuel des choses, vous n'avez pas de cause à défendre, Mr Hoffman, aucune. Et vous le savez.

— Si j'ai besoin d'un avis légal, j'irai consulter une étude sérieuse, avec plaque sur la porte, pas un avocaillon de patelin qui vit sur un bateau. J'espère qu'elle va vous engager. Ça me facilitera la tâche.

— C'est possible, dit Rob avec affabilité tandis qu'il ouvrait la porte et faisait signe à Hoffman de s'en aller. Nous gardons le contact, Mr Hoffman. Au revoir. »

Hoffman lui jeta un dernier regard noir et il sortit d'un air dédaigneux. Rob le regarda s'en aller, puis, prudemment, il ferma la porte.

« À propos de quoi, toute cette histoire ? demanda-t-il.

— De jeux de mots, dis-je. Hoffman essayait de m'effrayer. La semaine dernière, il aurait peut-être réussi.

Aujourd'hui, c'est trop tard. » Je pris la plaque de bois qu'il m'avait offerte et la jetai dans la corbeille à papier.

« Il voulait que vous acceptiez le contrat passé avec votre père, non ? C'est ce que vous allez faire ?

— Certainement pas !

— Je suis bien content, dit-il en me prenant dans ses bras.

— Pourquoi ?

— Parce que sinon tu n'aurais plus besoin d'un avocat et ça me chagrinerait beaucoup. Je suis désolé d'arriver après la fête. J'ai dû m'absenter à cause de mon travail. Je viens seulement d'apprendre ce qui était arrivé. Laisse-moi te regarder. » Il me tenait tendrement par les épaules, ses yeux plantés dans les miens. Et ses yeux brillaient de colère. Contre Hoffman ? Difficile de savoir. Il m'embrassa — sans manières et efficacement. Bonjour le baiser !

« Tu as l'air un peu bancale.

— Je le suis. Comme si j'avais été sculptée par un mauvais artiste.

— Je crois que je te préfère ainsi, délicieusement ravagée. Ça me donnera une excuse pour te remodeler. Est-ce que, hum, est-ce qu'Alec t'a parlé ? Depuis ton accident ?

— Alec ? Non. Je pense qu'il est passé, mais j'étais dans les vapes. Nous n'avons pas parlé. Pourquoi ?

— Parce qu'il est venu à mon bureau ce matin et m'a demandé de venir te voir. Je crois bien que le vieux t'a remise dans les mains d'Hoffman comme... un problème à régler : il lui laisse le libre choix des moyens. Alec voulait que je vienne te voir pour te convaincre d'accepter un compromis avant que quelque chose d'autre n'arrive.

— Je vois, dis-je froidement. Hoffman m'a fait son

petit dicours, cher maître. Eh bien, vas-y, fais le tien maintenant. Je suis tout oreilles.

— Michelle, qu'est-ce que tu racontes ? dit Rob, sincèrement perplexe. J'ai dit qu'il me l'avait demandé, je n'ai pas dit que j'avais accepté. J'ai refusé sa proposition. Je ne pouvais pas faire autrement. Il y a conflit d'intérêts.

— Quel conflit ?

— D'intérêts, m'dame, dit-il lentement comme s'il parlait à un enfant. Je m'intéresse à toi. J'ai tout intérêt à ce que nous devenions amis. De très bons amis, j'espère. Ce qui signifie que j'ai dû choisir mon camp. Et j'ai choisi. Ton camp.

— Et Hoffman, que devient-il dans tout ça ?

— Je m'en fous. S'il te poursuit légalement, il engagera une armée d'avocats de New York de toute façon. Ils m'ont utilisé parce qu'ils pensaient que j'étais suffisamment marron pour jouer le jeu et me la fermer.

— En ce qui concerne ton fonds de commerce, tu prends un gros risque.

— Je risque le coup, dit-il vivement. Ils m'ont dit à l'accueil que tu étais sur le point de sortir. Puisque je suis momentanément libre de tout engagement, où veux-tu que je t'amène ? Chez toi ? Au Nid ? Ou préfères-tu rester quelques jours à bord du *Mai Tai* ? Uniquement parce que ce serait plus pratique pour toi, bien sûr.

— Merci, mais il ne vaut mieux pas. Pour le moment en tout cas. Par contre, si tu veux bien, tu peux me déposer à l'Institut Deveraux.

— À l'Institut ? Maintenant ? Pour quoi faire ?

— Je ne sais pas très bien moi-même. Quelque chose qu'Hoffman a dit au sujet... d'accidents.

— Est-ce qu'il t'a menacée ?

— Il a essayé, mais ce n'est pas ce qui me tracasse.

C'est quelque chose d'autre. Je ne sais pas exactement quoi. Mais il faut que je le trouve.

— Comment ? En le demandant au bureau d'information de la bibliothèque ?

— Eh bien, en fait, c'est exactement ce que je vais faire ! dis-je en essayant de sourire.

— Est-ce que tu es sûre que tu es prête à sortir ? dit Rob en me regardant pensivement. Tu ne sembles pas... totalement toi-même.

— Moi, ça va, dis-je calmement. Mais je ne me souviens pas m'être jamais sentie aussi loin de moi-même. Je peux être prête en une minute. Tu m'attends ?

— Une minute ? Bien sûr. Beaucoup plus longtemps si tu veux. »

CHAPITRE 36

PENDANT TOUT LE TRAJET jusqu'à l'Institut Deveraux on se chamailla. Rob pensait que je devais rentrer directement à la maison pour me reposer et récupérer. Il avait raison. Nous le savions tous les deux. Mais je m'en moquais. Je lui dis que j'appelerais un taxi quand j'aurais terminé, mais il voulait attendre, et j'étais trop fatiguée pour discuter.

Pourtant, une fois dans le bâtiment, je retrouvai toute ma vigueur. J'avais toujours aimé l'Institut, j'y avais passé chaque moment de liberté quand j'étais adolescente. C'est à la fois une bibliothèque vouée à la recherche et un musée de la Marine. Il occupe tout un pâté de maisons dans le centre-ville de Huron Harbor sur un terrain dont le père de Jason a fait don à la ville.

Le bâtiment a plus de cinquante ans mais il n'a absolument pas vieilli, il a été dessiné selon l'esthétisme ultramoderne de Frank Lloyd Wright, avec ses toits suspendus, ses murs de verre et, à l'intérieur, ses comptoirs et ses étagères en bois de chêne admirablement finis.

Il y a tellement d'objets dans le musée que, même si on s'y promène pendant plusieurs jours, il est impossible de tout voir. Jusqu'à la bibliothèque qui présente, au-dessus de ses rayonnages, une exposition recherchée constituée par un panorama de la navigation sur les Grands Lacs, depuis des pagaies de canoë sculptées à la main par la tribu indienne des Anishnabeg jusqu'à la coupe transversale d'une turbine de l'*Edmund Fitzgerald*.

Je laissai Rob déambuler à travers le musée et allai directement consulter l'ordinateur de la bibliothèque. Je passai dix minutes à faire des recherches, pris des notes et emportai ma courte liste jusqu'au bureau.

La bibliothécaire de service était une jeune femme pleine de fraîcheur, elle portait un ensemble strict et gris qui aurait dû étouffer son sex-appeal mais qui, curieusement, le rehaussait au contraire. Même son appareil dentaire ne parvenait pas à assombrir son sourire. Je lus sur son badge qu'elle s'appelait CANDY BEARSS. Je pense que nous devions avoir à peu près le même âge, mais je me sentis tout à coup aussi vieille qu'une grand-mère. Elle grimaça en voyant ma liste.

« Certains de ces livres ne sont pas accessibles sans autorisation, me dit-elle en s'excusant. Êtes-vous une historienne ? Je veux dire, accréditée par l'Institut ?

— Mon nom est Mitchell, dis-je. Je fais... une recherche pour la famille Deveraux.

— Oh, dit-elle en s'éclairant, alors il n'y a pas de problème. Je pense que je peux avoir la plupart de ces... » Elle disparut comme un elfe au milieu des rayonnages, continuant à me parler par-dessus son épaule. Je n'essayai même pas de la suivre pour écouter ce qu'elle disait.

Je l'attendis en regardant la salle, des souvenirs remontaient. J'étais venue de nombreuses fois, bien sûr, mais ils changeaient souvent d'exposition. C'est drôle, mais jamais il ne m'était venu à l'esprit qu'ils possédaient *autant* d'objets.

« Les voilà, Miss Mitchell, dit-elle en déposant un

petit tas de livres sur le comptoir. Comme la plupart d'entre eux font partie de la réserve, je suis obligée de vous demander de les consulter sur place.

— Bien sûr. Je me demandais si vous pourriez m'aider encore ? Si l'Institut faisait l'acquisition d'une nouvelle pièce — disons une grande plaque de dédicace en bronze, d'un mètre carré environ — où serait-elle exposée ?

— Oh, si c'est une pièce intéressante, je suis certaine qu'elle ferait un jour ou l'autre partie de l'exposition temporaire, dit-elle. Mais ça peut prendre du temps. Nous avons au sous-sol plusieurs grandes salles remplies d'objets pour lesquels nous n'avons pas de place actuellement sur les lieux d'exposition.

— Je comprends, dis-je en prenant les livres.

— Malgré cela, ils n'arrêtent pas d'acquérir de nouvelles pièces, ajouta-t-elle, serviable. La famille est plutôt riche, vous savez.

— Oui, je l'ai entendu dire », répondis-je.

Il s'appelait Stanley Joseph Maychek. Je découvris une photo sur laquelle il posait, plutôt raide, au milieu d'un groupe d'officiers, au Soo Locks à la fin des années soixante. Il ressemblait à un très jeune homme. Si jeune ! Et tellement plus vivant que lorsque je l'avais vu ! Il était officier en second sur le *Queen of Lorraine*, engagé en 1967. Il avait une femme et deux enfants à Saginaw, et ses parents étaient toujours en vie. Du moins à l'époque où le *Queen* sombra. Sa photo tremblait et dansait devant mes yeux.

« Je regrette, dis-je doucement. Je regrette tellement. »

Candy, la bibliotécaire, m'observait avec un intérêt évident. Puis elle détourna son regard. Je m'en foutais. Il s'appelait Stanley Joseph Maychek. Et il m'avait dit la vérité.

CHAPITRE 37

ROB ME DÉPOSA au cottage à la nuit tombante. Il me dit que j'étais folle de rester seule sur la Pointe avec Jud dans les parages. Il m'offrit de rester, comme garde-corps, chef cuisto, ou ce que je voulais. Je refusai sans trop prendre de gants. Je lui dis que j'avais besoin de repos et que sa présence me troublait, ce qui était le cas. Mais la vérité, c'est que je voulais être seule. Pour me reposer, et penser. Mais plus que tout, pour attendre. La venue de Jud.

Malgré ce qui s'était passé, je voulais le voir. Il le fallait. S'il me détestait au point d'essayer de me tuer, alors il y avait des chances qu'il vienne me trouver ici. Je n'avais pas été à la hauteur parce que je n'avais pas eu confiance en lui. J'avais besoin de cette dernière chance pour remettre les choses à leur juste place.

Chien avait nettoyé son bol, j'allai le lui remplir. Puis j'errai dans le salon, m'assis dans le fauteuil en face de la baie et contemplai la lumière rose qui, de l'horizon, se répandait sur le lac. Je m'assoupis.

Et rêvai de mon père, tel qu'il était en cette première année, quand j'étais venue vivre avec lui. Tanné, et plein d'énergie, et dur.

Mon Dieu, qu'il était jeune ! Jamais encore je ne

l'avais vu comme ça, pourtant c'est ainsi qu'il était. Il ne devait pas être beaucoup plus vieux que je ne l'étais aujourd'hui. Aussi jeune que Stanley Maychek le serait toujours.

« Fais attention, Mitch, dit-il en levant la tête pour me regarder, les pieds dans le sable. Ce vieux pin est à mi-chemin du paradis. Ne tombe pas.

— Tout va bien », lui répondis-je. Mais ce n'était pas vrai. J'avais peur. J'étais terrifiée à l'idée de tomber. Mais je ne voulais pas qu'il s'en aperçoive. Alors je grimpais plus haut. Toujours plus haut parmi les branches odorantes du pin qui se balançaient dans la brise. Puis plus haut encore, dans l'eau brumeuse et verte, m'éloignant vigoureusement en nageant, loin du chaos et de la purée du salon du *Queen*. Plus haut, vers la lueur émeraude des rayons du soleil. Vers...

L'aube. Le soleil qui réchauffait mon visage me réveilla doucement. Mais il ne dissipa pas mon rêve. Il m'enveloppait comme une toile d'araignée et ressurgissait dans mon esprit à des moments inattendus.

« Fais attention, avait dit mon père. Ne tombe pas. » Mais j'étais tombée. Dans un lieu sombre où tout était sens dessus dessous. Et des gens mouraient. Rob avait sans doute raison, je n'aurais pas dû rester seule sur la Pointe.

Je sortis sur la plage devant le cottage, étalai une couverture sur une dune et essayai de me détendre. Je me chauffais au soleil en écoutant le bruit du ressac, je sentais mes forces revenir lentement.

Les bruits du lac avaient perdu leur pouvoir d'apaisement. Il y avait de l'angoisse dans le roulement des vagues, et dans le cri des mouettes. J'étais blessée et épuisée, mais je craignais de m'endormir. J'avais peur de rêver. Il fallait que je me repose, que je réfléchisse.

Et petit à petit, mes pensées devinrent claires, mes nerfs se calmèrent. Je me mis à assembler en une sorte de mosaïque tous les fragments épars de ces derniers mois, une image ou deux allaient bien apparaître, et donner un peu de sens à tout cela.

La coupure du journal ! Mon Dieu, tout avait commencé avec cette coupure. Corey avait sauvé de la noyade un camarade, et j'avais envoyé la coupure du journal à mon père. Il en avait été si fier qu'il l'avait fait passer dans le journal local, ce qui avait répandu l'histoire.

Jason ou Alec avait dû voir la photo de Corey. Et visiblement, ils avaient décidé de l'acheter à mon père. Comme un chiot ou une vieille voiture.

Pourquoi pensaient-ils que ce serait si facile ? Parce qu'ils l'avaient déjà fait avant ? Ils avaient payé mon père des années auparavant pour qu'il me force à avorter. Et quand je m'étais enfuie, ils avaient cru qu'ils avaient réussi à acheter la mort de l'enfant que je portais.

Mais les choses avaient changé. Andréa n'avait pas d'enfant et Alec avaient des filles. Ce n'était pas suffisant pour un dinosaure comme Jason. Et facile à résoudre. Pour offrir à Alec son poulain sauvage, il n'y avait qu'à jeter quelques billets au vieux plouc ! Avec quelle arrogance...

Mais ils s'étaient trompés sur le compte de mon père. Il était amoureux. Et lui et Jud avaient trouvé une épave qui valait pas mal d'argent. Un tas de petite monnaie selon les critères d'Alec, mais suffisante pour Shan, parce qu'il n'avait pas l'intention de devenir riche, simplement il voulait partir, filer à Baja avec Karen pour lézarder sur la plage et plonger en eau chaude. Et il avait décidé d'escroquer Jason, afin de lui faire payer le voyage.

Karen avait imité pour lui ma signature sur quelques lettres et il avait tenté le coup, mais Hoffman était méfiant et avait refusé de payer. Et puis... quelque chose s'était passé. Et mon père était mort, seul, dans la nuit. Dans les marécages, à quelques mètres seulement du salut.

Avait-il été assassiné ? J'en étais presque sûre. Je ne savais pas pourquoi ni comment, mais trop de choses s'étaient passées depuis. Sa mort n'était pas le fruit du hasard. Et celui qui lui avait fait mordre la poussière était toujours là. Quelqu'un avait mis le feu au Nid. Était-ce un avertissement ? Une menace ? Je n'en savais rien non plus. Et la même personne s'était fabriqué une planque pour espionner le cottage.

Bass ? Si Habash avait voulu le reste de la cargaison, Bass pouvait avoir projeté de m'espionner, espérant que je le mènerais à elle. Mais pourquoi aurait-il allumé un feu au Nid ? D'un autre côté, quand il m'avait demandé, poliment, de me la boucler au sujet de son crapaud de patron, il aurait pu donner du poids à sa menace en se servant de ce début d'incendie comme d'un premier avertissement : « La prochaine fois, ce sera pire. » Mais il ne l'avait pas fait. Parce qu'il n'était pas au courant.

Sans doute Bass était un homme redoutable, un homme que mon père aurait pu craindre — dans une ruelle ou sur un toit. Mais dans les marécages ? J'essayai de me représenter Bass dans son costume noir en train de se cacher dans les broussailles.

Non, ce n'était pas possible. C'était un guerrier des villes. Il n'aurait pas pu venir à bout de mon père dans les marécages. Et j'étais presque certaine qu'il n'avait rien à voir ni avec le feu ni avec la planque.

Carney ? Il voulait m'acheter le Nid, et le feu pouvait être destiné à m'effrayer. Mais le feu et la planque étaient liés, et Carney n'avait aucune raison d'espionner le cottage. De plus, il avait engagé Terry pour me flanquer une raclée. Il n'aurait jamais osé se colleter avec mon père dans les marécages, ou ailleurs.

Hoffman ? Pas du genre physique, mais probablement deux fois plus dangereux que Bass et Carney réunis. Un type sans cœur et vicieux. Un authentique salopard. Il était certainement capable d'allumer un petit incendie criminel pour me faire peur et me pousser à respecter l'accord ignoble concocté par Jason et mon père. Mais il n'en aurait pas pris la responsabilité, et, d'après ce que m'avaient dit Rob, et Hoffman lui-même, Jason ne lui avaient laissé les mains libres en ce qui me concerne qu'après... la mort d'Addison.

Le *Queen.* Ce lieu épouvantable. Rien que d'y penser, ça me faisait froid dans le dos. Mais il le fallait. Parce qu'Harvey y était mort, à ma place. Portant mes bouteilles. J'avais laissé tomber Jud, et depuis il me haïssait au point de commettre un meurtre...

Et pourtant, il y avait quelque chose qui ne collait pas. Ça devait être Jud. On l'avait vu au port la nuit où il avait brûlé mon bateau. Et Terry l'avait aperçu un ou deux jours avant. Il était revenu avec l'intention de me tuer. Mais là, dans mon cœur, quelque chose se refusait obstinément à croire qu'il me haïssait à ce point. Je ne voulais sans doute pas le croire.

Et pour finir, Stanley Joseph Maychek, le cadavre du *Queen.* Je lui avais promis de le sortir de là. Et je n'avais pas pu le faire. Et maintenant il avait disparu. Écrasé par d'innombrables tonnes d'acier. Et cependant, je n'en avais pas fini avec lui. Pas encore. Le salon était toujours intact dans ma mémoire. Et il contenait toujours quelque chose que je devais comprendre.

À cause de ce que Stanley avait dit ? Non, ça n'avait aucun sens. J'avais eu une hallucination. Pas plus que je n'avais pu lui promettre quelque chose, il n'avait pu me parler.

Et pourtant, c'est bien ce qu'il avait fait. Il m'avait dit... quelque chose. Quelque chose que je ne comprenais pas tout à fait. Peut-être quelque chose que je ne voulais pas regarder en face. Mais quelque chose qui existait bien. Ça au moins, je le savais. Hallucination ou pas, ce que Stanley m'avait dit, ou bien ce que j'avais ressenti inconsciemment, avait été validé par la photo que j'avais regardée à l'Institut. Et si c'était vrai, je finirais par le comprendre un jour.

Je voyais bien que c'était une mise en garde. Venue d'une tombe ? C'était absurde. Je n'ai jamais été superstitieuse, ni particulièrement croyante. Je suis une femme concrète, qui exerce un métier où se fier à quelque chose que vous n'avez pas vérifié au moins deux fois peut vous tuer. Je crois aux détendeurs, et aux tables de calcul, et aux paliers de décompression. À la technologie, et à mes capacités. Pas aux fantômes, ni aux lutins, ni aux rêves. Et pourtant. Et pourtant...

Je regardai le soleil se coucher, je regardai l'air tremblant au-dessus du lac devenir bleu-vert, puis bleu cobalt. Je restai là, à regarder la lumière du soleil disparaître entièrement, engloutie dans l'eau du lac. Et, quelque part en moi, la petite flamme d'un espoir que j'avais entretenu pendant toutes ces années s'éteignit en même temps.

Plus tard dans la soirée, je pris la voiture pour aller à Huron Harbor, m'arrêtai à la première cabine téléphonique que je trouvai, et appelai Karen Stepaniak.

« Salut, je m'en vais, je retourne au Texas, quand tout sera réglé bien sûr. Je veux que vous vous occupiez de la vente du Nid de Pie et du cottage. À votre avis, ça va prendre combien de temps ?

— Eh bien, avec les bénéfices que vous avez enregistrés, ça devrait se vendre assez facilement, Mitch. Mais vous me prenez au dépourvu. Êtes-vous vraiment sûre que c'est ce que vous voulez ?

— Oui, dis-je. Tout à fait sûre. »

CHAPITRE 38

DEUX JOURS PLUS TARD, je retournais travailler. Je n'avais pas vraiment le choix, c'était le week-end du Quatre-Juillet, le jour de l'Indépendance, la plus grande fête de la saison, et Red avait besoin de tous les bras disponibles.

Travailler était la meilleure chose qui puisse m'arriver. Le Nid était une véritable ruche où défilaient de façon ininterrompue les plaisanciers, les plongeurs, les pêcheurs, et les touristes, ils achetaient tout ce qu'ils pouvaient trouver, du déjeuner en kit aux appâts. Charlie Bauer s'arrêta un moment pour voir comment j'allais. Il me dit que Jud avait été vu deux fois, aux deux bouts opposés du comté, mais que ce n'était pas confirmé. Et que la chasse continuait.

Rob fit également un saut, et Karen Stepaniak aussi. J'éconduisis Rob d'un revers de la main, lui dis que j'allais bien mais que j'étais trop occupée pour parler. Karen vit qu'il y avait foule au Nid et immédiatement se porta volontaire pour tenir la caisse pendant l'heure de pointe du déjeuner. « Plus les livres de comptes seront impeccables, plus la vente sera facile ! »

J'allai m'isoler dans le bureau et me plongeai dans le grand livre des pertes et profits afin de mettre les comptes à jour une dernière fois, évitant les gens. Mais même au sein de l'intense activité du Nid, je n'arrivais pas à chasser ce sentiment que j'avais d'être perdue. « Fais attention, avait dit mon père. Ne tombe pas. » Quand Alec Deveraux entra en boitant avec sa femme et ses filles à la traîne, je crus pendant un moment que ce n'était qu'une illusion de plus, la vision d'une voie sur laquelle je ne m'étais pas engagée.

Mais ils étaient bien réels, habillés de pied en cap pour aller faire du bateau. Alec portait un pantalon de coutil blanc, une chemise de marin et une veste en grosse toile. Sa femme ne ressemblait pas du tout, comme je l'avais imaginé, à une gravure de mode. C'était une petite femme boulotte et pétillante avec un visage aux traits si classiques qu'il aurait pu être gravé sur le camée d'une broche. Ses yeux étaient étincelants, et ses cheveux d'un châtain terne étaient coupés au bol, presque avec des ciseaux de jardin. Son pantalon de sport trop large et son sweat-shirt Yale étaient tout aussi désinvoltes. Elle s'empressait autour d'Alec et de ses filles et bavardait gaiement avec Red qui les plaçait à un coin de table, elle portait sur elle le bonheur comme on porte une agréable sortie de bain.

Je fus plus étonnée encore par leurs filles. Elles étaient exquises — une peau de miel, des yeux bridés d'Eurasiennes, de vraies petites beautés de neuf et onze ans environ, dans le même costume blanc de marin. Et malgré le mépris que j'éprouvais pour Alec, je fus séduite par l'adorable petit équipage qu'elles formaient. Il connaissait mes sentiments à son égard, et il les avait quand même amenées ici, pourquoi prenait-il donc le risque d'une confrontation qui pouvait tourner au vinaigre ?

La réponse ne se fit pas attendre longtemps. Laissant

à sa femme le soin de passer les commandes, il s'excusa et prit le chemin de mon bureau.

« Bonjour, dit-il prudemment. Tu as une minute ?

— Pas vraiment. Qu'est-ce que tu veux, Alec ?

— D'abord, savoir comment tu vas. Tu sembles incroyablement en forme pour quelqu'un qui revient de si loin. Tout va bien ?

— Je pense que je vais survivre. J'ai pas mal d'expérience derrière moi. C'est tout ?

— Non. J'ai appris que tu allais partir. Il faut que je te parle. Est-ce que je peux m'asseoir ? J'ai fait du bateau toute la matinée et cette foutue jambe ne me laisse pas en paix.

— Écoute, Alec, je ne suis vraiment pas d'humeur...

— Ça ne sera pas long, je te le promets. Et c'est important. » Il grimaça de douleur alors qu'il s'asseyait en s'aidant de sa canne.

« Ne me dis rien, dis-je. Laisse-moi deviner. Tu as amené ta femme et tes filles pour me montrer quelle merveilleuse famille vous formez et comme Corey devrait être reconnaissant d'avoir la chance de pouvoir se joindre au petit clan, c'est ça ?

— Je pense effectivement qu'elles sont merveilleuses, dit-il sans se froisser, mais ce n'est pas pour cela que je les ai amenées.

— Non ? Alors pour quoi ? Pour qu'elles servent de témoins ?

— D'une certaine façon, oui, acquiesça-t-il. Écoute, je sais très bien ce que tu penses de moi, c'est pourquoi je vais aller droit au but. Tu te souviens de la dernière fois où nous avons parlé ? Je t'avais mise en garde contre Addison ?

— Je m'en souviens. Vu comment les choses ont

tourné, c'est lui que tu aurais mieux fait de mettre en garde.

— Mon Dieu, si seulement je l'avais fait, dit-il en regardant au loin. Si seulement je m'étais rendu compte à quel point la situation était préoccupante...

— Quelle situation ?

— Un ancien amoureux, avec de nouvelles ambitions, dit-il brutalement. Mais ce n'est pas pour cela que je suis là. Je veux te parler de mon père. Et de Jerry Hoffman.

— À propos de quoi ?

— Depuis son opération de l'automne dernier, mon père est devenu... obsédé par l'idée de vouloir garder tout ce qu'il a construit. Malheureusement, son discernement en est affecté.

— Et tu te fais du souci parce qu'il pourrait bien inscrire Corey dans son testament ? C'est ça ?

— Non. Je vais peut-être te surprendre, mais je me moque de l'argent. J'en ai de mon côté plus qu'il n'en faut. Je m'inquiète pour toi. Et pour... l'âme de mon père, j'imagine.

— Ce que tu dis n'est pas très clair.

— Je sais. Ce n'est pas très facile pour moi. J'aime mon père, mais je n'ignore pas ses défauts. Et si je m'inquiète, ce n'est pas au sujet d'un futur éventuel. Mais à propos de ce qui est déjà en train de se passer. Tu sais, depuis son quadruple pontage, il se sent fort comme jamais, il croit qu'une nouvelle vie lui a été donnée. Et il s'efforce de recommencer, en faisant bien les choses, cette fois.

— Faire bien quoi ?

— Façonner son... héritier correctement. À sa propre image. Comme Dieu.

— Même si c'est vrai, je ne vois pas pourquoi tu t'inquiètes. Si demain je tombais foudroyée, tu obtiendrais certainement la garde de Corey. Et tu serais toujours maître de la situation. J'ai bien plus à craindre de toi que de ton père.

— Tu te trompes, d'un côté comme de l'autre. Tu n'as rien à craindre de moi. Rien. Excepté la vérité. Et la vérité, c'est que je n'obtiendrai pas la garde de Corey. Mon père, oui.

— Pourquoi ? Qu'est-ce que tu cherches à me dire ?

— Regarde ma femme, Mitch, regarde comment elle est avec nos filles. Si jamais une femme est née pour avoir des enfants, c'était bien elle. Qu'est-ce que tu crois ? Si nous avions pu faire des enfants, on l'aurait fait. Mais nous ne pouvons pas. Je ne peux pas. Quand je suis tombé avec ce foutu cheval à quatorze ans, il n'y a pas que ma jambe qui a été écrasée, Mitch. J'aurais bien voulu être le père de Corey, mais je ne le suis pas. Je ne serai jamais le père *biologique* d'aucun enfant.

— Tu mens, dis-je lentement. Mais regarde-le. Regarde cette photo. Corey te ressemble suffisamment pour être...

— Pour être mon frère, dit-il doucement. Et il l'est, Mitch. Il l'est. Je suis désolé. »

Il disait la vérité. Je pouvais le lire sur son visage. Je ne voulais pas le croire. Mais c'était la vérité. Et bon Dieu, je ne pouvais pas la supporter ! Je me levai lentement, passai devant lui, sortis du bureau, traversai la foule du Nid sans voir personne. J'entendis qu'Alec m'appelait, mais je ne ralentis pas. Je me précipitai dehors, fis le tour du bâtiment, et me dirigeai instinctivement vers l'eau, vers le lac. Je crus un instant que j'allais rentrer dans l'eau, mais à la place je me mis à courir. Loin d'Alec, du Nid, de tout — à courir aveuglément, de toutes mes forces, sur la plage, tandis qu'un incendie ravageait mon cœur.

CHAPITRE 39

JE NE SAIS PAS COMBIEN de temps je courus. Pas longtemps. Dix minutes peut-être. Puis mon allure se ralentit, mon pas s'allongea et je finis par marcher. Mes jambes étaient en coton, je titubais sur la plage, tremblante comme une biche blessée. On ne peut pas échapper à la vérité. Et Alec m'avait dit la vérité. Je l'avais lue dans ses yeux, dans la souffrance qu'ils exprimaient. Du moins la vérité telle qu'il la comprenait. Ce qui n'était pas nécessairement toute la vérité. Ni même pas du tout la vérité.

Peu à peu, je redevins consciente de ce qui m'entourait. J'avais dû courir deux kilomètres. J'étais maintenant sur une plage privée, marchant péniblement, en chancelant, devant les maisons du bord du lac dont les pelouses étaient impeccables et qui toutes affichaient « ENTRÉE INTERDITE ». Je me tournai, face au lac, laissant la brise caresser mon visage, sécher mes pleurs et emporter au loin un peu de ma peine et de mon désarroi. Je restai là un moment à écouter le murmure des vagues. Puis je repris le chemin du Nid en marchant péniblement, lentement, perdue dans mes pensées tout au long du chemin.

Comme j'approchais, j'aperçus la silhouette solitaire

d'Alec assis sur le sable. Il se leva péniblement à l'aide de sa canne. Et dans la lumière de cet après-midi, avec la brise du lac qui jouait dans ses cheveux, il me sembla très différent : ce n'était pas le monstre arrogant et ivre que j'avais haï pendant des années. Il ressemblait plutôt au grand frère d'adoption sur qui j'avais compté une fois, il y a bien longtemps. Il ne l'était pas, bien sûr. Sans doute n'avait-il jamais été ni l'un ni l'autre. Je n'étais pas certaine de ce que je ressentais pour lui désormais.

« Je regrette, dit-il doucement. Je pense que je ne m'y suis pas très bien pris. Est-ce que ça va ?

— Non. Mais ça ira. Va-t'en, Alec. Tu as fait ce que tu devais faire. Laisse-moi seule maintenant.

— Bien sûr. » Il secoua la tête et détourna son regard. « Je ne sais pas ce que je peux dire de plus. Je ne m'étais pas rendu compte de ce qui avait bien pu se passer jusqu'à ce que je voie, il y a à peine quelques mois, la photo de ton fils, sa ressemblance. Et à vrai dire, ma première réaction a été de protéger ma famille, et mon père. J'espère que tu peux le comprendre. Mais je ne t'ai jamais voulu de mal, jamais, tu dois me croire. Nous étions amis autrefois, Mitch. Et que cela te plaise ou non, nous avons... des liens désormais. Nous ne devons pas être des ennemis.

— Je ne sais pas, dis-je faiblement, en secouant la tête comme un zombie. Beaucoup trop de choses se sont passées, Alec. Trop vite. J'ai besoin de temps pour mettre un peu d'ordre.

— Je comprends. Mais ce que toi, tu dois comprendre, c'est que prendre la fuite ne règlera rien. Rendre l'argent jusqu'au dernier centime ne réglera rien non plus. Mon père se fout de l'argent ; ça n'a jamais été le problème. Tout ce qu'il veut c'est... son fils. Il a donné carte blanche à Hoffman pour qu'il y parvienne, et Hoffman est un homme dangereux, Mitch.

— Bordel, Alec, tu te démerdes bien. J'ai presque failli gober ta petite histoire. Sauf pour l'argent. Mon père n'a jamais touché le moindre sou dans ce marché de dupe. Figure-toi que je sais qu'Hoffman a refusé de donner quoi que ce soit tant qu'il ne pourrait vérifier ma signature. »

Alec hésita. « Je ne sais pas qui t'a mis cette idée en tête, Mitch, mais l'argent *a été* payé, du moins la part qui revenait à ton père. Tu n'as pas besoin de me croire ; ils ont filmé toute la transaction.

— Comment ça, ils l'ont filmée ?

— Hoffman a enregistré la rencontre avec une vidéo. C'est un fanatique des preuves irréfutables, entre autres des enregistrements vidéo. Il doit tenir ça de son passage à la CIA.

— Est-ce que tu le tiens d'Hoffman ou tu as réellement vu la vidéo ?

— Je l'ai vue. Si tu veux, je peux t'en donner une copie.

— Ouais, dis-je lentement, ça vaudrait peut-être mieux. Dis-moi, est-ce que, hum, est-ce que Robinette était là quand ça s'est passé ?

— Bien sûr. C'est lui qui a rédigé le contrat et il était témoin de la signature de ton père. Il a même vérifié le montant de la somme. Il ne peut pas ne pas te l'avoir dit. Je croyais que vous étiez amis.

— Moi aussi, je le croyais, mais... Rob est un avocat, et un avocat d'une extrême discrétion. De quel montant était la somme ?

— Deux cent cinquante mille dollars en acompte, le solde à la livraison. Ça fait beaucoup d'argent. Je croyais que tu étais au courant de tout cela.

— Je l'étais en ce qui concerne le contrat, dis-je la gorge complètement serrée. Mais on m'avait dit que rien encore n'avait été payé.

— Mais nous étions persuadés que cette somme était en ta possession depuis le début ! Les rénovations que tu as effectuées, ta nouvelle camionnette...

— J'ai tout payé avec mes économies, Alec. Avec l'argent que j'ai gagné. Si mon père a réellement touché cet... acompte, je ne sais pas ce qu'il est devenu. C'est peut-être pour cela qu'on l'a tué.

— Mon Dieu ! dit-il doucement. Je n'imaginais pas que les choses puissent... être allées aussi loin. Qu'est-ce que tu veux que je fasse, Mitch ? Si on allait à la police ?

— Je ne sais pas. Il faut que je réfléchisse. C'est trop, Alec. C'est tout simplement trop. » Je lui tournai le dos et pris lentement le chemin du Nid. Si j'étais restée une seconde de plus, je me serais effondrée. Et je ne le pouvais pas, pas encore. On comptait sur moi. Mon fils. Et mon père, qui sait.

« Écoute, si tu as besoin de moi, je suis à la maison, cria Alec. Et je t'en prie, n'oublie pas d'être prudente ! Tu ne dois pas sous-estimer Hoffman, Mitch. Ni mon père.

— Je n'oublierai pas, dis-je en me tournant vers lui un instant. Dans mon travail la prudence va de pair avec l'hostilité du milieu, Alec. Merci de m'avoir avertie. Je sais ce que cela te coûte.

— Cet avertissement est sérieux, Mitch. J'aurais aimé qu'il ne le soit pas, mais il l'est.

— Je m'en souviendrai », dis-je.

« Mon Dieu ! dit Karen qui quitta vivement la caisse et prit mon bras. Mitch, qu'est-ce qui s'est passé ? Tu t'es précipitée dehors comme s'il y avait le feu. Tu m'as fait une de ces peurs ! Ça va ?

— Oui, dis-je, sonnée. Ça va bien.

— Non, ça ne va pas. Tu aurais été happée par un train que tu n'irais pas mieux. Allez, viens, je te ramène chez toi.

— Non, vraiment, je...

— Ne discute pas. L'heure de pointe est passée ; je peux revenir pour aider Red ce soir si elle a besoin de moi. Je n'ai pas souvent l'occasion de materner qui que ce soit, alors fais-moi plaisir, d'accord ? »

J'hésitai, puis haussai les épaules. « Tu as sans doute raison, dis-je. Je suis un peu fatiguée. Et puis, il est peut-être temps que nous ayons une conversation. Rien qu'entre femmes. »

CHAPITRE 40

C'EST DANS UN SILENCE BÉNI que Karen me conduisit au cottage. Elle tenta bien quelques manœuvres d'approche, ouvertement curieuse à propos de ce que nous avions pu nous dire, Alec et moi, mais elle n'insista pas quand elle vit que je ne répondais pas. Je ne voulais pas parler. Pas tout de suite. J'avais d'abord besoin de réfléchir, pour comprendre.

C'était étrange de rentrer à la maison avec quelqu'un d'autre au volant. Rob m'avait ramenée quelques jours auparavant, mais j'étais alors trop mal en point pour faire attention au paysage. La route jusqu'à la Pointe me parut différente, les bouleaux et les trembles miroitaient dans le soleil de l'après-midi, leurs branches étaient dressées vers la lumière et leurs feuilles frémissaient.

Près du pont de Silver Creek, là où mon père était mort, la rive était entièrement envahie par les herbes folles. Il n'y avait plus la moindre trace rappelant ce qui s'était passé. Dans mon esprit, cependant, je voyais encore les marques qu'il avait creusées dans la glace, les affreuses cicatrices grises qu'il avait laissées sur la peau gelée de la rivière. À trois mètres seulement de la rive. Il n'était pas revenu vers la berge. À la place, il avait pris l'autre direction. Vers la nuit...

Il fuyait. Devant quoi ? De quoi pouvait-il bien avoir peur ? Dans mes rêves de ces dernières nuits, il était de nouveau jeune, jeune comme il l'était lors du premier été que j'avais passé avec lui. Je pouvais me le représenter ainsi, et tel que je l'avais vu cinq ans plus tard, lors de ce terrible week-end où il m'avait mise à la porte, ivre mort et délirant, vieilli par la boisson. Mais je n'arrivais pas à me l'imaginer effrayé — par quoi que ce soit.

« *Home sweet home* », dit Karen en garant sa voiture devant la maison, ce qui me fit sortir de ma torpeur. « Allez, viens ! Je vais te faire une bonne tasse de thé, et pas de discussion !

— Est-ce que je discute ? » dis-je en l'entraînant à l'intérieur de la maison où je m'écroulai avec reconnaissance sur une chaise de la table de la cuisine. « Au contraire, Karen, j'apprécie beaucoup. Depuis le début tu es pour moi une véritable planche de salut.

— C'est vrai, dit-elle en rougissant un peu, je suis une véritable aubaine. » Elle s'activa au-dessus des fourneaux, je la regardai : c'était une femme pleine d'entrain, blonde, efficace, qui avait été la maîtresse de mon père. Sa partenaire dans le crime. Et je me demandais ce qu'elle était encore.

« Voilà une bonne tasse bien chaude. Et dans l'unique tasse de valeur que j'ai pu trouver.

— Merci », dis-je en buvant à petites gorgées. Le thé était noir et amer. Comme mon humeur. Elle me l'avait servi dans la tasse Rookwood, celle que je lui avais donnée le premier matin. Elle avait raison : c'était la seule pièce correcte du placard. On n'aurait pas dû s'en servir. Il aurait fallu la mettre sur la cheminée avec les autres... objets.

Je cillai des yeux, faisant un effort pour regarder le

dessin délicat qui ornait la tasse. « Quel salaud c'était ! dis-je lentement.

— Qui ça ?

— Shan. Mon papa chéri. Ton amant et ton ami. Tu, hum, tu ne sais pas ce que c'est que cette tasse, n'est-ce pas ?

— Qu'est-ce que tu veux dire ?

— Je veux dire que tu ne la reconnais pas. Le premier matin, quand je t'ai offert un café dans cette tasse, tu as pensé qu'elle m'appartenait. Tu as dit quelque chose dans le genre... que je rendais l'endroit plus civilisé.

— Est-ce que tu es sûre que ça va bien, Mitch ? Ce que tu dis n'est pas très clair.

— Peut-être pas pour toi, mais pour moi, ça commence à le devenir. Cette tasse provient de l'épave que mon père et Rat étaient en train de piller. Ils avaient déjà vendu une partie de la cargaison à un acheteur de Saginaw. Tu n'étais pas au courant, n'est-ce pas ?

— Non, admit Karen en s'asseyant confortablement en face de moi. J'étais loin de pouvoir lire dans ton père comme dans un livre ouvert, Mitch. La plupart des hommes sont comme lui, terriblement secrets. » Elle mit délicatement entre ses lèvres une Virginia Slim, l'alluma d'un mouvement lent, la flamme se reflétait dans ses yeux.

« Tout de même, c'est drôle, vous étiez amants et il ne t'a jamais montré cette tasse... comme il ne t'a pas dit non plus qu'il avait raflé un quart de million de dollars grâce à votre petite escroquerie.

— C'est de cela dont vous parliez, avec Alec ? Il a menti, bien sûr.

— Vraiment ? Il m'a proposé de me donner un enregistrement vidéo de la transaction. Deux cent cinquante mille dollars, ça doit faire un joli petit tas.

— Je n'étais pas au courant. Je ne l'ai jamais vu.

— C'est ce que tu dis. Et c'est peut-être vrai puisque mon père ne t'a pas non plus montré cette tasse. Mais je me demande pourquoi il ne l'a pas fait. Il m'est arrivé d'avoir un amant. Je lui disais... tout ce que je pouvais.

— Et ça vous a menés à quoi, toute cette franchise ?

— Notre relation n'a pas duré très longtemps, mais pendant le temps où nous avons été liés, notre franchise a rendu la relation... plus plaisante. Plus dangereuse. Le danger et le plaisir... parfois se ressemblent beaucoup. C'est comme... de sauter en parachute, mais sans parachute, ni vêtements. Il faut faire confiance à la personne qui doit nous rattraper quand on tombe. Est-ce que l'amour, ça n'est pas cela ?

— Peut-être pour toi. Pas pour moi, ni pour ton père. » Elle souffla par son joli nez mutin deux petits nuages de fumée.

« Mais si vraiment il te faisait confiance, et il le devait puisque tu l'as aidé dans cette histoire avec Jas... » Je m'étranglai, butant sur le nom et les images qu'il venait de faire apparaître : Jason me trouvant dans la chambre d'ami, inconsciente, abandonnée, ivre morte. M'avait-il complètement déshabillée, ou juste assez pour... Non. Il avait dû tout retirer. Afin de savourer chaque... Putain ! Karen me regardait, singulièrement distante. Elle ne semblait pas réellement intéressée, simplement curieuse. « Ça va, Mitch ? Tu transpires beaucoup.

— Ça va », dis-je en acquiesçant. J'avais l'impression que ma tête tenait à peine, qu'elle allait se décrocher, et rouler à travers la pièce. Et j'aimais cette idée : quitter mon corps, en endosser un autre. Celui d'Andréa par exemple. Terry aimait le corps d'Andréa.

Karen remplissait le silence en babillant, parlant d'une petite affaire sans intérêt que son patron avait laissé échapper, me disant qu'il était avare, qu'il l'obligeait à promener ses satanés chiens, qu'il ne lui payait pas les commissions qu'il lui devait. J'avais du mal à la suivre.

Je voulais ramener la conversation sur l'argent, mon père, et surtout, j'aurais voulu lui parler de Rob. Mais je n'y arrivais pas. J'étais fatiguée, et c'était tellement agréable d'être simplement assise et détendue, bercée par le son d'une voix de femme qui était aussi apaisante que le murmure des vagues...

Karen était quelqu'un de bien. J'avais eu des doutes à son propos quand j'avais appris qu'elle avait écrit ces lettres. Mais elle l'avait fait pour Shan. Les femmes avaient toujours accepté de faire un certain nombre de choses pour lui, même moi. Et je n'étais qu'une enfant. « Fais attention, m'avait-il dit de la plage alors que je grimpais dans mon pin solitaire. Ne tombe pas. »

« Je n'ai pas peur, dis-je.

— Quoi ? demanda Karen.

— Oh ! dis-je en clignant des yeux pour me réveiller. Excuse-moi, j'étais en train de m'assoupir.

— Comment tu te sens ? Mieux ?

— Oui. Beaucoup mieux, dis-je, délicieusement détendue. Je ne me suis pas sentie aussi bien... Mon Dieu, je ne sais pas depuis quand. Est-ce que je peux avoir encore du thé ?

— Bien sûr, dit-elle en remplissant ma tasse avec la petite bouilloire.

— Tu n'en prends pas ? lui demandai-je. Tu devrais. Il est vraiment bon.

— J'en suis persuadée. » Elle sourit. « Mais je suis plutôt du genre café. Laisse-le refroidir une minute avant de... »

C'était trop tard. Je m'étais brûlé les doigts et avais

laissé échapper la tasse qui se brisa sur la table. « Merde ! » dis-je en fixant stupidement la mare brune qui s'était répandue autour des débris de la porcelaine Rookwood. Karen observa un moment le gâchis, puis calmement elle se leva, déroula du papier essuie-tout et nettoya la table. J'avais du mal à suivre ses mouvements, c'était comme si nous étions sous l'eau, son image dansait et se brouillait. Des gouttes de thé tombaient du bord de la table sur mes genoux. C'était chaud et humide. Ça ne me gênait pas.

Dehors une voiture s'arrêta, une voiture de police. J'espérais que ce soit Charlie. Mais ce n'était pas lui. Je vis Jackowski sortir. Et Rob l'accompagnait.

CHAPITRE 41

ILS ENTRÈRENT SANS FRAPPER, examinant le cottage comme des propriétaires venus encaisser le loyer. Ils pénétrèrent dans la cuisine avec désinvolture. Rob posa une question à Karen, qui acquiesça. Prenant sa cigarette, elle se leva, et il s'assit à sa place, directement en face de moi. Jackowski, lui, s'appuya sur le plan de travail, il croisa ses bras aux muscles saillants d'haltérophile, et m'observa de ses yeux invisibles cachés derrière ses lunettes de soleil aux verres miroir. Robocop.

Karen se tenait à côté de lui, fumant pensivement. Tous les deux semblaient miroiter et onduler comme si je les regardais à travers une chute d'eau. Je devais être encore sous l'eau, dans le salon des passagers du *Queen*. Avec Stanley. « Dormir — peut-être rêver... »

« Salut ! Mitch, dit Rob avec précaution, comment te sens-tu ? »

Je clignai des yeux sans parvenir à répondre.

« Elle est faite, dit Karen sèchement. Raide jusqu'aux os.

— Tu lui as tout donné ? demanda Jackowski.

— Presque. Elle en a renversé un peu sur ses genoux.

— Ça ne fait rien, dit Rob. Mitch chérie, est-ce que tu

ne m'as pas dit que tu n'avais jamais pris de dope ? Que tu n'avais même jamais essayé ?

— Non, dis-je lentement, comme si je venais de me réveiller d'un sommeil de vingt ans. Jamais. Pas une seule fois.

— C'est bien, acquiesça-il. Les drogues, c'est de la pourriture. À moins que tes clients soient dans le business. Dans ce cas, la dope peut devenir très lucrative. Et très efficace — particulièrement quand tu en prends une dose pour la première fois. Je ne crois pas que tu vas faire la difficile, Mitch. Plus la moindre résistance. Écoute, faut que je te pose quelques questions. Et je veux que tu me dises la vérité.

— Que se passe-t-il, Rob ? lui demandai-je. Je ne comprends pas.

— Tu n'as pas besoin de comprendre, mon chou. Il faut juste que tu te détendes et que tu me fasses confiance. Tout ira comme sur des roulettes. Tu te sens bien, non ?

— Je me sens... bizarre. Tout bouge autour de moi. Karen... a mis quelque chose dans mon thé, c'est ça ?

— Juste une petite dose pour t'aider à te décontracter, Mitch. Tu as été pas mal sous tension. À quoi servent les amis s'ils ne vous remontent pas quand ça va mal ? Faut qu'on cause un peu maintenant, et tu vas gentiment me dire ce que je veux savoir. Pas question de me raconter des sornettes, hein, parce qu'on est amis, d'accord ?

— Non, dis-je. On n'est pas des amis.

— Bien sûr qu'on l'est. Je vais te le prouver. L'hiver dernier, ton père m'a dit où il avait planqué l'argent qu'il avait obtenu de Jason. Pour que je puisse te le donner, à toi et à ton garçon. Comment s'appelle-t-il déjà, Corey ?

— Corey, j'acquiesçai, c'est mon... fils.

— Bien. Shan m'a dit que l'argent était dans le Nid de Pie, mais, tu vois, on a eu beau chercher comme des malades, on ne l'a pas trouvé. Est-ce que tu sais où il est ?

— Non, dis-je. Je ne sais pas. Dans le Nid de Pie ?

— Il n'a pas seulement dit dans le Nid de Pie, ajouta Karen. Il a dit *en haut*, dans le Nid de Pie.

— Conneries ! dit Jackowski, j'ai rampé partout, entre chacune de ces foutues poutres de ce putain de trou à rats. J'ai rien trouvé là-haut.

— Si tu n'avais pas été aussi sûr de le trouver là, peut-être qu'il nous en aurait dit un peu plus, dit vertement Karen.

— Commence pas avec tes salades, dit Jackowski, furieux. On pensait tous...

— Du calme, bordel ! aboya Rob. Ce n'est pas la peine de lui tourner un peu plus la tête. Déjà qu'elle ne fonctionne qu'avec la moitié de ses cellules ! Bon, Mitch, suppose que ton vieux ait dit que c'était... en haut, dans le Nid de Pie. Est-ce que ça ferait une différence ?

— En haut ? » dis-je lentement, en essayant de réfléchir. « Ne tombe pas », avait dit mon père.

« C'est ça, en haut, dit Karen avec impatience. Tu sais ce que ça veut dire, en *haut*, non ? Tu n'es pas si défoncée.

— Je ne sais pas, dis-je. Je n'arrive pas à réfléchir.

— Je crois qu'elle est en train de te blouser, Robinette », dit doucement Jackowski qui s'appuya sur la table pour me regarder attentivement. Je me voyais dans le miroir de ses verres, minuscule et déformée. « Elle sait quelque chose. Peut-être pas exactement où se trouve le fric, mais elle sait quelque chose. C'était là, dans ses yeux, l'espace d'une seconde. Tu ne l'as pas vu ?

— Tu te goures complètement, comme d'habitude, dit Rob. La came qu'elle a prise est un mélange de barbi et de Penthotal. Le client qui me l'a fourguée s'en servait pour forcer des adolescentes à se prostituer. J'y ai touché moi-même, d'assez près et personnellement. Fais-moi confiance, si elle sait quelque chose, elle va le lâcher.

— Comme son vieux l'a fait ?

— Karen a raison. On ne lui a pas laissé assez de temps. Et le premier à vouloir se précipiter pour aller ramper sur les poutres à la recherche du fric, c'était toi.

— Si ce truc est à toute épreuve, comment se fait-il que Shan soit arrivé à donner des coups de poing dans tes phares et à se sauver ?

— Parce qu'il était bien plus coriace qu'aucun de nous ne l'avait imaginé, dit Rob calmement, toi inclus. C'était un sacré vieil ivrogne, le sang qui coulait dans ses veines devait contenir quatre-vingt-dix pour cent d'alcool. Pas étonnant que ça n'ait pas bien marché sur lui. Mais même comme ça, il n'est pas allé très loin, non ? Il a démoli sa camionnette et s'en est extirpé pour aller crever dehors comme un chien. La came fonctionne parfaitement sur elle. Elle ne sait réellement pas où se trouve le pognon, c'est tout.

— Laisse-moi deux minutes seul à seule avec elle et je te garantis que je saurai si oui ou non elle sait où il se trouve !

— Hé ! si tu veux lui faire cracher le morceau après, faites donc, mon cher. Mais *après* seulement. Je ne vois pas pourquoi il faudrait se contenter du quart du fric quand on peut avoir tout le paquet. Il faut qu'on soit prudents. Si ce qu'on fait semble contraint, Hoffman refusera de payer. Aussi, pas de brutalités pour le moment. La demoiselle a besoin de toutes ses dents pour sourire gentiment devant la caméra.

— La caméra ? dis-je.

— Une caméra vidéo, exactement, dit Rob en acquiesçant. Mitch chérie, tu vas être la vedette de ton propre film, tourné sur ta propre plage. J'ai un client qui peut le distribuer sur tout le territoire des USA quasiment du jour au lendemain. Avec ton joli visage dans plus de la moitié des boutiques pornos minables du pays, s'il engage le bon juge, le vieux n'aura aucune difficulté à obtenir la garde de ton fils. Tu es sur le point de devenir une mère indigne, mademoiselle, pour cause de turpitudes morales. Le titre est un peu long pour une affiche, mais dans le box des accusés, ce sera parfait. Et Hoffman va l'acheter. Oh, il va pleurnicher et se boucher le nez, mais il paiera. Pour chacune des images. Allez, mon chou, à toi de jouer. »

CHAPITRE 42

NOUS MARCHIONS SOUS L'EAU. Impossible de me débarrasser de cette sensation. Tout miroitait, bougeait sans cesse. Mes jambes étaient en plomb, comme si j'avais travaillé trop longtemps en eau profonde. Jackowski prit mon bras et me traîna, je n'avais plus la force de me battre, il ne me restait que quelques fragments épars de volonté pour résister.

Rob sortit de la voiture de police une caméra vidéo, la vérifia, puis descendit vers le rivage jusqu'à un endroit qu'il avait dû déjà repérer, une sorte de petite arène plate et sablonneuse, protégée de la maison et de la route par des taillis de cèdres et une dune basse dont la crête était couverte d'ajoncs. Je savais que je me trouvais dans une situation épouvantable, et j'étais effrayée comme je ne l'avais encore jamais été au cours de ma vie, pourtant ma peur était si profondément noyée, si étouffée que je pouvais à peine comprendre pourquoi j'avais peur.

Jackowski déploya sur le sable une couverture qu'il avait amenée du cottage et commença par retirer la chemise de son uniforme, sans cesser de me regarder. J'étais paralysée, comme un oiseau hypnotisé par un serpent. Ses muscles d'haltérophile semblaient en vie : sous son bronzage aux UV ils ondulaient, se bandaient, se tortillaient comme des vers de terre.

« Allez, Karen, dit Rob, déshabille-toi. Il est temps que notre petit show démarre.

— Écoute, personne ne m'a mise au courant de cette histoire, dit Karen en avalant sa salive. Est-ce que Jack ne pourrait pas simplement...

— Bordel, il faut que ça ait l'air d'une véritable orgie, suffisamment cochonne pour que le premier juge venu qui la regardera accorde la garde du gamin aux Deveraux. Sans vouloir t'offenser, madame, tu as légèrement dépassé l'âge de te faire foutre pour deux cent cinquante mille dollars. Pour une telle somme, faut que tu participes et qu'on y croie. Et si mes yeux ne me trompent pas, tes tétons ne sont-ils pas déjà en train de se mettre au garde-à-vous rien que parce qu'on en parle ? Allez, de qui te moques-tu ? Tu vas adorer chaque minute de ce show.

— Et si elle se rebiffe ? dit Karen en retirant ses chaussures et en déboutonnant son corsage. Ça pourrait faire rater le film.

— Il n'y a aucun risque. Merde, regarde-la ! Elle se souvient à peine de son putain de nom ! Et crois-moi, au bout de trente secondes de ce petit jeu, ses hormones vont être dans un tel état de surexcitation qu'elle sera prête à se faire baiser par un poney Shetland si on le lui amène. La dernière fois que j'ai utilisé ce truc, la nana n'avait que treize ans, mais elle était tellement remontée qu'elle s'est enfilé une demi-douzaine de gars par les deux bouts, et elle suppliait qu'on lui envoie du renfort ! »

Pendant qu'il discutait, Rob ouvrait les boutons de ma chemise, parlant au-dessus de moi comme si j'étais une poupée de chiffon. Et je l'étais. Un corps, rien de plus.

J'attrapai maladroitement son poignet, essayant de l'arrêter, mais il repoussa ma main comme il aurait chassé un papillon. Je n'avais plus aucune force, rien. Il jeta ma chemise et dégrafa mon soutien-gorge. Je couvris mes seins de mes mains. Qu'importe ! Hormis sa culotte de dentelle rouge, Karen était nue maintenant. Ses seins étaient petits, presque ceux d'une très jeune fille, avec des auréoles rose pâle au milieu desquelles se dressaient ses tétons.

Elle aida Rob à ouvrir mon jean et à le faire glisser au-dessous de mes hanches. Elle me dit de lever les pieds. Je ne bougeai pas, mais elle les souleva sans difficulté et retira mes tennis, puis mon jean, il me semblait impossible de l'arrêter. Et puis je fus nue, sur la plage déserte, entourée par ces... étrangers. Je tentai de fuir, mais Jackowski prit mon bras, me retenant avec désinvolture, facilement, comme on retient un enfant.

Le vent qui soufflait du lac caressait ma peau, il me donnait la chair de poule, et je sentis mes tétons durcir, impossible de les en empêcher, pas plus que tout ce qui... Bon Dieu ! J'avais si peur que Rob ait raison, que je finisse par perdre tout contrôle et laisse arriver ce qu'ils attendaient.

Rob me traîna vers la couverture et Jackowski me poussa dessus.

« On va commencer par un gros plan, dit Rob en faisant tranquillement la mise au point de l'objectif. Mets Mitch sur ses mains et ses genoux, face à moi. Tu la fous dans le trou du cul pendant qu'au-dessous Karen lui suce les seins. Comme ça on aura un plan net du visage de Mitch avec le mouvement goulu de Karen devant, mais fais attention à ce que le visage de Karen soit hors du champ de la caméra. Écarte bien tes genoux, mon chou, et remue ton cul, faut que ça ait l'air bon.

— C'est tout ce dont on a besoin ? demanda Jackowski. Rien d'autre que ce plan-là ?

— Je veux celui-là pour commencer. Les avocats des Deveraux n'auront peut-être pas besoin d'autre chose, ça dépend du juge. Mais la bande doit être suffisamment longue pour que personne ne puisse prétendre qu'elle n'était pas consentante. Vas-y doucement au début, mets-lui le feu aux tripes, et tu peux me croire, elle va rentrer dans le jeu. »

Et tout à coup ce fut là, trop vite, bien trop vite. Jackowski saisit mes hanches, me poussa en avant, il me pressait contre sa poitrine et me déplaçait comme un sac de farine, je fis tout ce que je pus pour ne pas tomber, mais j'étais déjà à quatre pattes, et Karen se faufila sous moi, ses seins frôlèrent les miens, elle embrassa mon corps, ses mains s'agrippaient à mon dos tandis qu'elle déployait ses jambes et commençait à se tortiller sous moi. Je sentis Jackowski se glisser entre mes cuisses, il ne me pénétrait pas encore mais frottait son sexe contre mon ventre, et mon cœur battait si vite que je ne n'arrivais plus à respirer. Les dunes flottaient et ondulaient, il me semblait que notre couverture était une île prise dans un tourbillon, et Rob lui aussi semblait osciller d'avant en arrière, comme un cobra, et son mouvement m'hypnotisait, et je voyais sa tête monstrueuse derrière l'œil mécanique de la caméra.

« Mon Dieu, hoquetai-je. Non. Je vous en supplie... » Je fermai mes yeux et tentai une grimace afin de gâcher le film, mais je sentis mes os fondre, devenir fluides, j'étais en train de m'abandonner au sein de la chaleur des corps, la merveilleuse chaleur de la peau de Karen...

« NOOOOON ! » Le hurlement surgit en moi de si loin qu'il me sembla que quelqu'un d'autre l'avait poussé, un hurlement de désespoir jailli des profondeurs de mon âme en lambeaux. Pendant un instant, chacun, saisi, resta figé sur place. Puis un morceau de terre se souleva derrière Rob, gronda en écho, un mouvement le fit éclater, une forme floue apparut, elle bondit dans son dos.

Chien.

De toute sa puissance, elle le heurta entre les omoplates, soixante-cinq kilos de crocs et de nerfs qui le mirent à terre, elle l'attaqua, plantant ses crocs dans sa cuisse. Il hurlait tout en essayant de ramper pour s'échapper, mais elle déchiqueta son épaule, puis sa gorge, alors il s'affala, avec des haut-le-cœur et des mouvements convulsifs, noyé dans son propre sang.

Karen, elle aussi, hurlait, elle faisait tout ce qu'elle pouvait pour se dépêtrer de dessous mon corps. Jackowski me jeta de côté, puis il s'avança à quatre pattes vers la pile de ses vêtements — et son pistolet. Je saisis sa cheville, me cramponnant à elle avec ce qui me restait de force. Il me flanqua une baffe si violente que ma tête éclata de douleur au cœur d'une lumière blanche. Et de rage.

Malgré cela, je ne le lâchai pas et enfonçai mes dents dans son mollet, mordant profondément dans le muscle avec toute l'énergie que je trouvai. Il cria et me martela de ses poings, m'étourdissant, me frappant de tous côtés, et puis Chien fut sur lui, elle saisit sa jambe blessée entre ses mâchoires et l'arracha loin de moi, ils roulèrent tous deux au bas de la dune. Et Jackowski s'avachit, ferma les yeux, il se forçait à rester immobile. À faire le mort.

Chien se tint un moment au-dessus de lui, babines retroussées, crocs découverts, en grondant, mais Karen s'enfuit en courant, nue. Elle hurlait au milieu des dunes. Alors Chien se désintéressa de Jackowski, elle abandonna sa proie qui gisait à terre pour une chasse-poursuite.

Karen fila à toute allure jusqu'en haut de la dune voisine, puis, trébuchant, elle dégringola dans les broussailles en gémissant comme une enfant. Chien observait sa chute, elle ne fit aucun mouvement pour la suivre...

Elle était toujours en train de la regarder quand Jackowski tira sur elle. Au moment où elle l'avait laissé, il s'était traîné jusqu'à sa pile de vêtements, avait dégagé vivement son pistolet, s'était mis en position, le tenant à deux mains, et avait tiré, une fois, deux fois. Il tirait encore, les balles claquaient en atteignant Chien, elles la faisaient tournoyer au-dessus de la crête, puis elles la projetèrent au bas de la dune. Il la suivit en boitant, il tirait toujours. Chaque balle qui pénétrait en elle déchirait mon cœur. Et je ne pouvais rien faire. Elle était à l'agonie, recroquevillée comme un fœtus sur le sable, se ramassant sur elle-même contre le choc des balles.

Je la laissai et rampai sur mes mains et mes genoux jusqu'à Rob. Il était mort, fixant aveuglément le soleil, la gorge ouverte. Cela ne me fit ni chaud ni froid. Que l'enfer le bouffe ! Lui et les autres ! J'arrachai la caméra de son poing et m'avançai en titubant au milieu des dunes jusqu'à Jackowski.

Il se tenait debout en haut de la crête, à quelques mètres au-dessus du corps de Chien qui tressaillait, il tirait encore, choisissant froidement ses impacts, plus pour la mutiler que pour l'achever, si prisonnier de son sadisme que pas un instant il ne me vit — jusqu'à ce que j'écrase la caméra dans l'horrible plaie que Chien avait faite à sa cuisse. Il hurla et tomba, roulant sur la pente de la dune jusqu'à Chien. Il tenta de se relever afin de s'écarter d'elle. Mais il avait lâché son pistolet qui était tombé un peu plus bas.

On se précipita tous les deux à quatre pattes pour l'attraper, mais je m'en emparai la première. J'avais du mal à le tenir, et je tirai, plus pour le maintenir à distance de Chien et de moi que pour le tuer. La balle arracha une motte de terre à quelques mètres derrière lui. Il s'éloigna en roulant comme un chat, jeta sur moi une double poignée de sable qui m'aveugla. Alors il revint sur moi, chargeant du haut de la dune, les lèvres retroussées par la fureur et la douleur.

Je tirai sur la silhouette floue de son corps, puis tirai encore. Il fit demi-tour et s'enfuit en titubant dans le sable comme un insecte à moitié écrasé, puis disparut au-delà de la crête en direction du lac.

Je m'agenouillai un moment, toujours aveuglée, mes yeux larmoyaient mais j'étais trop hébétée pour pleurer, trop enragée aussi. Chien respirait péniblement, comme un enfant qui a un rhume. Je m'approchai d'elle et la touchai, c'était la première fois qu'elle me laissait faire. Mais elle ne le saura jamais. La mort venait de l'emporter.

Je ne sais pas combien de temps je restai ainsi, agenouillée à côté d'elle. Pas très longtemps, je crois. Et puis je me mis à secouer la tête avec force, comme un boxeur qui attend la fin du décompte, et je me relevai en chancelant. Je m'enveloppai dans la couverture et me forçai à grimper et à descendre la dune en trébuchant à la poursuite de Jackowski.

Il n'avait pas beaucoup progressé. Il n'était qu'à une quarantaine ou à une cinquantaine de mètres de moi, boitant salement sur la plage, incapable de mettre beaucoup de poids sur la jambe que Chien avait mordue, les broussailles épineuses qui poussaient jusqu'au rivage le ralentissaient et le déchiraient.

Il jeta un coup d'œil, me vit arriver, examina le terrain

enchevêtré qui s'étendait autour de lui, puis rapidement se tourna et entra dans le lac. Il plongea dans l'eau et s'éloigna du rivage en nageant vigoureusement. Il fendait la surface de l'eau éclairée par le soleil comme un nageur en pleine compétition, ses bras puissants compensaient sa jambe blessée. Le temps de parvenir en chancelant sur la plage, il était déjà à soixante-quinze mètres au moins du bord. Il s'arrêta, puis se retourna pour me faire face, se maintenant dans l'eau facilement ; même à cette distance je pouvais sentir sa haine, elle m'aveuglait comme une torche.

« Allez, vas-y, salope ! Tire ! Prends ton temps ! T'es rien que de la viande morte ! Voilà à quoi tu ressembles ! Tu sais ce qui va se passer ? Tu vas devoir me retenir là, et tu vas t'endormir ! Ton adrénaline va redescendre et tu seras obligée de t'asseoir pour me surveiller. Et tu vas sombrer dans le coltard. Et moi, je vais te tomber dessus ! Ou peut-être que Karen va venir à la rescousse. Et tu sais ce qu'ils vont trouver ? Toi, en train de brandir le flingue d'un officier de police ! Et je vais leur dire qu'on s'était retrouvés sur la plage pour passer un moment et que toi et ton chien, vous avez pris de la dope et que vous avez tué Rob et essayé de me tuer, et qui tu penses qu'ils vont croire ? Et d'ailleurs tu auras de la chance si tu arrives à te souvenir de ton putain de nom ! Karen est le seul témoin, elle dira comme moi. Je pourrai toujours vendre cette cassette aux Deveraux, et avec la déclaration sous serment de Karen et la mienne, ils n'auront pas besoin d'autre chose ! Alors vas-y, tire ! Tu ne pourrais même pas toucher un foutu cuirassier à cette distance ! Mais c'est la seule chance qui te reste ! »

Il avait raison. Bien que complètement hébétée et assommée, je le savais. Je sentais déjà que la drogue recommençait à agir, elle brouillait ma vision. Et j'étais si fatiguée. Je n'avais qu'une envie, m'asseoir et me reposer et...

Non. Jackowski avait raison. Je sombrerais dans le coltard. Et il ne le fallait pas, pas tout de suite. Il me tuerait. Je l'entendais qui criait encore : tire ! et je le désirais. Jamais je n'avais autant désiré quelque chose. Je le voulais mort. Pour mon père. Et pour Chien. Et pour moi. Je levai le pistolet, le pris à deux mains...

La glissière était en arrière, débloquée. Le pistolet était vide. Jackowski s'en rendit compte en même temps que moi. Un air carnassier envahit son visage, et il se remit à nager lentement en me tenant dans son regard tandis qu'il approchait.

Je fixais stupidement ce poids de métal devenu inutile, puis je respirai profondément et le jetai. Je laissai aussi la couverture tomber sur le sable. Puis j'entrai lentement dans l'eau. Jackowski s'arrêta de nager, il m'observa avec prudence, puis il reprit son rictus mauvais.

« Viens donc, salope ! Dépêche-toi ! L'eau est bonne ! »

Elle ne l'était pas. Elle me parut même étrangement froide. Cependant j'étais dans mon élément, et c'était mon lac. Si je devais mourir, que ce soit ici. Dans les eaux profondes.

Je plongeai. Le choc du plongeon éclaircit un peu ma tête, et quand je revins à la surface, mes fonctions motrices étaient en état de marche. Je nageai fermement, fendant les vagues qui clapotaient, mon corps s'était mis en pilotage automatique, il faisait ce qu'il savait devoir faire.

Jackowski ne décolérait pas, il me couvrait d'injures et s'irritait lui-même comme un chien fou, une folie meurtrière avait pris possession de lui. Moi aussi, j'étais folles, non ? Mon père m'avait saluée de la main depuis l'eau qui coule sous le pont de Silver Creek ; Stanley Joseph Maychek, en uniforme de la tête jusqu'aux pieds, se tenait en sentinelle à l'entrée des urgences quand j'avais amené Karen qui s'était blessée dans sa chute et perdait du sang. Je savais bien que Stanley n'était pas réel. Il ne pouvait pas l'être. Il était mort. Comme mon père et... les autres. Peut-être que Charlie, lui aussi, était une hallucination. Il n'était pas là, tout simplement.

« Salut ! Mitch, dit-il doucement. Comment vas-tu ?

— Ça va. » J'eus l'impression que ma voix provenait d'une radio située dans la pièce d'à côté. « Un peu sonnée.

— Tu devrais peut-être t'allonger...

— Non ! dis-je brutalement. Ça va. Va-t'en, Charlie ! S'il te plaît.

— Je suis désolé, mais je ne peux pas. Avec un homme mort et un autre qui a disparu, toi et Karen blessées...

— Je ne suis pas blessée. Je vais bien.

— Non, tu ne vas pas bien, bordel ! Tu as l'air d'un zombie, Mitch. Parle-moi, je t'en prie. Dis-moi ce qui s'est passé. »

Je m'arrêtai de marcher, fermai les yeux, tentai de me souvenir. Je me vis en train de nager, descendre de plus en plus vers le fond de l'eau qui avait la couleur de l'émeraude... traînant quelque chose derrière moi. Quelque chose d'horrible... J'ouvris les yeux. Charlie était toujours là, il me regardait. « Excuse-moi, dis-je. Qu'est-ce que tu as dit ?

— Je t'ai demandé de me dire ce qui était arrivé.

— Qu'est-ce que Karen a dit ?

— Elle m'a tourné la tête en me racontant que Jackowski et Robinette étaient responsables de la mort de Shan et de l'incendie du Nid. Tout ça n'est pas très cohérent.

— Ha bon ? Ça se comprend. Elle est passée par un... sale moment.

— Quel genre de sale moment ? Qu'est-ce qui s'est passé ?

— Elle m'a dit que Chien les avait attaqués, dis-je d'une voix maîtrisée, calme et neutre. Jackowski a blessé Chien, puis il a couru dans l'eau pour s'échapper. J'ai entendu les coups de feu, mais quand je suis arrivée, c'était trop tard.

— Je vois. Et qu'est-ce qu'ils faisaient dans le coin ?

— Je pense qu'ils cherchaient l'argent. Enfin, c'est ce que Karen m'a dit. Est-ce que c'est ce qu'elle t'a dit aussi ?

— Oui, quelque chose dans le genre, admit-il. Elle m'a dit que ton père et Jason Deveraux avaient conclu une sorte de marché. Robinette avait établi les termes du contrat, il savait donc qu'une grosse somme d'argent était en jeu. Il a poussé Karen à droguer ton père en lui promettant qu'elle aurait sa part.

— Mais elle et mon père étaient amants !

— Oui, ils l'étaient. Mais elle était aussi la maîtresse de Rob. Ce n'est pas un cadeau, Karen, elle prend les hommes comme d'autres prennent des tranquillisants ! Elle a drogué Shan, mais apparemment il s'est sauvé et a tenté de revenir en ville. Malheureusement, il n'a pas réussi. Ils se sont dit qu'ils avaient raté leur coup et ont décidé de laisser tomber. Et puis tu es arrivée, alors ils ont tenté leur chance à nouveau. L'incendie du Nid, c'était pour te pousser à aller chercher le fric. Mais ça n'a pas marché, si je comprends bien ?

— Ça ne risquait pas. Je ne l'ai jamais eu. Rob et Karen m'ont dit que mon père ne l'avait pas touché, et je les ai crus. Mais comme j'ai acheté une camionnette et rénové le Nid... ils se sont imaginé que je l'avais trouvé.

— Tu étais au courant de ces tractations, n'est-ce pas ? Parce que Deveraux a essayé de conclure avec toi le même marché que celui qu'il avait passé avec Shan. Seulement tu as refusé. Pourquoi tu ne m'en as pas parlé, Mitch ? Tu ne me fais pas confiance ?

— Non, dis-je simplement. Je suis désolée, mais c'est comme ça. Et ça n'a rien à voir avec toi. C'est ma façon d'être. Je... n'accorde pas facilement ma confiance.

— Je vois, dit-il en secouant la tête. Et je crois bien que tu n'as pas tort. Bordel ! Jackowski était en train de filer un mauvais coton sous mon nez, il bouffait des stéroïdes que Rob lui procurait, ils étaient copains comme cul et chemise. Je voyais bien ce qui se tramait, mais je regardais ailleurs, j'espérais que ça allait se tasser. Je ne m'étais pas rendu compte à quel point il était passé de l'autre côté. J'aurais dû être plus vigilant. J'ai fait comme si de rien n'était, Mitch. Je suis plus coupable que n'importe qui. » Il détourna son regard un moment et changea de place la housse de vêtement qui pesait sur son épaule. Je ne comprenais toujours pas pourquoi il l'avait apportée. Mais je m'en foutais. Je me remis à marcher.

« Il y a encore des choses qui m'échappent, Mitch.

— Lesquelles ?

— Karen m'a dit que Jackowski avait couru dans l'eau pour échapper au chien et qu'il s'était noyé. C'était pourtant un plongeur, Mitch. Et un excellent nageur.

— Les courants, à la Pointe, sont sournois, dis-je prudemment. Et Jackowski n'était peut-être pas un aussi bon nageur qu'il le croyait. »

Charlie me regarda attentivement sans parler pendant

ce qui me parut être une éternité. « Tu ne me diras rien de plus, c'est ça ? dit-il à la fin.

— Je t'ai dit tout ce que je pouvais, Charlie. Je suis en état d'arrestation ou quoi ?

— Toi ? Bien sûr que non. Karen, c'est possible, pour violation de domicile, ou entente frauduleuse. Ou autre chose. Ceci dit, je ne pense pas que tu veuilles porter plainte. »

Ce n'était pas une question.

« Non, dis-je en me détournant et en reprenant ma marche instable. Elle est sûrement aussi coupable que les autres, mais ça n'a plus beaucoup d'importance maintenant. Elle a été secouée plutôt salement, elle est sortie de cette histoire les mains vides, et elle va devoir porter le poids de ce qui s'est passé pendant tout le reste de sa misérable vie. Pour une femme comme elle, c'est un châtiment suffisant. Laisse-la partir, Charlie. En ce qui me concerne, j'estime qu'elle a payé son dû.

— Ouais, acquiesça-t-il. Je le pense aussi. Tout de même, c'est curieux ce qu'elle a dit sur toi. »

J'hésitai, puis me contraignis à reprendre ma marche : pied droit, pied gauche, pied droit. « Qu'est-ce qu'elle a dit ?

— Rien, dit Charlie en me regardant avec prudence. Absolument rien. À chaque question que je lui ai posée à ton sujet, elle s'est mise à avoir la tremblote et est devenue amnésique. Elle m'a dit que c'est à toi que je devais poser la question, et que, quelle que soit ta réponse, ce serait la vérité. On dirait que tu la terrifies, Mitch. Qu'elle a peur de toi comme de la mort. Pourquoi ? Pourquoi Karen aurait-elle si peur de toi ? »

Et je fus de nouveau sous l'eau, j'étais en train de perdre connaissance, mes poumons éclataient, je me précipitais en haut, vers la lumière... Je crevais la surface de l'eau, haletais, m'étranglais, respirais enfin, bonheur, bonheur de l'air si doux ! Puis je cherchais Jackowski de tous côtés, comme une folle, pensant que lui aussi, il avait dû refaire surface... Mais non. La baie s'étendait jusqu'à l'horizon, elle était vide, seules les vagues brisaient sa surface. Il était toujours en dessous, roulant doucement au gré des courants, au plus profond de la nuit du lac. Comme Stanley. Je revins vers le rivage en nageant. Et je me rendis compte que Karen me regardait, elle était blottie sur la falaise, toujours nue, ses bras passés autour de ses genoux, elle frissonnait, avait le regard fixe. Elle me regardait revenir à la nage. Seule.

« Je ne vois pas pourquoi elle éprouverait... un tel sentiment à mon égard, dis-je en m'obligeant à rencontrer le regard de Charlie. Elle n'a rien à craindre de moi. Elle a été trop secouée. Elle est peut-être hystérique.

— Ouais. » Il secoua la tête lentement, pas vraiment convaincu. Mais il n'insista pas. « Peut-être qu'elle l'est. Toi, tu ne l'es pas, par hasard ?

— Non. Je vais... bien.

— Bon. Alors tu peux peut-être m'aider à éclaircir un dernier point. » Il prit la housse qui se trouvait sur son épaule et la posa sur le dossier d'une chaise. Il hésita, puis ouvrit la fermeture Éclair. Je ne sais quoi, dans son attitude, fit courir entre mes omoplates le frisson de la mort, un avertissement inconscient que quelque chose se préparait.

Délicatement, presque tendrement, il prit le cintre et le tint levé devant moi. Un manteau y pendait. C'était un manteau d'hiver en tissu de laine à carreaux rouges et noirs qui tombait en lambeaux. Dans la salle d'attente aseptisée, il me fit l'effet d'être déplacé et hors saison.

Je jetai un coup d'œil à Charlie, mais pour une fois son visage resta impassible. Je fis courir mes doigts sur le col effiloché. Au même moment, je sentis un froid glacial parcourir mon poignet et je fus légèrement ébranlée en le reconnaissant. L'espace d'un instant, je vis Jud, là, sous son manteau, avec sa sombre tache de naissance dans la pâle lumière de la lune. Puis il disparut.

« C'est le manteau de Jud, dis-je.

— Tu en es sûre ?

— Oui. Il, hum, il le portait quand je l'ai vu pour la dernière fois. Bon Dieu ! je ne l'ai jamais vu avec autre chose sur le dos. Où l'as-tu trouvé ?

— Un des plongeurs de la police l'a remonté alors qu'ils recherchaient Jackowski. Il se trouvait à dix-huit mètres de profondeur, à environ un demi-mille de la Pointe.

— Dans le lac ? » dis-je, étonnée. Mais je savais que c'était vrai. Il était trempé et de doux filaments d'algues vertes pendaient des coutures, comme des cheveux d'ange. « Je ne comprends pas, dis-je. Les gens qui ont vu Jud au port ont dit qu'il portait ce manteau. Mais c'est impossible, pas ce manteau ! Des algues comme celles-là ne poussent pas en une semaine, ni même en un mois. Il devait être dans l'eau depuis longtemps.

— C'est bien ce que j'ai pensé, moi aussi, dit Charlie en replaçant avec soin le manteau dans la housse. Mais je suis bien content de voir que tu confirmes mon opinion. Est-ce que tu sais si Jud avait un autre manteau. Un autre comme celui-là ?

— Non, je ne sais pas. À vrai dire, je ne le connaissais pas beaucoup.

— Ouais, personne d'autre ne le connaissait non plus, dit Charlie en se redressant pour mettre la housse sur son épaule. Il faut que je retourne à la Pointe pour voir s'ils ont retrouvé le corps de Jack. Ah, j'ai, hum, j'ai enterré ton chien. J'espère que ça ne t'ennuie pas. »

Et tout à coup, mes yeux se mirent à me piquer. Je ne voyais plus rien, je n'arrivais plus à respirer. Je continuai à marcher cependant. Il le fallait. « Où ? réussis-je enfin à articuler.

— Sur la falaise, à côté de l'endroit où je l'ai trouvée. Tu verras, j'ai laissé une marque.

— Merci. C'est très... gentil de l'avoir fait.

— Les gars de la police d'État ont prélevé un échantillon de son sang pour faire une analyse de la rage, mais...

— Elle n'avait pas la rage ! dis-je en m'emportant. Elle défendait simplement... son territoire. Notre territoire.

— Ouais, c'est bien ce que je me suis dit, quelque chose dans le genre. D'une certaine façon, elle devait avoir ses raisons. C'est Jackowski qui l'a blessée, quand elle l'a surpris dans la planque, la nuit de l'incendie. Karen m'a dit que c'est lui qui t'espionnait, il espérait que tu irais vérifier que l'argent était bien caché et que, comme ça, tu leur montrerais où il se trouvait. Cet argent dont Karen m'a parlé, tu sais où il se trouve maintenant ?

— L'argent ? Je crois que oui. Il est en haut, dans le Nid de Pie.

— Vraiment ? D'après Karen, Jackowski et Robinette ont fouillé chaque centimètre carré du bar et de la boutique.

— Il ne s'agit pas de ce Nid de Pie-là, dis-je en ébauchant un vague sourire. Mais de l'autre. Du premier. »

CHAPITRE 44

J'ATTENDIS À L'HÔPITAL jusqu'à ce qu'on me laisse enfin voir Karen, il était dix heures du soir. Elle était sonnée, sous tranquillisants. Un peu choquée par sa chute, me dit l'infirmière, mais, sinon, tout allait bien. Avec l'infirmière qui vaquait à ses occupations dans la chambre, il m'était difficile de parler à Karen. Mais ça n'aurait pas servi à grand-chose. Son regard était suffisamment éloquent. Pourquoi l'embêter encore ? Elle avait eu son compte.

Je rentrai donc au cottage. J'avais peur de m'y retrouver seule. Je redoutais qu'ils viennent me chercher dans mes rêves — Jackowski, Robinette, ou bien mon père. Mais non. Je m'endormis dans le fauteuil en écoutant le murmure des vagues. Et je n'eus pas le moindre rêve. Du moins, je ne m'en souviens pas.

Il était presque midi quand je me réveillai par un soleil gris pâle. La surface du lac scintillait, il ressemblait à une grande mare d'acier liquide, de la couleur des anciennes armures. Je me sentais terriblement mal. Mon épaule me lançait, ma gorge était à vif, et j'avais un sale bleu à la tempe, là où Jackowski m'avait frappée. Mais mon esprit était clair, enfin plus ou moins. En tout cas bien plus clair qu'il ne l'avait été depuis mon passage dans le ventre du *Queen of Lorraine*.

Je savais qu'il aurait été bien mieux que je reste au lit, mais je ne pouvais pas. J'étais trop tendue, encore sous l'emprise de la peur et de la colère, j'en subissais toujours le syndrome : fuir ou attaquer. Ma raison me disait que le danger immédiat était passé, mais mon subconscient, lui, ne parvenait pas tout à fait à le croire. Et peut-être n'avait-il pas tort.

Je me levai, pris une douche interminable, je me frottai avec une brosse jusqu'à ce que ma peau usée s'en aille. Et cela me fit du bien. Un peu.

Je mis un jean propre et un sweat-shirt. Puis je sortis me promener.

On aurait pu croire qu'une armée avait traversé la plage pendant la nuit tant la police et l'équipe de plongée l'avaient piétinée. Mais après tout ce qui s'y était passé, c'était normal que le sable soit dans cet état-là.

Le jour précédent j'étais droguée, mais je n'eus aucune difficulté à retrouver l'endroit où ils m'avaient traînée. J'en fis le tour prudemment, comme s'il s'agissait de sables mouvants. Un peu plus loin, je trouvai ce que j'étais venue chercher.

Cétait sur le sommet escarpé d'une dune, en face de la mer. Deux morceaux de bois étaient attachés ensemble. Une croix grossière désignait la tombe de Chien. Je me demandais pourquoi Charlie avait fait cette croix. Chien n'était certainement pas une bonne chrétienne.

Pourtant, c'était bien comme ça. Et il avait choisi un lieu propice, en hauteur et dégagé, avec une jolie vue sur le lac. Je pouvais presque la voir assise à cet endroit, le regard fixé sur la surface de l'eau. En train d'attendre Jud.

Mais bien sûr qu'elle n'était pas là à l'attendre. Elle ne l'attendrait plus jamais. Si jamais il y a une justice en cet univers, ils sont ensemble. Elle a sacrifié sa vie pour défendre la mienne. Où que son âme soit allée, quelle que soit la terre ombragée où elle chasse désormais, elle a rejoint Jud. Là où il se trouve déjà depuis un bon moment.

Dès le début, elle l'avait su. C'était la seule raison qui l'avait poussée à se lier d'amitié avec moi. Elle savait qu'il ne reviendrait pas. Comme, dans mon cœur, je le savais aussi. La vue de son manteau avait confirmé la vérité que je connaissais mais que je n'avais pas voulu admettre — à cause de ce que cela signifiait.

Car cela signifiait que les ennuis n'étaient pas encore terminés. Ma vie avait été brisée et des gens étaient morts, et cependant rien n'était encore entièrement réglé.

Le moment était venu de faire les comptes. Il était temps de faire le compte de ce qui était dû, et temps de le payer. D'une manière ou d'une autre.

CHAPITRE 45

CET APRÈS-MIDI-LÀ, la lumière du soleil avait quelque chose de magique, elle déposait un voile d'or sur les étagères en chêne et les objets de la bibliothèque de l'Institut Deveraux, elle transmuait l'air en une brume légère et dorée. Je déambulais sans but au milieu des rayonnages, caressant du bout des doigts le dos des livres, jetant un coup d'œil aux titres sans vraiment les lire. Le couloir s'obscurcit. Tout au bout, appuyé sur sa canne, Alec était là. Il portait un costume sombre et son expression l'était aussi.

« Il est là, Mitch, dit-il. Tu ferais mieux de te dépêcher.

— Quelque chose cloche ? demandai-je en le rejoignant.

— Non, je lui ai dit que tu voulais le rencontrer et il a accepté de venir, dit Alec. Mais quand Hoffman a vu les journalistes, il a insisté pour qu'il s'en aille. Je l'ai convaincu de rester, mais il n'attendra pas très longtemps. Et afin d'être absolument certain que nous nous comprenions bien tous les deux, d'accord, j'ai accepté d'arranger cette rencontre, mais ne me demande pas de choisir mon camp. Je ne le ferai pas.

— C'est compris, dis-je. Je te remercie d'avoir fait au mieux.

— Je te dois bien ça. Ou plutôt, c'est ma famille qui te le doit. Et puis ça en valait vraiment la peine, rien que pour te voir ainsi, en... femme d'affaires, vêtue d'une robe, avec une mallette, et tout le tralala. Ainsi donc, nous sommes sur le point de traiter une affaire ? »

La grande salle était remplie de monde, il y avait des commerçants du coin, quelques journalistes, des étudiants qui avaient abandonné leurs travaux de lecture pour venir voir quelle était la cause de tout ce chambardement. Un cameraman de la KNHH, la chaîne de télévision locale, prenait un panorama de la salle avec sa caméra vidéo, filmant en plan élargi.

Le centre de l'attraction était une longue table en chêne recouverte de velours bleu. Une demi-douzaine d'antiquités maritimes y étaient exposées : un magnifique compas en cuivre, une roue de gouvernail en ronce de noyer, des pièces que mon père avait passé la moitié de sa vie à rassembler. Cela me parut étrange de les voir ailleurs qu'au cottage, mais les dés étaient jetés, on ne pouvait plus les rattraper.

Jason Deveraux était assis à une table, dans un coin de la pièce. Le roi et sa cour, c'était la seule image qui convenait. Habillé de façon décontractée, il portait une veste de tweed sur un pull à col roulé, un pantalon de sport en toile et des chaussures bateau. Sa barbe aurait eu besoin d'être rafraîchie. Il bavardait avec quelques personnes de la presse comme un vieux et doux paterfamilias. Personne ne lui faisait la courbette ou ne portait la main à son chapeau en signe de déférence, et cependant cela ne faisait aucun doute, l'épicentre de l'autorité se trouvait bien là. Le pouvoir irradiait du vieil homme comme d'un soleil.

Alec alla rejoindre sa femme près de la porte, me laissant seule au centre de la pièce. Comme j'approchais,

Jason s'arrêta de parler et me regarda. Il n'avait aucune idée de ce que j'allais dire, il s'attendait certainement à une scène de mauvais goût, j'eus l'impression, cependant, qu'il était vraiment content de me voir. Il se leva courtoisement et me sourit. C'était un monstre, il était responsable du désastre immense qui avait ravagé ma vie. Si j'avais été armée, je crois bien que j'aurais tiré sur lui. De même que j'aurais bien aimé le haïr, mais je ne pouvais pas. Ce qu'il y avait entre nous était au-delà, ailleurs, dans des eaux inexplorées.

Le silence se fit peu à peu dans la pièce alors que les journalistes et les spectateurs déplaçaient leur attention sur nous, attendant.

« Mitch, dit Jason avec aisance, tu connais Jerry Hoffman, bien sûr. As-tu déjà rencontré Mr Kessler et Mme Grebe du *News* ?

— Bonjour, dis-je, pas très à l'aise et m'armant de courage. Vous savez, je n'ai pas tellement l'habitude de ce genre de choses, dis-je en donnant plus de force à ma voix, aussi, je serai brève. Mr Deveraux, Mesdames et Messieurs, je serais heureuse d'offrir à l'Institut Deveraux, en souvenir de mon père défunt, Shannon Mitchell, sa collection d'antiquités maritimes, dont la valeur est estimée à quelque trente mille dollars. »

Je fus interrompue par des applaudissements polis. En attendant que les applaudissements prennent fin, je posai ma mallette sur un coin de la table et l'ouvris. « De plus, poursuivis-je, j'aimerais profiter de cette occasion pour restituer le montant d'une commission de sauvetage que mon père a touchée de l'Institut très peu de temps avant sa mort, montant qui s'élève à deux cent cinquante mille dollars. »

Un silence fiévreux parcourut l'assistance. Jason ne bougea pas, ni ne réagit. Alors Alec se mit à applaudir, ce qui déclencha de tous côtés une salve d'applaudissements tandis que le cameraman filmait l'événement. À la fin, même Jason se joignit à la foule, mais ses yeux étaient toujours rivés à mon visage. Il laissa les applaudissements continuer encore un peu, puis d'un signe de la main les fit cesser.

« Mlle Mitchell, en tant que président du conseil d'administration de l'Institut, je tiens à vous remercier. Une telle générosité de la part d'une jeune femme d'affaires comme vous nous confond, je vous l'assure. Je suis même personnellement si impressionné que je me propose de doubler votre donation — au nom de votre défunt père, cela va de soi. Pourquoi ne passerions-nous pas tous les deux dans le bureau de la bibliothèque, afin de réfléchir ensemble à la manière la plus intelligente d'utiliser une telle somme d'argent ? Mesdames et Messieurs, si vous avez des questions à poser, je suis certain que mon fils, Alec, saura y répondre. »

Jason m'offrit son bras. Je n'en tins aucun compte et me dirigeai vivement vers le bureau de la bibliothèque en passant derrière le comptoir. Hoffman se leva pour nous emboîter le pas, mais Jason lui fit signe de rester. Puis il me suivit, ferma la porte derrière nous, et s'appuya contre elle en me regardant en silence.

« Je ne comprends pas, dit-il enfin. À quoi penses-tu être arrivée avec ta petite manœuvre ? Je me moque de l'argent, je te l'ai déjà dit.

— Je sais, dis-je en acquiesçant. Et je vous crois. C'est même ce qui vous rend si sacrément dangereux. Trois personnes sont mortes parce que vous vous foutez de l'argent. Vous le jetez autour de vous comme autant d'appâts sanglants et puis vous faites l'étonné quand les requins se montrent. C'est pourquoi, s'il y a encore quelques requins qui traînent dans le coin, je veux qu'on sache, de notoriété publique, que je ne l'ai plus.

— Je vois. Toute cette mise en scène, c'était pour cela ?

— Pas entièrement, dis-je. Robinette m'a dit que vous aviez l'intention de lever une petite armée d'avocats afin de tenter d'obtenir la garde de mon fils. C'est vrai ?

— Alec a certains droits.

— Jusqu'à quand allez-vous vous cacher derrière Alec, espèce de beau salopard ? Ça se passe entre vous et moi. Depuis le début ! »

Il hésita un moment, me regarda avec une attention soutenue, évaluant instantanément la situation. « D'accord, acquiesça-t-il. Entre nous, donc. Qu'est-ce que tu veux, Mitch ?

— Me libérer de vous. Je veux votre signature au bas d'un accord par lequel vous renoncez à tous vos droits sur mon fils. En échange, je renonce de mon côté à vous poursuivre ou à déposer des charges criminelles contre vous. Voilà, dis-je en sortant l'accord de la poche de ma veste et en le lui tendant. C'est un arrêté par consentement mutuel. Vous n'avouez rien, et moi je suis couverte. »

Il le posa soigneusement sur le bureau sans le lire. « Des charges criminelles, dis-tu ? Tu plaisantes ?

— Il n'y a rien de vraiment drôle dans un viol. Et les jurés sont beaucoup plus ouverts qu'ils ne l'étaient dans le passé.

— Une plainte pour viol déposée dix ans après les faits ? Contre moi ? Ça ne tiendra jamais la route devant une cour.

— Bien sûr que si. Ça risque d'être de mauvais goût, mais ce sera facile. Corey est la preuve vivante de ce qui s'est passé. Des tests d'ADN peuvent établir la paternité : la vôtre, pas celle d'Alec. Pour votre défense, il faudra que vous prouviez que j'étais consentante, mais comme je n'étais alors qu'une très jeune fille, et que vous, vous aviez... quoi ? Cinquante-cinq ans ?... ça m'étonnerait qu'un jury gobe cela.

— Il n'en reste pas moins que c'est ma parole contre la tienne. Et comme ma parole a toujours eu un certain poids.

— Faux, dis-je en l'interrompant. Il y avait un témoin, quelqu'un qui était là et qui peut confirmer mon histoire, point par point.

— Quel témoin ?

— Alec, dis-je.

— Ta menace est vaine, Mitch. Alec ne témoignera jamais contre moi.

— C'est possible, dus-je admettre. À vrai dire, je ne sais pas du tout ce qu'il ferait. Mais imaginons qu'on en arrive à un procès et qu'Alec soit cité comme témoin. Êtes-vous absolument sûr qu'il se résoudrait à produire un faux témoignage sous serment pour vous protéger ? D'autant qu'en disant la vérité, il y a fort à parier que vous seriez condamné et qu'il pourrait ainsi prendre le contrôle de tout ce que vous possédez. Position, pouvoir, tout, quoi ! »

Jason ne dit rien. Ses yeux étaient rivés aux miens.

« Pensez-y, dis-je. Alec vous ressemble. À sa place, que feriez-vous ? Accepteriez-vous de vous parjurer ? Ou seriez-vous respectueux de la loi et diriez-vous la vérité ?

— Oui, dit-il lentement, tu marques un point. » Il prit le papier et il le parcourut. Sa main tremblait. Tout à coup il devint vieux, il faisait vraiment son âge, plus peut-être. « Qui a rédigé cela ? C'est Alec ? »

Je ne répondis pas.

« C'est bon, dit-il en secouant la tête. Tu as gagné... pour le moment. » Il posa l'accord sur le bureau, apposa sa signature sur les deux copies, et m'en donna une. « Autre chose encore ?

— Ouais. Une faveur, si vous voulez bien, pour nous deux. Virez Hoffman. C'est un homme dangereux.

— Pas seulement, il est incompétent par-dessus le marché, dit Jason avec amertume. Je lui ai confié un travail et tout ce que j'ai obtenu, ce sont des cadavres. Je suis pleinement déterminé à... l'affecter à un nouveau service, après un intervalle prudent, bien sûr. »

Il y avait bien autre chose dont je voulais lui parler. Je voulais lui dire ce que réellement...

Quelle importance ? Il s'en foutait. Je lui tournai le dos et me dirigeai vers la porte.

« Mitch ! » Il m'appelait. « Tu crois peut-être que tu as gagné, mais rien n'est encore joué. Dans quelques années, il sera majeur. Je suis en mesure de lui offrir bien plus que tu ne le pourras jamais. S'il choisit de me rejoindre, tu ne pourras pas l'en empêcher.

— L'occasion ne se présentera pas, dis-je en me retournant. Quand Corey sera indépendant, il ne vous intéressera plus.

— Vraiment ? Et pourquoi donc ?

— Parce que vous serez trop vieux, dis-je d'un ton neutre. Vous avez déjà perdu de votre acuité. Je ne crois pas qu'il y a quelques années seulement mon père aurait pu vous arnaquer de deux cent cinquante mille dollars avec deux ou trois lettres bidons. Vous avez engagé un avocat marron comme Robinette, sans même vous rendre compte qu'en lui mettant sous le nez une telle somme d'argent, cela revenait à jeter un bébé dans une fosse remplie de crocodiles. Vous vous relâchez, Jason.

Dans quelques années, vous n'aurez plus du tout envie d'introduire un jeune loup dans votre bergerie. Cela vous coûterait bien trop d'efforts. Je n'ai pas besoin de me battre avec vous. Il suffit que le temps fasse son œuvre. »

Le sourire qu'il s'empressa de peindre sur ses lèvres ne parvint pas, cependant, à dissimuler sa grimace. Je l'avais atteint au bon endroit. Ce que j'avais dit était juste, et il le savait. Après tout ce que j'avais enduré, il était difficile de parler de victoire. Mais tout de même, ce n'était pas rien.

Dans la grande salle, la foule s'était amenuisée. Charlie se tenait à côté de la table sur laquelle les objets étaient exposés, il m'attendait.

« J'ai déposé ta mallette à la banque, dit-il. Tu les as régalés d'un joli spectacle.

— Ce n'est pas encore tout à fait terminé, dis-je. Il y a encore un peu de pain sur la planche.

— Qu'est-ce que tu veux dire ?

— Pourquoi ne viendrais-tu pas dîner ce soir à la Pointe, tu pourrais peut-être découvrir le fin mot de l'histoire ?

— Seulement peut-être ? répéta-t-il.

— J'ai besoin d'y réfléchir, Charlie. Tout ce que je peux te promettre, c'est un repas. Viendras-tu ?

— Je viendrai, dit-il. Est-ce que c'est un dîner d'affaires, ou pour le plaisir ?

— Je ne sais pas, dis-je. On verra. »

CHAPITRE 46

LE LENDEMAIN J'ALLAI TRAVAILLER, mais ce fut un enfer. Tout le monde voulait me parler de la donation et des... événements qui s'étaient déroulés sur la plage. Finalement je laissai tomber, demandai à Red de dire aux gens que j'étais rentrée chez moi, baissai le rideau devant la porte de mon bureau et essayai de tout oublier en me penchant sur mes papiers. Ça marchait presque. Parfois j'étais tellement perdue dans les chiffres que j'en oubliais Rob et... le reste. Pendant deux ou trois minutes.

La soirée avec Charlie avait été un désastre. Nous étions tous les deux très nerveux, comme si, sous la table, une bombe était prête à exploser. Ce qui n'était pas loin d'être le cas. Pour en finir, je lui donnai ce qu'il était venu chercher. Puis je me demandai si je n'avais pas commis la plus grosse erreur de ma vie.

Je restai tard au Nid, travaillant d'arrache-pied. Sur les coups de vingt-deux heures, on frappa à la porte. « Mitch ? Tu es là ? » C'était Terry.

Il avait changé, il semblait plus... adulte. Il avait fait couper ses cheveux et portait un costume sombre. Et une cravate.

« J'ai appris ce qui s'était passé, dit-il. Comment vas-tu ?

— Je vais m'en sortir. Pourquoi ce costume ? Tu as une soirée ?

— Pire. Un enterrement. » Il soupira en s'affalant dans un des fauteuils et desserra le nœud de sa cravate. « J'arrive à l'instant de Miami. Jason m'a demandé de ramener le corps d'Addison chez lui et de le représenter auprès de sa famille.

— Toi ? Et Andréa ?

— Oh, tu sais, Andy est pas vraiment douée pour ce genre de truc. Je ne raffole pas non plus des enterrements, mais le vieux Jason pourrait convaincre un ours de manger des brocolis jusqu'à la fin de ses jours.

— Jason ? Vous vous appelez par votre prénom, maintenant ?

— Hum, ouais, on le dirait, dit-il en essayant de ne pas paraître trop satisfait de lui-même. Je lui ai tout de même été d'un certain secours. Andréa a été pas mal secouée par tout ce qui est arrivé.

— Je peux imaginer.

— En fait, c'est une des raisons pour laquelle je me suis arrêté ici. Elle veut aller à Acapulco ce week-end, ne plus entendre parler de tout ça. Elle m'a demandé de l'accompagner. » Il jeta des clés sur le bureau. « Rends-moi service, occupe-toi du *Kidd*, qu'il soit mis à sec et rentré au hangar. Je te revaudrai ça.

— C'est un peu tôt, non ? La saison n'est pas terminée. Et tes autres affrètements ?

— Je les ai tous annulés et je me suis séparé de Baggers. Il y a de grandes chances que je sois pas mal occupé pendant un certain temps.

— Avec Andréa ?

— Peut-être bien, acquiesça-t-il. Ça ne t'embête pas trop, j'espère ?

— Pas du tout », dis-je, et j'étais sincère. « Et si nous

fêtions cette bonne nouvelle en buvant un coup ? Tu fais les honneurs ?

— Absolument. » Il souria, soulagé. Il se dirigea vers le bar et remplit deux verres de Courvoisier. « Je suis vraiment content que tu le prennes si bien, Mitch. En réalité, si tu veux savoir, j'étais un peu inquiet. Bon, de toute façon... » Il me tendit un verre. « Tu es une fille réglo, Mitch. Tu l'as toujours été. »

Je rougis légèrement sous son regard, son regard très particulier. Je levai mon verre. « Je porte un toast. Un toast à Stanley Joseph Maychek. Que son âme repose en paix.

— À... » Terry s'immobilisa, son verre était à mi-chemin de ses lèvres. « À qui ? Qui c'est, ce putain de Stanley... ou je ne sais quoi ?

— Son nom ne te dit rien ? C'est curieux. C'est un de tes amis, un de tes amis très chers. Celui qui t'a aidé à tuer Addison. »

Il blêmit, comme s'il venait de prendre un mauvais coup. « Qu'est-ce que tu racontes ?

— Je parle de Stanley Maychek, l'officier en second du *Queen of Lorraine*. Le type que j'ai rencontré dans le salon des passagers. Tu aurais dû me prévenir, Terry. Tout aurait été différent si seulement tu m'avais prévenue.

— Tu délirais à propos d'un corps quand on t'a sortie de là, dit-il avec prudence. Mais je n'en ai vu aucun. Bon Dieu ! c'était une telle purée de pois dans le salon qu'il aurait pu y avoir une armée sans que je la voie.

— Tu savais cependant que Maychek était là, dis-je. C'est même toi qui l'y as mis pour effrayer Harvey, afin de l'éloigner de la porte. Et ça a marché. Mais ce n'était pas sa place, il me l'a dit.

— Il te l'a dit... répéta Terry, en me regardant d'une drôle de façon.

— Ça ne fait rien, dis-je en haussant les épaules. J'aurais compris de toute façon. Il était officier en second, et il y a eu une collision. Je ne sais pas où il était quand le bateau a chaviré, dans la cale en train de vérifier les dégâts, ou à l'arrière, afin d'avertir l'équipage, mais le seul endroit où il ne pouvait pas se trouver, c'était tout à l'avant, dans le salon des passagers. Parce que c'est un cul-de-sac et qu'il n'y avait aucun passager. Si tu veux mon avis, il était en service, dans la cabine de pilotage. J'ai remarqué que la porte avait été forcée. C'est là que tu l'as trouvé ?

— Je ne sais pas de quoi tu parles, Mitch. Aucun macchabée n'a tué Addison. C'est Rat. Il a contaminé un jeu de tes bouteilles la nuit où il a brûlé ton bateau.

— Non. Jud n'a rien brûlé du tout, Terry. Il ne le pouvait pas. Il était mort. Mort depuis cette tragique nuit sur le lac gelé. Ce que les gens ont vu la nuit où la *Sheba* a brûlé, c'est un type avec une tache sur le visage, qui portait un manteau écossais. Il ressemblait à Jud, c'est sûr, mais ce n'était que des vacanciers. Aucun ne le connaissait vraiment.

— Mais moi, je le connaissais, et je peux t'affirmer que c'était lui.

— Sûrement, et c'est bien la seule chose que je ne te pardonnerai jamais : m'avoir laissée croire que Jud était vivant, alors qu'il ne l'était pas. Quand ils ont plongé, ils ont trouvé son manteau, Terry : à la Pointe. Cela faisait des mois qu'il était dans l'eau. Et que Jud était mort. Mais tu as dit que tu l'avais vu, et toi, tu ne pouvais pas te tromper. C'est donc que tu as menti.

— Mitch, ce que tu racontes ne tient pas debout.

— Bien sûr que si, et nous le savons tous les deux. Tu

veux que je te dise comment les choses se sont passées ? Tu as toujours eu le béguin pour Andréa, et de la voir, cet été, presque nue, offerte, a ravivé ton désir. Tu voulais qu'Addison disparaisse. Pourquoi pas ? C'est si facile de se débarrasser de quelqu'un à soixante mètres de profondeur, il suffit de tourner une valve, de perforer un tuyau, ça ne pose aucun problème. L'ennui, c'est que les gens étaient au courant de ce qui se passait entre toi et Andréa. Imaginons que le mari de la dame ait un accident, tu aurais été le premier à être suspecté. Il fallait donc absolument détourner les soupçons. Et verni comme tu l'es, tu avais alors une amie qui se trouvait dans un drôle de pétrin. Continuons d'imaginer que quelqu'un veuille la tuer et tue Harvey à sa place sans le vouloir ?

— Mitch...

— Laisse-moi terminer, Terry. J'ai passé beaucoup de temps à retourner tout cela dans ma tête. Il fallait que tu t'arranges pour qu'on croie que la mort d'Harvey m'était en fait destinée. C'est pourquoi tu as fait réapparaître Jud. Tu t'es habillé comme lui, as peint sur ton visage sa tache de naissance. Puis tu as forcé la porte du Nid, as mis le feu à *Sheba*, et tu as fait suffisamment de raffut pour être sûr qu'on t'avait bien vu, ou plus exactement, pour être sûr qu'on avait vu Jud. »

J'espérais qu'il allait se défendre, me démentir. Mais non. Il se contenta de fixer son verre, évitant mon regard.

« La suite a été un jeu d'enfant. Tu m'as demandé de filmer la plongée du *Queen*, en sachant très bien que j'allais accepter. Parce que nous étions des *amis*. Et comme je n'avais plus de bateau, tu as eu la gentillesse de venir chercher mes bouteilles pour les transporter sur le *Kidd* jusqu'à l'endroit où vous deviez plonger.

Ensuite tu as vidé suffisamment les bouteilles d'Harvey pour qu'elles n'aient plus assez de pression et, évidemment, il a pris mon jeu puisque c'était le seul qui pouvait se combiner avec son matériel.

— D'après ce que je sais, un seul de tes jeux était contaminé, dit Terry avec prudence. Je n'ai pas demandé à la nana qui tient le magasin de me donner un jeu en particulier. C'est elle qui l'a choisi.

— J'ai beaucoup réfléchi à ce point. Il t'était impossible de contaminer un de mes jeux tant qu'il était sous pression et tu ne pouvais pas tabler sur le hasard pour qu'Harvey tombe sur celui qui était défectueux. En fait, le matin même, je m'étais déjà servi d'un de mes jeux, lors de mon cours. Mais peu importait en réalité le jeu qu'Harvey prendrait. Ils étaient tous bons.

— Ha oui ? Pourtant Charlie a fait analyser le contenu de celui d'Harvey. Et il y a trouvé des traces de dioxyde de carbone.

— C'est exact, de même qu'il y avait un niveau élevé de dioxyde de carbone dans le sang d'Harvey. Mais cela ne provenait pas de mes bouteilles. Il a simplement utilisé tout l'oxygène quand il était tout au fond. Tu as organisé cela de main de maître, Terry. Tu es allé jusqu'à ta marge de sécurité. Harvey était si excité à l'idée de récupérer cette plaque qu'il ne l'a probablement pas remarqué. Puis tu as filé dans les ténèbres et placé Stanley en sentinelle devant la porte en partant. Quand Harvey s'est rendu compte que tu étais parti et qu'il a essayé de te suivre, il s'est heurté à Stanley... et a paniqué. Il a hyperventilé, comme je l'ai fait, utilisant presque tout l'air qui lui restait en quelques secondes... »

Je bus quelques gorgées de mon cognac afin de dissiper l'amertume qui remontait au fond de ma gorge. Sans y parvenir.

« À ce moment-là, c'était déjà un homme mort, poursuivis-je tranquillement. Même s'il avait pu trouver la porte, il n'aurait jamais réussi à traverser cette putain de coursive. Mais il ne l'a pas trouvée. Il a utilisé ce qui lui restait d'air dans le salon, puis il est mort. Le seul os sur lequel tu es tombé, c'est moi.

— Je ne voulais pas que tu descendes, Mitch, tu le sais.

— Oui, je le sais. Tu espérais sans doute que ce serait toi qui irais chercher Harvey, avec Baggers comme témoin, ou peut-être même un flic. Comme ça, une fois arrivé dans la purée du salon, il t'aurait été facile de mettre dans les bouteilles *vides* d'Harvey une petite giclée de dioxyde de carbone en utilisant la cartouche d'un gilet de sauvetage. Et tout le monde aurait pensé que c'était Jud qui l'avait tué alors que c'était moi qu'il visait. Comme je l'ai pensé moi aussi... jusqu'à ce que je voie son manteau. Et même alors...

— Quoi ?

— Je n'ai pas réussi à croire que c'était toi le responsable de la mort d'Harvey. Je n'y arrive toujours pas. Pourquoi tu ne me dis pas que je déconne ? Montre-moi l'endroit où je me plante ? »

Il ne répondit pas. Il se contentait de rester assis, à me regarder comme si j'étais une étrangère. « À quoi bon ? finit-il par dire. Je n'ai jamais réussi à venir à bout d'un de tes arguments, Mitch. Tu es beaucoup plus intelligente que moi, et nous le savons très bien tous les deux. Ça ne servirait à rien que je me casse le cul à essayer de t'expliquer quoi que ce soit. Tu peux croire ce que tu veux. Ça n'a plus d'importance.

— Comment ça, plus d'importance ? Bien sûr que ça en a !

— Non, ça n'en a vraiment plus, dit-il. Plus maintenant. Il ne reste plus rien du *Queen*. J'ai aidé les parents d'Addison à disperser ses cendres dans le golfe du Mexique. C'est pourquoi, même si ce que tu dis est vrai — et je ne dis pas que ça l'est — il n'y a plus aucun moyen... de le prouver. Tu en vois un ?

— Non, dis-je en respirant profondément. Je n'en vois pas.

— Tu as déjà parlé de tout ça à quelqu'un ?

— Je suis en train d'en parler à quelqu'un en ce moment ! dis-je. Sincèrement, je m'inquiète pour toi, Terry. Tu as toujours été un dur à cuire, mais ce coup-ci, c'est différent. J'ai peur que cette histoire ne te dépasse.

— Je m'en sortirai. Merde ! Mitch, ce gars-là était complètement bidon, rien dans le ventre, tout dans l'épate, jouant au grand seigneur avec le fric d'Andréa. Quand il a appris que nous avions eu une... histoire, il est devenu odieux, particulièrement quand elle était dans le secteur. Il la suivait partout en reniflant comme un toutou et voulait en plus que je lui lèche le cul ! Putain, j'aurais même pas voulu d'un minus comme lui pour astiquer mon matériel. C'était rien qu'un plongeur de flaque d'eau, et même là, un raté.

— Et c'est pour ça que tu l'as tué ? Parce que c'était un plongeur minable ?

— Je ne l'ai pas tué du tout ! Il s'est tué tout seul, parce qu'il a paniqué quand il s'est retrouvé en face d'un cadavre. Il aurait pu s'en sortir. Comme tu t'en es sortie. Écoute, je suis vraiment désolé de ce qui t'est arrivé au fond. Tu le sais. Mais je ne t'ai pas demandé de descendre, moi. C'est Bauer qui l'a fait. Ce n'est pas de ma faute.

— Peut-être pas entièrement, mais tu aurais dû m'avertir de la présence du cadavre, Terry. Moi, je t'aurais prévenu.

— Qu'est-ce que je pouvais dire avec Bauer dans les pattes ? Navré, Mitch, mais quand on veut jouer dans la cour des mecs, on en assume les risques, comme n'importe qui d'autre. Si je regarde ce qui est arrivé, je me dis qu'Harvey et toi, vous n'avez vraiment pas eu de chance au cours de cette plongée. Je suis heureux que tu t'en sois sortie. Dommage pour lui.

— Dommage aussi que tu joues la partie de cette façon, dis-je en soupirant. J'espérais... mais tant pis. » Je pris ses clés et les lui renvoyai. « Il vaut mieux que tu trouves quelqu'un d'autre pour s'occuper du *Kidd*. Demande à un ami.

— Très bien, dit-il d'une voix neutre. C'est ce que je vais faire. Mais si j'étais toi, je ne parlerais à personne de la façon dont tu crois que les choses se sont déroulées en bas.

— C'est trop tard, dis-je. Il y a déjà pas mal de gens au courant.

— Comment ça ? Qui est au courant ?

— Stanley Maychek, moi, et Harvey. Et en premier, toi bien sûr.

— À mon avis, tu as perdu la boule !

— Possible, lui accordai-je. Mais je te connais bien, Terry. Mieux que quiconque, je crois. Tout ça va finir par avoir ta peau. Et tu ne réussiras pas, toi non plus, à être autre chose qu'un gentil petit toutou.

— C'est donc ça le fin mot de l'histoire, hein »? dit-il. Ses yeux étaient devenus durs et fiévreux. « Tout ça, c'est à cause d'Andréa. Voilà ce qui, en fait, te ronge. Tu es jalouse d'elle. Tu étais tellement jalouse d'elle la dernière fois que tu as foutu toute ta vie en l'air. Eh bien, figure-toi que j'ai une seconde chance et que j'ai bien l'intention de la saisir : Andréa, et tout ce qui va avec. Tu crois que j'ai tué Addison ? Très bien. Continue à le penser si ça te chante. Mais à partir de maintenant, il vaut mieux pour toi que je ne te trouve pas sur mon chemin !

— Terry ! » Je l'appelai alors qu'il s'en allait à grands pas. « Ne va pas sur ton bateau !

— Quoi ? dit-il en hésitant sur le pas de la porte.

— Ne va pas sur ton bateau, ni chez toi. La DNR a perquisitionné hier soir ta maison et ils ont trouvé suffisamment d'antiquités pour t'envoyer vingt ans en prison. Ils te cherchent.

— Ils ont perquisitionné ma maison ? dit-il sans parvenir à y croire. Mais pourquoi... Merde alors ! Tu es une incroyable salope ! Tu m'as donné, c'est ça ?

— Pas exactement. Charlie Bauer était chez moi, la nuit dernière. Il a vu la pièce que tu m'avais offerte après avoir mis le feu à *Sheba*. Il a voulu savoir comment je me l'étais procurée. Et je n'ai pas réussi à trouver la moindre raison valable de lui mentir. Ni pour toi. Ni pour personne. Comme tu me l'as dit, si tu veux jouer le jeu, faut que tu en assumes les risques. »

Il sortit de mon bureau comme une furie, en claquant la porte derrière lui. Je l'observai à travers la vitre alors qu'il se frayait rageusement, à coups d'épaule, un passage au milieu de la foule. Pour un homme qui avait tout, il n'avait pas l'air très heureux.

Et s'il avait raison ? Si j'étais tout simplement jalouse ? Mais je ne crois pas. En dépit de tout ce qui s'est passé, je n'éprouve pas de haine pour lui. En fait, j'aimerais presque qu'il réussisse à aller à Acapulco avec Andréa. Il l'a gagné.

Et il le mérite.

Mais de toute façon, ça n'ira pas bien loin. La femme qu'il désire vraiment n'est qu'un mirage, le rêve d'un bel été disparu depuis longtemps. Le premier amour est toujours comme ça : difficile à oublier. Le danger, c'est de s'accrocher trop longtemps à ses rêves, et d'avoir parfois la malchance... qu'ils se réalisent.

Maintenant j'ai de nouveaux rêves, beaux et lumineux. Je veux que mon fils vienne s'installer... chez lui, ici. Je nous vois déjà courir ensemble dans les dunes ou faire de la voile dans la baie. Je lui apprendrai à plonger en eau profonde et lui montrerai comment vivre dans le monde.

Pour le meilleur ou pour le pire, j'appartiens à cette maudite Pointe, c'est là que se trouve ma maison désormais. Quand j'étais adolescente, j'en connaissais chaque centimètre par cœur, et je suis en train de la redécouvrir.

Certains après-midi, quand il fait chaud, je prends un bon livre et je vais jusqu'au vieux pin solitaire qui se trouve près du rivage. Je grimpe jusqu'à sa seconde fourche et me blottis dans ses branches, je lis tout l'après-midi, me balançant doucement bien au-dessus des dunes et du ressac, à mi-chemin du paradis. En haut, dans le premier Nid de Pie.

Et parfois je m'en vais à la dérive et je rêve, la brise du lac caresse mes cheveux, c'est mon père qui me souhaite bonne nuit comme il le faisait quand je vivais avec lui.

Mais plus souvent encore, c'est elle : la Dame du Lac, la seule mère que j'aie jamais eue. Elle me borde de ciel et me berce jusqu'à ce que je m'endorme.

À la tombée du jour, quand le soleil se couche et que plus rien ne bouge, il m'arrive parfois de l'entendre chanter doucement, de si loin, de si bas, depuis les profondes et vertes salles de ses manoirs d'eau glacée où elle erre.

SÉRIE NOIRE

Dernières parutions :

2305. — LE MAL DU DOUBLE-BANG .... *Laurent Fétis*
2306. — AU COCHON AVEUGLE .... *Jon A. Jackson*
2307. — PORTRAIT DE FAMILLE .... *James Colbert*
2308. — CAVALE .... *Eva David*
2309. — SUR LA LIGNE BLANCHE .... *José-Louis Bocquet*
2310. — UNE DANSE AUX ABATTOIRS .... *Lawrence Block*
2311. — LE SYNDROME DU VOLCAN .... *Gérard Lecas*
2312. — IMPLANTS D'ENFER .... *Tony Kenrick*
2313. — LES ORPAILLEURS .... *Thierry Jonquet*
2314. — VICKI .... *Steve Fisher*
2315. — UNE POIRE POUR LA SOIF .... *James Ross*
2316. — LA PORTE DE DERRIÈRE .... *Marc Villard*
2317. — GAME OVER .... *Freddie Lafargue*
2318. — FOLIES DOUCES .... *Richard Matas*
2319. — VOMITO NEGRO .... *Jean-Gérard Imbar*
2320. — LES HABITS D'OMBRE .... *Cesare Battisti*
2321. — CUPIDE .... *Robert Sims Reid*
2322. — LE COUP DU GITAN .... *Gustave Harford*
2323. — SWEETWATER RANCH .... *Geoffrey Norman*
2324. — UNE PAIRE DE DEUX .... *Robert B. Parker*
2325. — ÉTATS DE LAME .... *Pascale Fonteneau*
2326. — LA SIRÈNE ROUGE .... *Maurice G. Dantec*
2327. — DU SABLE DANS LA BOUCHE .... *Hervé Le Corre*
2328. — CHIEN-FROID .... *Laurent Fétis*
2329. — LA PROIE DE L'ARAIGNÉE .... *Robert Bloch*
2330. — SANGLANTES CONFIDENCES .... *John Gregory Dunne*
2331. — IL Y A DES JOURS COMME ÇA .... *Jack Ritchie*
2332. — L'ENFANT DE CŒUR .... *Olivier Thiébaut*
2333. — MANUEL DES PERDANTS .... *Juan Sasturain*
2334. — LE VENT DES FOUS .... *Franck Pavloff*
2335. — PAS DE KADDISH POUR SYLBERSTEIN .... *Konop*
2336. — TRUANDS AND CO .... *Donald Goines*
2337. — LE CHIEN QUI CHANTE .... *James McClure*
2338. — UNE VALSE AU TEXAS .... *Max Crawford*
2339. — LE JEU DU PETIT POUCET .... *Jacques Mondoloni*
2340. — CORVETTE DE NUIT .... *Marc Villard*
2341. — LES CHAPACANS .... *Michèle Courbou*
2342. — L'ANGE ET LE RÉSERVOIR DE LIQUIDE À FREINS .... *Alix de Saint-André*
2343. — QUITTER KAT .... *Karen Kijewski*
2344. — MEURTRES POUR DE VRAI .... *Marc Gerald*

2345. — TIR À VUE . . . . *Serge Quadruppani*
2346. — LES LARMES DU CHEF . . . . *Daniel Picouly*
2347. — RETOUR DE BÂTON . . . . *A. B. Guthrie*
2348. — DERNIÈRE STATION AVANT JÉRUSALEM . . . . *Alain Demouzon*
2349. — POINT MORT . . . . *José-Louis Bocquet*
2350. — LES GUERRIERS DE L'ENFER . . . . *Robert Stone*
2351. — MOURIR APRÈS LA GUERRE . . . . *Max Allan Collins*
2352. — LA GRANDE MAGOUILLE DE 1944 . . . . . . *Andrew Bergman*
2353. — LE PENSEUR DE VALLORBE . . . . *Eliane K. Arav*
2354. — LE PENDU D'HOLLYWOOD . . . . *Andrew Bergman*
2355. — ŒDIPE-ROI . . . .
2356. — TRÈS PRIVÉ . . . . *Alexandre Valletti*
2357. — COUP DE CHAUD . . . . *Philip Lee Williams*
2358. — LE PONT DE MOSCOU . . . . *Pierre Léon*
2359. — LA FOIRE AUX SERPENTS . . . . *Harry Crews*
2360. — PROTHÈSE . . . . *Andreu Martin*
2361. — LA DANSE DE L'OURS . . . . *James Crumley*
2362. — VENDEURS DE MORT . . . . *Donald Goines*
2363. — J'ÉPOUSERAI PLUTÔT LA MORT . . . . *Frédéric Castaing*
2364. — LA VIE DE MA MÈRE ! . . . . *Thierry Jonquet*
2365. — GANGRAINE . . . . *Elizabeth Stromme*
2366. — HAMMETT . . . . *Joe Gores*
2367. — PARCOURS FLÉCHÉ . . . . *Jean-Pierre Bastid*
2368. — CIRQUE À PICCADILLY . . . . *Don Winslow*
2369. — L'OMBRE ROUGE . . . . *Cesare Battisti*
2370. — TOTAL KHÉOPS . . . . *Jean-Claude Izzo*
2371. — LA FACE CACHÉE DE LA LUNE . . . . *Georgui Vaïner et Leonid Slovine*
2372. — HISTOIRE DE LA FEMME QUI AVAIT ÉPOUSÉ UN OURS BRUN . . . . *John Straley*
2373. — PÉRICLÈS LE NOIR . . . . *Peppe Ferrandino*
2374. — LES FILS PERDUS DE SYLVIE DERIJKE . . . . *Pascale Fonteneau*
2375. — INNOCENT X . . . . *Laurent Fétis*
2376. — JE M'APPELLE REVIENS . . . . *Alexandre Dumal*
2377. — RN 86 . . . . *Jean-Bernard Pouy*
2378. — LE MIROIR AUX ALLUMÉS . . . . *Jacques Humbert*
2379. — LES RACINES DU MAL . . . . *Maurice G. Dantec*
2380. — LE COCHON QUI FUME . . . . *James McClure*
2381. — LA PELOUZE . . . . *M. A. Pellerin*
2382. — UNE PETITE DOUCEUR MEURTRIÈRE . . . . . *Nadine Monfils*
2383. — LE PAYS DE DIEU . . . . *Ray Ring*
2384. — J'AI CONNU FERNANDO MOSQUITO . . . . . *Rique Queijão*
2385. — M'SIEUR . . . . *Alain Gagnol*
2386. — PIQUÉ SUR LA ROUGE . . . . *Gregorio Manzur*

2387. — COMME VOUS ET MOI . . . . *Seymour Shubin*
2388. — MARILYN LA DINGUE . . . . *Jerome Charyn*
2389. — ZYEUX-BLEUS . . . . *Jerome Charyn*
2390. — KERMESSE À MANHATTAN . . . . *Jerome Charyn*
2391. — 1275 ÂMES . . . . *Jim Thompson*
2392. — N'Y METTEZ PAS LE DOIGT . . . . *Christopher Wilkins*
2393. — LES TROTTOIRS DE BELGRANO . . . . *Pierre-Alain Mesplède*
2394. — COMMENT JE ME SUIS NOYÉ . . . . *Serge Quadruppani*
2395. — SURF CITY . . . . *Kem Nunn*
2396. — LE CHANTEUR DE GOSPEL . . . . *Harry Crews*
2397. — MÉMOIRE EN CAGE . . . . *Thierry Jonquet*
2398. — MA CHÈRE BÉA . . . . *Jean-Paul Nozière*
2399. — DAME QUI PIQUE . . . . *Craig Smith*
2400. — FREE . . . . *Todd Komarnicki*
2401. — NADINE MOUQUE . . . . *Hervé Prudon*
2402. — LE SANG DU DRAGON . . . . *Christian Gernigon*
2403. — LE VOLEUR QUI AIMAIT MONDRIAN . . . . . *Lawrence Block*
2404. — DU SABLE DANS LES GODASSES . . . . *Juan Sasturain*
2405. — CITÉS DE LA PEUR . . . . *Collectif*
2406. — BÉNÉDICTION . . . . *Robert Sims Reid*
2407. — LA FENÊTRE OBSCURE . . . . *James Durham*
2408. — GROOTKA . . . . *Jon A. Jackson*
2409. — LE TRUC . . . . *Mat Messager*
2410. — LES MORTES . . . . *Jorge Ibargüengoitia*
2411. — LA REVANCHE DE LA COLLINE . . . . *Hervé Prudon*
2412. — LA NUIT DE ST.- PAULI . . . . *Frank Göhre*
2413. — AGENCE BLACK BAFOUSSA . . . . *Achille F. Ngoye*
2414. — KARMANN BLUES . . . . *José-Louis Bocquet*
2415. — LOUBARD ET PÉCUCHET . . . . *Michel Lebrun*
2416. — LE MIROIR DE BOUDDHA . . . . *Don Winslow*
2417. — LE TANGO DU MAL-AIMÉ . . . . *Sergio Sinay*
2418. — VINYLE RONDELLE NE FAIT PAS LE PRINTEMPS . . . . *Hervé Prudon*
2419. — L'EFFET TEQUILA . . . . *Rolo Diez*
2420. — TRAHISON FRATERNELLE . . . . *James Colbert*
2421. — LE MANGEUR D'ORCHIDÉES . . . . *Marc Laidlaw*
2422. — CHOURMO . . . . *Jean-Claude Izzo*
2423. — HOMICIDE À BON MARCHÉ . . . . *Alain Wagneur*
2424. — KATAPULT . . . . *Karen Kijewski*
2425. — LE FLIC À LA CHENILLE . . . . *James McClure*
2426. — ÇA VA ? ÇA VA. . . . . *Frédéric Castaing*
2427. — LA CAVALE DE KENYATTA . . . . *Donald Goines*
2428. — LOTERIE EN NOIR ET BLANC . . . . *Max Allan Collins*
2429. — LE PRODUIT D'ORIGINE . . . . *A. B. Guthrie Jr.*
2430. — BLOCUS SOLUS . . . . *Bertrand Delcour*

2431.	— NOTRE-DAME DES NÈGRES	*Jean-Pierre Bastid*
2432.	— BUENA ONDA	*Cesare Battisti*
2433.	— DIVORCE, JACK !	*Colin Bateman*
2434.	— LA BOURDE	*Marc Alfred Pellerin*
2435.	— TIURAÏ	*Patrick Pécherot*
2436.	— JÉSUS AUX ENFERS	*Andreu Martin*
2437.	— LA RELIGION DES RATÉS	*Nick Tosches*
2438.	— LE PROGRAMME E. D. D. I.	*Serge Preuss*
2439.	— LES EFFARÉS	*Hervé Le Corre*
2440.	— RÊVES PÈLERINS	*Ray Ring*
2441.	— PHALANGE ARMÉE	*Carlo Lucarelli*
2442.	— LES TREIZE MORTS D'ALBERT AYLER	*Collectif*
2443.	— VOUS PRENDREZ BIEN UNE BIÈRE ?	*Joseph Bialot*
2444.	— LES LUMIÈRES DE FRIGO	*Alain Gagnol*
2445.	— AMIGO	*Lars Becker*
2446.	— NEVERMORE	*William Hjortsberg*
2447.	— SUEURS CHAUDES	*Sylvie Granotier*
2448.	— LES CURIEUX S'EN MORDENT LES DOIGTS.	*John Straley*
2449.	— LA CRÊTE DES FOUS	*Jamie Harrison*
2450.	— CET AMOUR QUI TUE	*Ronald Levitsky*
2451.	— PUZZLE	*Laurent Fétis*
2452.	— L'HOMME QUI ACHETA RIO	*Aguinaldo Silva*
2453.	— SIX KEY CUT	*Max Crawford*
2454.	— LE LIQUIDATEUR	*Jon A. Jackson*
2455.	— ZONE MORTUAIRE	*Kelt & Ricardo Montserrat*
2456.	— QUE D'OS !	*Jean-Patrick Manchette*
2457.	— TARZAN MALADE	*Hervé Prudon*
2458.	— OTTO	*Pascale Fonteneau*
2459.	— UN PAYS DE RÊVE	*Newton Thornburg*
2460.	— LE CHIEN QUI VENDAIT DES CHAUSSURES	*George P. Pelecanos*
2461.	— LE TUEUR DU CINQ DU MOIS	*Max Genève*
2462.	— POULET CASHER	*Konop*
2463.	— LE CHARLATAN	*W. L. Gresham*
2464.	— TCHAO PAPA	*Juan Damonte*
2465.	— NOTES DE SANG	*François Joly*
2466.	— ISAAC LE MYSTÉRIEUX	*Jerome Charyn*
2467.	— LA NUIT DU CHASSEUR	*Davis Grubb*
2468.	— LA BALLADE DES PENDUS	*Steven Womack*
2469.	— TUEZ UN SALAUD !	*Colonel Durruti*
2470.	— BERLIN L'ENCHANTEUR	*Colonel Durruti*
2471.	— TREIZE RESTE RAIDE	*René Merle*
2472.	— LE VEILLEUR	*James Preston Girard*
2473.	— LE SALTIMBANQUE	*Julien Sarfati*

2474. — LA CRYPTE . . . . *Roger Facon*
2475. — DIALOGUES DE MORTS . . . . *Philippe Isard*
2476. — LE CHENIL DES FLICS PERDUS . . . . *Philippe Isard*
2477. — CHAPEAU ! . . . . *Michèle Rozenfarb*
2478. — L'ANARCHISTE DE CHICAGO . . . . *Jürgen Alberts*
2479. — BROUILLARD SUR MANNHEIM . . . . *B. Schlink et W. Popp*
2480. — HARJUNPÄÄ ET LE FILS DU POLICIER . . . . *Matti Yrjänä Joensuu*
2481. — PITBULL . . . . *Pierre Bourgeade*
2482. — LE JOUR DU LOUP . . . . *Carlo Lucarelli*
2483. — CUL-DE-SAC . . . . *Douglas Kennedy*
2484. — BRANLE-BAS AU 87 . . . . *Ed Mc Bain*
2485. — LA VIE EN SPIRALE . . . . *Abasse Ndione*
2486. — SORCELLERIE À BOUT PORTANT . . . . *Achille F. Ngoye*
2487. — AVIS DÉCHÉANCE . . . . *Mouloud Akkouche*
2488. — UN BAISER SANS MOUSTACHE . . . . *Catherine Simon*
2489. — MOLOCH . . . . *Thierry Jonquet*
2490. — LA BALLADE DE KOUSKI . . . . *Thierry Crifo*
2491. — LE PARADIS TROIS FOIS PAR JOUR . . . . . . *Mauricio Electorat*
2492. — TROIS P'TITES NUITS ET PUIS S'EN VONT . . *Nicoletta Vallorani*
2493. — LA PENTE . . . . *M.A. Pellerin*
2494. — LA VÉRITÉ DE L'ALLIGATOR . . . . *Massimo Carlotto*
2495. — ÉTUDE EN VIOLET . . . . *Maria Antonia Oliver*
2496. — ANTIPODES . . . . *Maria Antonia Oliver*
2497. — FLOUZE . . . . *Ed Mc Bain*
2498. — L'ÉPOUSE ÉGYPTIENNE . . . . *Nino Filasto*
2499. — BARCELONA CONNECTION . . . . *Andreu Martin*
2500. — SOLEA . . . . *Jean-Claude Izzo*
2501. — MONSIEUR ÉMILE . . . . *Nadine Monfils*
2502. — LE TUEUR . . . . *Frémion*
2503. — ROUTE STORY . . . . *Joseph Bialot*
2504. — RAILS . . . . *Vincent Meyer*
2505. — LA NUIT DU DESTIN . . . . *Christian Gernigon*
2506. — ADIEU COUSINE... . . . . *Ed McBain*
2507. — LA SCOUMOUNE . . . . *José Giovanni*
2508. — HOMME INCONNU N° 89 . . . . *Elmore Leonard*
2509. — LE TROU . . . . *José Giovanni*
2510. — CAUCHEMAR . . . . *David Goodis*
2511. — ÉROS ET THALASSO . . . . *Chantal Pelletier*
2512. — ZONES D'OMBRE . . . . *J. Dutey & Jane Sautière*
2513. — CADAVRES . . . . *François Barcelo*
2514. — CHATS DE GOUTTIÈRE . . . . *Rolo Diez*
2515. — L'ÉNERVÉ DE LA GÂCHETTE . . . . *Ed McBain*
2516. — ÉQUIPE DE NUIT . . . . *M.J. Naudy*
2517. — CONFESSION INFERNALE . . . . *Michel Tarou*

2518. — CASINO MOON . . . . *Peter Blauner*
2519. — LA BICYCLETTE DE LA VIOLENCE . . . . . . *Colin Bateman*
2520. — FISSURE . . . . *Francis Ryck*
2521. — UN MATIN DE CHIEN . . . . *Christopher Brookmyre*
2522. — AU PLUS BAS DES HAUTES SOLITUDES . . . *Don Winslow*
2523. — ACID QUEEN . . . . *Nicholas Blincoe*
2524. — CONSENTEMENT ÉCLAIRÉ . . . . *Serge Preuss*
2525. — LES ARDOISES DE LA MÉMOIRE . . . . *Mouloud Akkouche*
2526. — LE FRÈRE PERDU . . . . *Rick Bennet*
2527. — DANS LA VALLÉE DE L'OMBRE DE LA MORT . *Kirk Mitchell*
2528. — TÉLÉPHONE ROSE . . . . *Pierre Bourgeade*
2529. — CODE 6 . . . . *Jack Gantos*
2530. — TULAROSA . . . . *Michael McGarrity*
2531. — UN BLUES DE COYOTE . . . . *Christopher Moore*
2532. — LARCHMÜTZ 5632 . . . . *Jean-Bernard Pouy*
2533. — LES CRIMES DE VAN GOGH . . . . *José Pablo Feinmann*
2534. — À CONTRE-COURANT DU GRAND TOBOGGAN. *Don Winslow*
2535. — FAMINE . . . . *Todd Komarnicki*
2536. — LE ROI DU K.O. . . . . *Harry Crews*
2537. — UNE ÉTERNELLE SAISON . . . . *Don Keith*
2538. — TÉMOIN DE LA VÉRITÉ . . . . *Paul Lindsay*
2539. — DUR À FUIR . . . . *Patrick Quinn*
2540. — ÇA FAIT UNE PAYE ! . . . . *Ed McBain*
2541. — REMONTÉE D'ÉGOUT . . . . *Carlos Sampayo*
2542. — DADDY COOL . . . . *Donald Goines*
2543. — LA SANTÉ PAR LES PLANTES . . . . *Francis Mizio*
2544. — LE BANDIT MEXICAIN ET LE COCHON . . . . *James Crumley*
2545. — PUTAIN DE DIMANCHE . . . . *Pierre Willi*
2546. — L'ŒIL MORT . . . . *Jean-Marie Villemot*
2547. — MOI, LES PARAPLUIES . . . . *François Barcelo*
2548. — ENCORE UN JOUR AU PARADIS . . . . *Eddie Little*
2549. — CARTE BLANCHE *suivi de* L'ÉTÉ TROUBLE . *Carlo Lucarelli*
2550. — DODO . . . . *Sylvie Granotier*
2551. — LOVELY RITA . . . . *Benjamin Legrand*
2552. — DÉPEÇAGE EN VILLE . . . . *Bernard Mathieu*
2553. — LE SENS DE L'EAU . . . . *Juan Sasturain*
2554. — PRESQUE NULLE PART . . . . *Summer Brenner*
2555. — VIA DELLE OCHE . . . . *Carlo Lucarelli*
2556. — CHIENS ET LOUVES . . . . *Jean-Pierre Perrin*
2557. — HARJUNPÄÄ ET LES LOIS DE L'AMOUR . . . *Matti Yrjänä Joensuu*
2558. — BAROUD D'HONNEUR . . . . *Stephen Solomita*
2559. — SOUPE AUX LÉGUMES . . . . *Bruno Gambarotta*
2560. — TERMINUS NUIT . . . . *Patrick Pécherot*
2561. — NOYADE AU DÉSERT . . . . *Don Winslow*

2562. — L'ARBRE À BOUTEILLES . . . . *Joe R. Lansdale*
2563. — À FLEUR DE SANG . . . . *Robert Skinner*
2564. — RETOUR AU PAYS . . . . *Jamie Harrison*
2565. — L'ENFER À ROULETTES . . . . *Daniel Evan Weiss*
2566. — LE BIKER DE TROIE . . . . *A.A. Attanasio et Robert S. Henderson*
2567. — LA FIANCÉE DE ZORRO . . . . *Nicoletta Vallorani*
2568. — UNE SIMPLE QUESTION D'EXCÉDENT DE BLÉ *Nicholas Blincoe*
2569. — LE PARADIS DES FOUS . . . . *Virion Graçi*
2570. — FEUER ET FLAMINGO . . . . *Norbert Klugmann*
2571. — BLEU MISTRAL. La ballade d'un Yougo (t.1) *Vladan Radoman*
2572. — LA VESTALE À PAILLETTES D'ALUALU . . . *Christopher Moore*
2573. — LA MORT FAIT MAL . . . . *Michel Embareck*
2574. — MARGINALIA . . . . *Hosmany Ramos*
2575. — NE CRIE PAS . . . . *Roseback & Ricardo Montserrat*
2576. — ORPHELIN DE MER *suivi de* 6, RUE BONAPARTE. La ballade d'un Yougo (t.2) . . . . *Vladan Radoman*
2577. — LA COMMUNE DES MINOTS . . . . *Cédric Fabre*
2578. — LE CHANT DU BOUC . . . . *Chantal Pelletier*
2579. — LA VANITÉ DES PIONS . . . . *Pascale Fonteneau*
2580. — GANGSTA RAP . . . . *Marc Villard*

Composition Nord Compo.
Reproduit et achevé d'imprimer sur Roto-Page
par l'Imprimerie Floch à Mayenne
le 29 mai 2000.
Dépôt légal : juin 2000.
Numéro d'imprimeur : 48906.
ISBN 2-07-049684-8 / Imprimé en France.

80514